novum premium

Hartmut G. Müller

DER WEG ZURÜCK NACH VORN

Wenn eine Stimme die Seele berührt

novum premium

Bibliografische Information
der Deutschen Nationalbibliothek:

Die Deutsche Nationalbibliothek
verzeichnet diese Publikation in
der Deutschen Nationalbibliografie.
Detaillierte bibliografische Daten
sind im Internet über
http://www.d-nb.de abrufbar.

ISBN 978-3-95840-436-6
Lektorat: Tobias Keil
Umschlagfotos: Shaunwilkinson,
Konstantin Kamenetskiy | Dreamstime.com
Umschlaggestaltung, Layout & Satz:
novum Verlag
Innenabbildungen: Julia Müller

Gedruckt in der Europäischen Union
auf umweltfreundlichem, chlor- und
säurefrei gebleichtem Papier.

www.novumverlag.com

Danksagung

Größter Dank gebührt meiner lieben Ehefrau und unseren beiden wundervollen Töchtern, die durch alle Höhen und Tiefen zu mir stehen und mir den Mut und die Zuversicht geben, vorwärtszugehen.

Vorwärtszugehen mit all den positiven und negativen Erfahrungen aus der Vergangenheit, um daraus die notwendigen Erkenntnisse zu ziehen und diese mit meiner Zukunft zu verbinden.

Danke auch an meine Eltern, die verantwortlich dafür sind, dass es mich gibt. Meinem Vater für das, was er aufgebaut hat, um meinen Geschwistern und mir eine gute Grundlage für unser Leben zu bieten. Meiner Mutter, die uns stets in ihrer liebevollen Art behütet und versorgt hat. Von ihr habe ich als kleiner Junge das Beten gelernt. Nach vielen Jahren habe ich es wiederentdeckt und erkannt, wie wichtig es für (m)ein glückliches Leben ist.

Euch beiden vielen herzlichen Dank für alles!

Dank gebührt auch den Menschen, die sich mir mit ihren Sorgen und Ängsten zuwenden. Davor habe ich Respekt, denn das zeugt in meinen Augen von großer Stärke.

Meinen Dank möchte ich auch all unseren Freunden aussprechen. Freunden, die unser Leben bereichern mit sehr viel Freude, Liebe und Respekt.

Danke, dass es euch alle gibt!

Und nun danke ich noch dem Einen, dem ich ALLES zu verdanken habe. Er sorgt dafür, dass es mir nicht langweilig wird. Er versorgt mich immer wieder mit herausfordernden Aufgaben. Er lässt mich traurig sein, um mich dann zu trösten. Er lässt mich fröhlich sein und beschert mir wundervolle Dinge. Er liebt mich und bekommt Liebe von mir. Er lässt mich Fehler machen, damit ich daraus lerne. Er ist in mir und lässt mich in ihm sein. Er ist in jedem Menschen und jeder darf bedingungslos in ihm sein.

Er ist auch derjenige, der mir diese Geschichte geschenkt hat, die ich nun an euch, liebe Leser, weitergeben darf.

DANKE, LIEBER GOTT

Vorwort

Ich habe in meinem bisherigen Leben erfahren dürfen, wie schwierig all meine Aufgaben werden können, wenn ich sie nicht in Gottes Hände lege.

Seitdem ich erkannt habe, dass es sich mit der Hilfe Gottes leichter lebt, kann ich auch offener mit diesem Thema umgehen.

Ich bin gläubig geworden, was aber wenig mit kirchlichem Glauben zu tun hat. Ich habe meinen Glauben in mir gefunden. In mir und um mich herum. Ich sehe die Welt mit anderen Augen als noch vor ein paar Jahren. Die Natur ist zu meiner Kirche geworden, die ich, sooft es geht, auch besuche. Beten, Danken und Lauschen sind Teil meines Gottesdienstes geworden.

Ich habe Menschen kennengelernt, die nicht mehr leben wollten oder konnten. Auch ich war vor einigen Jahren so weit. Ein kleiner Funke war aber noch da, der nicht verglimmen wollte. Dieser kleine Funke wollte unbedingt wachsen. Er wurde heller und stärker.

Dies ist eine wundervolle Entwicklung und Erfahrung, und ich bin überzeugt, dass in jedem Einzelnen von uns dieser kleine Funke verborgen ist.

Hartmut G. Müller

Was, wenn wir nichts mehr wissen?
Was, wenn ALLES NICHTS ist?
Was, wenn das Ende der Anfang ist?

Memphis, im Jahr 2008 – oder für Marc Thomson das Jahr Null.
Wie viele quälende Fragen kann ein Mensch ertragen?
Tausende von Antworten auf jede einzelne Frage.
Oder keine Antwort mehr auf tausende Fragen ...

Kapitel 1

Marc, 43 Jahre alt, gefeuert von seinem letzten Arbeitgeber, getrennt von seiner Familie, wohnte seit beinahe drei Jahren in einem ausrangierten Bauwagen am Rande der Kleinstadt Marion. Marc war in dem etwas verschlafen wirkenden Städtchen aufgewachsen, das nahe der Großstadt Memphis liegt, aber geografisch nicht zu Tennessee, sondern zum Nachbarstaat Arkansas gehört.

Die Wiese, auf der der Bauwagen stand, lag etwas außerhalb und war umsäumt von Bäumen, Sträuchern und einem schon etwas heruntergekommenen Holzzaun. Marc lebte hier sehr zurückgezogen und ohne jegliche Perspektive. Das gefühlte Ende und ein großer Schmerz nagten an seiner psychischen und körperlichen Verfassung.

Die ungepflegten langen Haare hingen ihm ins Gesicht und sein zotteliger Bart war alles andere als schön anzusehen. Die Kleidung, die er trug, war dreckig und abgenutzt und seine Schuhe waren vollkommen abgetragen, die Schnürsenkel schon so oft abgerissen, dass sie fast nur noch aus Knoten bestanden. Er besaß nur noch, was er am Leibe trug.

Im Nebenraum einer Truckerkneipe, an der Route 55 zwischen Chicago und New Orleans gelegen, bekam er abendlich eine warme Mahlzeit. Trucker sind bekanntlich gute Esser, aber die Portionen, die bei Larry Curtis, dem Besitzer des »Heavenly Hell« serviert wurden, waren selbst für gestandene Mannsbilder nicht immer zu schaffen. Sally, Larrys Ehefrau und Spitzenköchin, bereitete jeden Abend die Reste des Tages für Marc liebevoll zu. Gelegentlich half Marc Sally beim Tellerspülen und bekam dafür fünf Dollar als Dankeschön.

Marc hatte die beiden in den vergangenen Jahren sehr ins Herz geschlossen. Larry, der mit seiner stattlichen Körpergröße von 1,93 Meter Marc um fünfzehn Zentimeter überragte, war immer sehr gut gekleidet und für sein Alter noch äußerst sportlich. Seine 58 Jahre sah man ihm wirklich nicht an, und das musste wohl an der positiven Lebenseinstellung liegen, die er in den letzten Jahren gewonnen hatte.

Sally, beinahe zwei Köpfe kleiner als Larry, eine sehr attraktive Frau, sprühte mit ihren 52 Jahren nur so vor Lebenslust. Sie besaß eine wundervolle Ausstrahlung und die Wärme, die sie ihren Mitmenschen entgegenbrachte, war einzigartig.

Larry und Sally waren es auch, die Marc das Grundstück mit dem Bauwagen kostenlos überließen. Sie hatten Mitleid mit ihm, waren sich aber auch sicher, dass er sein Leben wieder in den Griff bekommen würde. Diese Hoffnung motivierte die beiden, Marc, so gut es ging, zu unterstützen.

Die Nächte, die Marc in dem spärlich ausgestatteten Bauwagen verbrachte, waren oft sehr kalt und lang. Mit seiner Vergangenheit hatte Marc noch längst nicht abgeschlossen. Viele Gedanken an die überwiegend negativen Erfahrungen und Begebenheiten in seinem Leben ließen ihn oft wach liegen oder schweißgebadet aus Albträumen aufschrecken, die ihn immer und immer wieder quälten. Von den fünf Dollar, die er von Sally für das gelegentliche Abspülen bekam, kaufte Marc sich oft einen billigen Schnaps, um sich etwas zu betäuben, wenn er nicht schlafen konnte oder aus seinen Träumen erwachte.

Das Leben war für Marc, der als Kind ein lebensfroher Junge gewesen war, sinnlos geworden. Viele Gedanken schienen sich in seinem Kopf anzustauen und bereiteten ihm immer wieder Kopfschmerzen. Wie ein riesiger Berg fühlten sie sich an. Das Grübeln war ihm zur Hauptaufgabe geworden, und wenn er dafür bezahlt würde, wäre er wohl ein reicher Mann. Sein Leben fühlte sich für ihn an, als umgebe ihn eine unendliche Leere, und für Momente kam in ihm die Angst hoch, von einem schwarzen Loch verschlungen zu werden.

An einem lauen Septembertag nahm Marcs Leben eine weitere Wendung zum Schlechten. Henry Morgan, ein ergrauter, manchmal etwas mürrischer Mann von 62 Jahren, war der Besitzer eines kleinen Geschäfts in einer Seitengasse in Memphis. In diesem Laden versorgte Henry seine Kundschaft – einfache Menschen, überwiegend eher in der Unterschicht angesiedelt – mit Likören und Weinbränden. Marc besuchte ihn fast täglich, meistens um die Mittagszeit. Dort bekam er von Henry immer zwei Gläser »Henry Special Highlight«, eine Mischung aus verschiedenen Schnäpsen, die er als Tagesgetränk anbot.

Henry schätzte Marcs kreative Kritik bei seiner Suche nach der aromatischsten Mischung des Tages.

Als Marc an diesem Tag bei Henry auftauchte, bat ihn dieser um einen Gefallen. Henry war seit zwei Jahren verwitwet. Seine Frau hatte zu ihren Lebzeiten immer bemängelt, Henry sei viel zu gutmütig und verbringe mehr Zeit mit seinen Kunden als mit ihr. Sie hatten jedoch immer zueinandergestanden und Henry war seiner Frau dankbar für die Geborgenheit und Liebe, die sie ihm geschenkt hatte.

Henry bat Marc also, ihm zu helfen, Werkzeuge und Blumen ans Grab seiner Frau zu tragen. Der Friedhof war nur etwa zehn Minuten zu Fuß entfernt, doch Marc war das zu weit und Lust hatte er auch keine.

Henry war verärgert über Marcs Ablehnung. Er sagte vorwurfsvoll: »Marc, du bekommst von mir seit Jahren nahezu täglich eine Ration Alkohol und ich habe nie etwas dafür verlangt. Ab sofort wirst du dafür bezahlen, oder du brauchst hier gar nicht mehr auftauchen.«

Marc lachte und dachte, Henry habe das nur so dahingesagt. Als er anmerkte, er habe ja so etwas wie ein Gewohnheitsrecht auf die tägliche Alkoholration, platzte Henry fast der Kragen. »Jetzt ist Schluss«, entgegnete er verärgert und stellte eine Rechnung auf, die Marc doch etwas überraschte. »Marc, du kommst seit drei Jahren fast täglich in meinen Laden und trinkst mindestens zwei Gläser ›Henry Special Highlight‹. Das waren an mehr als tausend Tagen etwa zwei Gläser Weinbrand.

Wenn ich pro Glas nur einen Dollar berechne, schuldest du mir zum heutigen Tage rund zweitausend Dollar. Nun frage ich mich, wie und wann du diesen Rückstand in irgendeiner Form zurückgeben willst.«

Marc brach in schallendes Gelächter aus und sagte zu Henry, dies sei der beste Scherz, den er seit Langem gehört habe: »Darauf müssen wir einen trinken!«

Jedoch war Henry nicht zum Scherzen zumute. Er zeigte in Richtung Tür: »Raus jetzt und betrete nie mehr meinen Laden!«

Marc blieb sprachlos stehen. Sollte ihm dieser letzte Trost in seinem Leben auch noch verweigert werden? Eine körperlich spürbare Angst stieg in ihm auf, künftig auf die tägliche Alkoholration verzichten zu müssen. Nochmals zeigte Henry zur Tür und schob Marc in Richtung Ausgang. Marc wehrte sich, drehte sich in einem Schwung mit erhobenem Arm um und traf Henry am Hals. Henry ging zu Boden. Er prallte mit dem Kopf gegen einen leeren gläsernen Schnapsballon, der unter der Wucht des Aufpralls zerbrach. Henry lag bewegungslos da, zwischen den Scherben unter seinem Kopf sickerte Blut hervor. Marc erschrak und drehte sich panisch zur offenen Tür. Er schaute sich um, ob ihn irgendjemand gesehen hatte. Ein Blick nach links, ein Blick nach rechts. Die Straße war menschenleer. Marc huschte aus dem Laden und ging hastig in Richtung Hauptstraße, schaute noch einmal zurück und mischte sich dann unter die wenigen Menschen, die in der Einkaufsstraße unterwegs waren. Er wusste nicht, warum das geschehen war. Wohin sollte er gehen? Wie sollte es weitergehen?

Als er wieder einigermaßen klar im Kopf war, fand er sich auf der Hernando-Desoto-Bridge wieder, die über den Mississippi führte. Auf seinem fünfzehn Kilometer langen Weg von Marion nach Memphis überquerte Marc regelmäßig diese Brücke mit der weit geschwungenen Metallkonstruktion.

Manchmal fuhr er mit dem Bus, meist aber mit einem Kurierfahrer, Ben Richards, der seit Jahren zu einem besonders günstigen Preis im Motel des »Heavenly Hell« wohnte. Marc schätzte die Brücke etwa dreißig Meter hoch. Er schaute in die Tiefe. Wäre das hoch genug, um dem Ganzen ein Ende zu bereiten? Was, wenn ich nicht sofort tot bin?, spukte ihm im Kopf herum. Was, wenn ich schwer verletzt überlebe und mein beschissenes Leben dadurch noch mehr zur Qual wird? Er fühlte sich wie ein Wrack. Das andere Ende der Brücke in nördlicher Fahrtrichtung lag in weiter Ferne und Marc zweifelte, es mit seinen wenigen verbliebenen Kräften erreichen zu können. Nein, es geht nicht mehr weiter. Ich bin an meinem Lebensende angelangt. Das war es wohl. All die Träume, die ich in meiner Jugend gehabt habe … alle weg und unerfüllt. Nichts mehr da, wofür es sich zu leben lohnt. Jetzt ist Schluss! Mit zittrigen Beinen stieg Marc auf das Geländer der Brücke. Er machte die Augen zu und spannte nochmals alle Muskeln an.

Auf einmal wurden seine Gedanken immer schneller. Sie schienen sein Leben im Zeitraffer rückwärts abzuspulen. Alles, was er in den letzten Monaten und Jahren erlebt hatte, schien sich vor seinem inneren Auge nochmals wie in einem Film zu wiederholen. Plötzlich, wie mit dem Drücken der Pausetaste, blieben die Gedanken an einem Punkt in seinem Leben stehen. Da war die Erinnerung an seine beiden Kinder Tim und Rebecca. Sie erschienen ganz klar und wahrhaftig vor ihm und lächelten ihm zu. Tim, der fünfjährige, lebensfrohe Junge, und Rebecca, mit sieben Jahren ein bildhübsches Mädchen. Sie schauten ihren Vater mit großen Augen an, mit Augen, in denen die kleinen Kinderseelen für Marc sichtbar wurden. Augen, die Marc das Wunder dieses Universums widerspiegelten, Augen, die voll Liebe und kindlicher Lebensfreude glänzten. Augen, in denen sich kleine Tränen sammelten, die sich schließlich ergossen, um über den Schmerz der Kinder zu berichten, die ihren Vater so vermissten. Er hörte leise, traurige Stimmen sagen: »Papi, bitte bleib bei uns, wir haben dich so sehr lieb. Papi, komm bitte zu uns zurück.«

Marc stockte der Atem. Eine innere Kraft drohte ihn zu zerreißen. Sein Herz schien zu bersten und plötzlich rannen Tränen über sein bärtiges Gesicht. Seine Knie wurden weich und seine Hände fingen an zu zittern. Er stieg wackelig von der Brüstung und ließ sich auf den Gehweg der Brücke fallen. Meine geliebten Kinder!, schoss es durch seinen Kopf. »Nein, ich muss sie wiedersehen«, schluchzte er. Ich bin ein Feigling und ein Nichtsnutz, wenn ich mich jetzt einfach so aus dem Staub mache. Ich muss leben, dachte er sich, das kann es noch nicht gewesen sein. Diese Gedanken gaben Marc ein klein wenig Lebensmut zurück. Ich werde sie wiedersehen, nahm er sich vor. Ich werde sie suchen und wenn es das Letzte ist, was ich in meinem Leben noch mache. Er raffte sich langsam auf, und als er wieder auf seinen Beinen stand, fing er an, zum anderen Ende der Brücke zu laufen, das ihm vor wenigen Minuten noch unerreichbar schien. Er lief den ganzen weiten Weg nach Marion zurück und verkroch sich in seine Lieblingsecke im Bauwagen.

Er vergrub sich auf der alten, durchgelegenen Matratze, die hier am Boden lag, zwischen Kissen und Bettdecke, aus deren Löcher sich ringsum Daunen verteilten. Eine zusammengerollte Wolldecke diente seinem Kopf als Unterlage. Vollkommen erschöpft fiel er sofort in den Tiefschlaf.

Kapitel 2

Marc träumte sehr intensiv und sehr wirres Zeug, als eine seltsame Stimme ihn weckte:

»Lieber Marc, wach endlich auf! Werde endlich wach und beginne der zu sein, der du bist.«

Marc schreckte hoch. »Wer ist da?«, fragte er in den fast leeren und dunklen Raum.

»Ich bin du«, sagte die Stimme.

Marc erstarrte vor Angst, ihm stockte der Atem. Er griff nach den Streichhölzern, die neben ihm am Boden lagen, und mit zittrigen Händen zündete er eine Kerze an.
Als der düstere Kerzenschein den Bauwagen etwas erhellte,

schaute er sich ängstlich um. Da war jedoch niemand zu sehen und das bereitete ihm noch mehr Angst. Er hatte doch die Stimme laut und deutlich gehört. Oder habe ich das nur geträumt?, fragte er sich.

Als er sich etwas beruhigt hatte, fragte er nochmals in den jetzt unheimlich erscheinenden Raum: »Wer bist du? Was willst du von mir?«

Keine Antwort, nur Stille, die den Bauwagen beängstigend erfüllte.

Also habe ich die Stimme doch nur geträumt, dachte Marc. Beruhigt setzte er sich auf und kramte aus seiner Jackentasche einen Flachmann. Hektisch nahm er einen großen Schluck Schnaps aus der Flasche.

»Ich bin du und ich und alles, was dich umgibt.«

Marc fiel vor Schreck, während er noch einmal ansetzen wollte, die kleine Flasche aus der Hand. Da war sie schon wieder, diese Stimme. Hastig hob er den Flachmann wieder auf und fragte nochmals: »Wer bist du und was willst du von mir?«

»Stellst du immer die gleichen Fragen und muss ich dir immer wieder dieselbe Antwort geben?«, fragte die Stimme.

»Okay, ich versuche dir eine andere Frage zu stellen«, entgegnete Marc. Er spürte, wie sein Magen vor Angst anfing zu rebellieren und sich jeden Moment zu entleeren drohte.

»Wie alt bin ich?«, lautete Marcs nächste Frage.

»Du bist 43 Jahre alt, und genauso lange kennen wir uns schon in diesem Leben. Ich betone: in diesem Leben.«

»Woher kennst du mein Alter und vor allem, wer bist du, wenn du mich schon so lange kennst?«

»Marc, nicht nur ich kenne dich schon so lange, sondern auch du mich.«

»Auch meinen Namen kennst du? Was weißt du noch über mich?«

»Alles weiß ich über dich und noch vieles mehr.«

»Zeige dich mir, sodass ich dich sehen kann«, forderte Marc.

»Du kannst mich sehen, schau dich um.«

»Ich sehe nur meinen alten Bauwagen, ein paar Decken und Klamotten und eine Kerze, die den Raum ein klein wenig erhellt.«

»Siehst du, da bin ich.«

»Du bist die Kerze?«, fragte Marc.

»Und der Bauwagen und die Decken und die Klamotten und die dreckigen Schuhe, die du anhast, und noch vieles mehr.«

»Du machst dich lustig über mich.«

»Ist deine Lage nicht zu ernst, um sie ins Lächerliche zu ziehen?«

»Du hast recht«, antwortete Marc mit betrübter Stimme und einem unsicheren Blick auf den Boden.

»Wie kann ich dich nennen?«

»Nenn mich doch einfach – Marc.«

»Ich soll dich so nennen wie mich?«

»Ich bin du, das habe ich dir vorhin schon gesagt. Glaubst du mir etwa nicht?«

»"Ich glaube", bedeutet für mich, etwas nicht zu wissen.«

»Genau das denkt ihr Menschen über den Glauben. Entweder ihr versteht das Wort nicht und gebraucht es einfach gedankenlos, oder ihr denkt nur an die theologischen Überzeugungen, die euch in euren Institutionen vermittelt wurden.

So, und nun ist meine Aufgabe, dich aufzuwecken, für heute erfüllt. Danke deinen Kindern, dass sie dich erreicht haben.«

»Du verschwindest nun einfach und lässt mich zurück mit deinen an Blasphemie grenzenden Aussagen?«

»Ich bin immer bei dir, habe ich gesagt!

Du wirst Menschen treffen, die dir deine Fragen beantworten. Achte sehr darauf, was sich um dich herum begibt.«

»Kann ich jetzt immer mit dir reden?«, fragte Marc, jedoch bekam er keine Antwort mehr.

Er pustete ermüdet die Kerze aus und schlief bis in die späten Morgenstunden des nächsten Tages.

Kapitel 3

Als Marc gegen Mittag aufwachte, fühlte er sich im ersten Moment wie neugeboren. Irgendetwas hatte sich verändert, was er noch nicht so richtig realisieren und einschätzen konnte. Er dachte über das Erlebnis der letzten Nacht nach und kam zu dem Schluss, er habe wieder einmal sehr intensiv geträumt.

Als er von seiner durchgelegenen Matratze aufstand, fiel ihm der Flachmann vor die Füße. Erst mal Alkohol besorgen, dachte er wie gewohnt. Am besten, ich fahre zu Henry, da bekomme ich ..., oh nein, was ist gestern passiert? Henry, der Streit, mein Schlag, der Schnapsballon, das Blut ... Wie ein Blitz traf Marc der Gedanke an den gestrigen Tag. Er hatte die schreckliche Begebenheit erfolgreich verdrängt, doch nun traf es ihn mit voller Wucht. Hoffentlich habe ich keine Spuren hinterlassen, hoffentlich hat mich niemand gesehen. Wut kam in Marc hoch, Wut auf Henry. Warum hat dieser Idiot auch so darauf reagiert, dass ich ihm nicht helfen wollte?, dachte er. Was, wenn Henry tot ist? – Ja, er musste tot sein, so wie er geblutet hatte.

Ich bin auf einmal ein Schwerverbrecher, ein Mörder, ja der Abschaum der Gesellschaft.

Am besten, ich fahre in die Stadt und schaue mal in den Laden, dachte er. Marc machte sich auf zu Ben, dem Kurierfahrer, mit dem er mehrmals in der Woche nach Memphis fuhr. Bens Transporter stand noch vor dem kleinen Motel, das ebenfalls Larry und Sally gehörte. Marc schlich sich von hinten an das Gebäude heran, sodass er nicht gesehen wurde. Als er das Zimmer mit der Nummer 03 erreicht hatte, klopfte er vorsichtig an die Tür.

»Ich komme gleich«, ertönte es aus Bens Zimmer. Als Ben aufmachte und Marc ins Gesicht schaute, sagte er:

»Mein Gott, du siehst ja schrecklich aus. Was ist passiert? Hast du die ganze Nacht nicht geschlafen?«

Marc war nicht zum Antworten zumute. »Fährst du in die Stadt?«, fragte er stattdessen.

»Da kommst du gerade noch rechtzeitig. In fünf Minuten wäre ich weg gewesen«, sagte Ben.

Beide stiegen in den Transporter und fuhren los Richtung Stadt. Zehn Minuten vergingen, ohne dass einer der beiden ein Wort sprach. Ben unterbrach die Stille und fragte, ob alles in Ordnung sei. Marc nickte nur und schaute zum Seitenfenster hinaus, als sie gerade über die Hernando-Desoto-Bridge fuhren. Erneut kam dieses Gefühl der Machtlosigkeit in ihm hoch. Es bereitete ihm Schmerzen, an den gestrigen Tag zu denken. Wie gerne würde er wieder seine Kinder in den Arm nehmen. Ja, auch seine Frau, die sich von ihm getrennt hatte, vermisste er sehr. Eines Tages war sie mit den Kindern weg, als er wieder einmal sein Versprechen nicht eingehalten hatte, direkt von der Arbeit nach Hause zu kommen. Er verbrachte mehr Zeit in den Kneipen der Stadt als zu Hause. Diese unerträgliche Situation konnte Susan damals nicht länger ertragen.

»Hallo, willst du nun endlich aussteigen?«, fragte Ben, nachdem er schon einige Zeit angehalten hatte.

»Entschuldigung«, sagte Marc, »ich war wohl gerade in Gedanken.«

»Schon gut«, antwortete Ben, »heute Abend fahre ich gegen zehn Uhr wieder zurück.«

Marc schaute auf die Uhr, sie zeigte gerade halb zwei an. »Bis später, Ben«, verabschiedete er sich.

Unsicher, wie er sich auf den belebten Straßen verhalten sollte, bewegte er sich so unauffällig wie möglich. Als er in die Straße einbog, in der sich Henrys Laden befand, bekam er ein sehr schlechtes und bedrückendes Gefühl. Immer näher und näher kam er dem Ort des Geschehens. Er ging auf der gegenüberliegenden Straßenseite und beobachtete, wie einige Leute mit leeren Flaschen vor der verschlossenen Ladentür standen, die mit einem Türschild versehen war. Sie unterhielten sich aufgeregt und machten weit ausholende Bewegungen mit ihren

Armen. Es sah für Marc aus, als stellten sie den Tathergang nach. Er bekam Herzklopfen. Bin ich wohl doch gesehen worden?, fragte er sich. Hat die ganze Situation doch jemand beobachtet?

Als Marc näher kam, konnte er ein paar Wortfetzen aufschnappen. Ein großer Mann mit abgetragener Kleidung machte eine Handbewegung, als werfe er irgendetwas von oben nach unten: »Der Korb war wirklich klasse und kam gerade noch rechtzeitig, bevor der Schiedsrichter abgepfiffen hat.«

Marc fiel ein Stein vom Herzen. Die Leute unterhielten sich über ein Basketballspiel, das sie wohl im Fernsehen gesehen hatten. Nach einer Weile verabschiedeten sie sich voneinander und jeder ging seines Weges. Marc schlenderte mit den Händen in der Hosentasche hinüber, um zu sehen, was auf dem Schild an der Eingangstür des Ladens stand. Die Worte »Vorübergehend geschlossen« wären für ihn eine Erleichterung gewesen. Auf dem Schild stand aber »Ladenaufgabe. Bitte bei Interesse das Maklerbüro Smith & Partner kontaktieren!«

Das traf Marc wie eine Eisenstange auf den Hinterkopf. Henry lebt nicht mehr!, durchfuhr es ihn. Ich muss mich verstecken, sie werden sicherlich nach mir suchen. Es ist nur eine Frage der Zeit, bis sie mich aufspüren und verhaften werden. Aber – ist das Leben im Gefängnis sehr viel schlechter als dieses beschissene Leben, das ich jetzt hier führe? Kann es denn noch schlimmer werden? Ich glaube nicht, dachte Marc.

Ich stelle mich der Polizei, das bin ich Henry schuldig. Oder ich warte einfach ab, was geschieht. Er beschloss nach kurzer Überlegung, sich vollkommen unauffällig zu verhalten. Wenn sie mich schnappen, soll es so geschehen, dachte er.

Stundenlang lief er im nahe gelegenen Park umher und versuchte, seine Gedanken an Henry zu unterdrücken. An einem Brunnen trank er einen Schluck Wasser, um seinen Durst zu stillen. »Kein Trinkwasser« stand auf einem Messingschildchen neben dem Wasserhahn. Marc störte das nicht, denn sehr gesund lebte er schon lange nicht mehr. Lieber als dieser fade Schluck Wasser wäre ihm jetzt natürlich ein Glas »Henry Special Highlight« gewesen, aber damit war wohl für immer Schluss. Pünktlich um zehn Uhr stieg Marc am Abend in Bens Transporter und mit wenigen Worten fuhren sie in Richtung »Heavenly Hell«.

Dort angekommen verabschiedete sich Ben: »Also, mach's gut, Marc, und ich hoffe, du bist morgen wieder etwas besser gelaunt.«

Marc nickte und machte sich, vom Hunger getrieben, in Richtung Truckerkneipe auf, die etwa zweihundert Meter vom Motel entfernt lag. Larry und Sally hatten nur noch zwei Gäste, die bei einem sehr angeregten Gespräch ihr Bier tranken. Als die beiden Trucker sich ins Motel zurückzogen, kam Sally an Marcs Tisch: »Marc, ich bringe dir dein Essen ins Nebenzimmer. In fünf Minuten habe ich es fertig.«

»Danke«, sagte Marc und ging noch auf die Toilette, die sich neben dem Gastraum befand. Als er den etwas beschlagenen Spiegel mit einem Papiertuch abwischte, erschrak er vor seinem eigenen Spiegelbild. Seine Haare waren zerzaust und fettig und sein Bart war viel zu lang und sehr ungepflegt. Seine Augen glänzten rötlich-glasig, darunter lagen dunkle Augenringe und leicht angeschwollene Tränensäcke. Als Marc sich so sah, dachte er an die Zeit als Versicherungsvertreter zurück. Als er noch kurze Haare trug und täglich frisch rasiert und im feinen Anzug zu den Kunden gefahren war. Er gehörte jedoch eher zu denen, die tagtäglich auf neue Aufträge hofften, um die notwendigen Provisionen einzufahren, sodass es gerade ausreichte, die Familie zu versorgen. Er mochte seine Arbeit nicht besonders, da er ständig das Gefühl hatte, bei den Kunden Bittsteller zu sein und ihnen das Geld aus der Tasche ziehen zu müssen. Diese Einstellung machte ihn nicht gerade erfolgreich. Abhaken, dachte er und wusch sich mit kaltem Wasser das müde Gesicht.

Als er im Nebenraum eintraf, hatte Sally schon den kleinen Tisch liebevoll gedeckt. Eine Kerze stand darauf und ihre Flamme loderte ruhig sowie gleichmäßig hin und her.

»Die Trucker haben es heute besonders gut mit dir gemeint«, sagte Sally. »Vielleicht hat ihnen das Essen ja auch nicht geschmeckt.«

»Das kann ich mir bei der besten Köchin von ganz Tennessee gar nicht vorstellen«, entgegnete Marc.

Sally fühlte sich sehr geschmeichelt. Auch Larry hatte die letzten Worte mitbekommen und schmunzelte. Sally machte es sich auf der Couch, die in der Nähe des Fensters stand, gemütlich. Ihre Beine waren müde vom langen Stehen in der Küche. Sie legte sie hoch und klemmte ein Kissen unter die Kniekehlen. Larry setzte sich zu Marc und wünschte ihm einen guten Appetit. Er hatte ihm ein frisch gezapftes Bier mitgebracht. Die Blume, durch die das Kerzenlicht schien, sah aus wie ein Sahnehäubchen. Marc begann zu essen und war sehr in sich gekehrt.

»Sally, dein Rindersteak ist ein Gedicht und die Beilagen schmecken wirklich lecker«, sagte er.

»Hast du auch schon die Bratwurst, die zwei winzigen Schweinelendchen und das kleine Hackbällchen probiert?«, fragte Sally. »Und wie passen die Erbsen zu den Pommes und die Bratkartoffeln zum Krautsalat, falls du diesen findest?«

Alle drei fingen herzhaft an zu lachen.

Als Marc mit dem Essen fertig war, wollte er den Teller in die Küche bringen. Larry hielt ihn am Arm fest und zog ihn zurück auf den Stuhl. »Marc, was ist mit dir los?«, fragte er. »Du siehst heute wirklich schlecht aus und du warst den ganzen Abend so still. Hast du etwas auf dem Herzen?«

»Ach Larry, ihr seid immer so gut zu mir. Womit habe ich das eigentlich verdient? Ich bin ein schlechter Mensch und ein Unglücksrabe noch dazu. Ihr solltet euch nicht mit Menschen wie mir umgeben. Ich bringe euch nur Schwierigkeiten und falle euch ständig zur Last.«

»Erzähle weiter«, sagte Sally mit ironischem Unterton, »ich habe selten so einen Blödsinn gehört und würde mich gerne noch ein bisschen amüsieren.«

»Du machst dich über mich lustig, Sally«, entgegnete Marc. »Ich habe gestern einen sehr schlechten Tag gehabt und die Nacht war schrecklich.«

»Mir scheint, du hast gestern etwas aus dem Leben und für das Leben gelernt«, sagte Larry.

»Larry, jetzt fang du nicht an, von Dingen zu sprechen, die du eigentlich gar nicht wissen kannst«, regte Marc sich auf. »Was ist eigentlich los, sind denn alle um mich herum bekloppt?«

Larry schaute Marc etwas überrascht an.

»Entschuldige Larry, es war die letzten Tage wohl etwas viel für mich.«

»Ist schon gut, Marc. Wenn du darüber reden möchtest, stehen Sally und ich dir gerne zur Verfügung. Wir haben dich sehr gerne und dein Wohl liegt uns sehr am Herzen.«

»Ihr beiden, habt ihr wohl eine Erklärung, weshalb ich mein Leben nicht mehr in den Griff bekomme? Alles, was ich tue, läuft irgendwie in die falsche Richtung, und ich habe das Gefühl, irgendjemand bastelt hier an meinem Leben herum und macht sich einen Spaß daraus, mich zur Verzweiflung zu bringen.«

»Der Bastler bist du selbst, Marc. Nur du alleine kannst deinen Lebenslauf beeinflussen«, sagte Sally.

Marc war nicht klar, ob er wütend oder dankbar reagieren sollte.

»Sally, ich hatte heute Nacht einen Traum, in dem mir eine mysteriöse Stimme eine ähnliche Geschichte erzählen wollte. Das hat mir gereicht und das Letzte, was ich heute noch gebrauchen kann, ist, dass sich dies in unserer Runde fortsetzt.«

»Was ist denn geschehen?«, fragte Sally.

Marc erzählte zögerlich von dem vermeintlichen Traum, der ihn so sehr beschäftigte.

»War es denn wirklich ein Traum, Marc?«

»Wie, war es denn wirklich ein Traum, Sally? Du willst mir jetzt nicht sagen, dass ich das wirklich erlebt habe, oder?«

»Das kann ich dir nicht beantworten«, entgegnete Sally. »Du allein solltest die Antwort kennen.«

»Erzähl doch etwas über den gestrigen Tag und was du so Schreckliches erlebt hast«, forderte Larry ihn auf.

»Was, wenn ich jemandem etwas ganz Schlimmes angetan habe und ich das nicht mehr rückgängig machen kann?« Marc wurde bei diesem Satz sehr traurig und konnte die Tränen kaum noch zurückhalten.

»Kannst du es denn wirklich nicht mehr gutmachen?«, fragte Sally.

»Nein, es ist zu spät und mein Leben ist zerstört«, sagte Marc mit weinerlicher Stimme.

Larry legte seine Hand auf Marcs Hände. Marc wollte sich dem entziehen, jedoch hielt Larry die Hände so fest, dass Marc es geschehen lassen musste.

»Ich würde denjenigen gerne um Verzeihung bitten und ihm sagen, dass ich es nicht mit Absicht getan habe«, sagte Marc.

»Dann tue es doch, sende dein Anliegen im Gebet dem anderen zu. Es wird ihn erreichen, egal wo sich dieser Mensch befindet. Das klingt vielleicht etwas schräg für dich, aber es ist die Wahrheit. Vertraue auf eine höhere Macht und glaube daran, dass es geschehen wird«, sagte Larry. »Und nun, Marc, lass es gut sein für heute.«

Larry ließ Marcs Hände los und blickte ihm ganz tief in die Augen. Marc durchströmte in diesem Moment ein Wohlgefühl, das er so nur selten erlebt hatte.

»Ihr seid so gut zu mir, wie kann ich das jemals wiedergutmachen?«, fragte Marc die beiden.

Sally entgegnete ihm lächelnd: »Du hast es schon gutgemacht, indem du Vertrauen zu uns hast. Was waren denn die letzten Worte, die diese mysteriöse Stimme zu dir gesagt hat?«, wollte sie noch wissen.

»Wenn ich mich noch recht erinnere, hat die Stimme gesagt, dass ich Menschen treffen werde, die mir meine Fragen beantworten, und ich solle darauf achten, was sich um mich herum begibt.«

Sally schaute Marc tief in die Augen, stand auf und nahm ihn in den Arm. »Alles wird gut«, flüsterte sie ihm ins Ohr.

Larry begleitete Marc noch zur Tür und klopfte ihm auf die Schulter, bevor er die Tür hinter ihm abschloss.

Marc legte die Strecke bis zu seinem Bauwagen zurück, ohne überhaupt noch ein Zeitgefühl in sich zu tragen. Völlig verwirrt über die Geschehnisse der letzten beiden Tage verkroch er sich in seine Lieblingsecke auf die Matratze und hüllte sich mit allem, was er an Decken und Kleidung hatte, ein. Ihn fröstelte, obwohl es eine laue Spätsommernacht war.

»Hey, du Stimme, bist du da?«, fragte er in die Stille der Nacht.

Keine Antwort.

Was soll ich tun?, dachte er. Soll ich wirklich beten und hoffen, dass sich meine Lage verbessert? Na gut, vielleicht hilft es ja.

Als Marc noch ein Kind war, hatte seine Mutter ihm das Beten beigebracht. Er betete früher immer vor dem Einschlafen. Nun überlegte er, seit wann das mit dem Beten eigentlich zu Ende war. War es denn plötzlich weg? Ich kann mich nicht mehr daran erinnern, dachte er.

»Lieber Gott«, fing er zögerlich an. »Lieber Gott, ich komme mir gerade vollkommen blöde vor. Lieber Gott, ich habe etwas ganz Schreckliches gemacht. Bitte, Henry, verzeih mir, was ich dir angetan habe. Ich wünschte, ich könnte es rückgängig machen. Ich habe noch nie einen Menschen umgebracht und ich wollte immer ein guter Mensch sein. Ich wollte immer eine glückliche Familie und einen guten Job haben. Nun ist alles kaputt. Viele Idioten, die ich kenne – und da gibt es wirklich viele –, haben mich so weit gebracht, dass ich jetzt in einem Bauwagen hausen muss. Warum machen mir denn so viele Menschen mein Leben so schwer? Warum muss ich immer das Opfer sein, auf dem jeder rumhackt und rumtrampelt? So kann ich nicht mehr weiterleben. Was bist du für ein Gott, dass du mir das alles antust, dass du das alles zulässt?

Ich habe als kleiner Junge immer zu einem lieben Gott gebetet. Habe ich irgendwann mal die himmlische Adresse verfehlt? Oder bist du böse auf mich, weil ich heute nicht mehr bete? Egal, besser wird mein Leben auf jeden Fall nicht mehr. Wer wäre denn dazu fähig, mein Leben wieder in geordnete Bahnen zu leiten?

Henry, ich hoffe, du kannst mir verzeihen. Es tut mir schrecklich leid, was ich dir angetan habe. Bitte verzeih mir, Amen.«

Kapitel 4

Am nächsten Morgen wachte Marc ungewöhnlich früh auf. Es war noch nicht einmal richtig hell. Er machte die Tür seines Bauwagens auf und schaute in Richtung Sonnenaufgang. Ein leichter Frühnebel schwebte über den Wiesen hinter dem Lattenzaun, der das Gelände umgab. Ein klein wenig Lebensmut kam in Marc auf, als er die Aussicht betrachtete. Die herrliche Natur, die ihn umgab, hatte er schon lange nicht mehr beachtet. An diesem Tag jedoch streckte er sogar seine Nase in den leichten Wind und nahm den Geruch der frisch gemähten Wiesen wahr. Er hörte zum ersten Mal seit Langem die Vögel singen. Die Insekten, die über den blühenden Rasen flogen, lockten ihn die drei Stufen seines Bauwagens hinab. Er lief ein paar Schritte und sah dabei zu Boden. Kleine rote Käfer versammelten sich um einen Apfel, der vor ihm am Boden lag. Marc kniete nieder und stützte sich mit den Händen ab. So konnte er das emsige Treiben am Boden besser beobachten. Ein Wohlgefühl überkam ihn und er erinnerte sich, wie er es als Kind nie lange im Haus ausgehalten hatte. Sofort nach den Schulstunden musste er hinaus auf die Wiesen und in die umliegenden Wälder. Er erkundete die Steine im Bach und versuchte, mit bloßen Händen Fische zu fangen. Dabei entwickelte er eine Technik, die keiner seiner Freunde nachahmen konnte. Er bildete im Wasser mit seinen Füßen ein V und trieb die Fische Schritt für Schritt in Richtung einer ausgewaschenen Baumwurzel. Dort griff er blitzschnell zu und die Fische, in die Enge getrieben, konnten nicht schnell genug reagieren, um davonzuschwimmen. Er war dabei wirklich sehr geschickt und seine Freunde verloren schnell die Lust daran, es ihm gleichzutun. Marc strich den Fischen mit den Fingern über die glatten

Schuppen und ließ sie mit dem Satz »Wir sehen uns wieder« ins Wasser zurückgleiten.

»Lieber Gott«, sagte er, »lieber Gott, was ist mit mir geschehen? Was ist aus mir geworden?«

Er richtete sich auf und war gerade im Begriff, seinen Bauwagen wieder zu betreten, als plötzlich ein Schmetterling um seinen Kopf flatterte und sich direkt auf seine Stirn setzte. Marc konnte aus dem Augenwinkel seine Farben erkennen. Er war schwarz und hatte orangerote Streifen auf den Flügeln. Die weißen Punkte, die Marc durch die dünnen Flügel erkannte, sahen aus wie der Hagelzucker, den seine Mutter in der Weihnachtszeit auf ihre Schokoplätzchen streute. Er konnte den Geschmack der Plätzchen auf seiner Zunge fühlen.

Mein Gott, wie ist das schön, dachte er, als der Schmetterling davonflog. Marc schaute ihm noch nach, bis er über dem Bauwagen verschwand.

Wieder in seiner Lieblingsecke im Bauwagen angekommen, machte sich Marc über das Gespräch mit Larry und Sally Gedanken. Er hatte Henry nicht mit Namen erwähnt, aber das Gefühl, die beiden wüssten, um wen es sich handelte. Vielleicht bilde ich mir das auch nur ein, dachte Marc. Was meinte Larry wohl damit, als er sagte: »Sende dein Anliegen im Gebet dem anderen zu. Es wird ihn erreichen, egal wo sich dieser Mensch befindet. Vertraue auf eine höhere Macht und glaube daran, dass es geschehen wird«?

Es kam Marc schon ein bisschen merkwürdig vor, zu einem Verstorbenen zu beten und ihn um Verzeihung zu bitten. Aber es hat mich doch etwas erleichtert, musste er letztlich zugeben.

Er hatte mehrere Stunden vor sich hin sinniert, als ihm spontan in den Sinn kam, in die Stadt zu fahren. Erklären konnte er sich diesen Drang gerade nicht. Er spürte, dass er innerlich anfing zu zittern und ihm ungewöhnlich warm wurde. Vielleicht bekomme ich Fieber, dachte er und legte sich auf seine Matratze. Aber das Gefühl, in die Stadt zu müssen, ließ ihm keine Ruhe. Marc schaute auf seine alte Taschenuhr, die sein Großvater ihm zum achtzehnten Geburtstag geschenkt hatte.

Es war kurz nach Mittag, und wenn er sich beeilte, wäre Ben bestimmt noch in seinem Motelzimmer.

Hastig machte er sich auf den Weg und Bens Transporter stand tatsächlich noch auf dem Parkplatz des Motels. »Hallo Ben«, sagte Marc, als dieser ihm die Tür öffnete, »fährst du wieder in die Stadt?«

»Wie fast jeden Tag, Marc. Setz dich schon mal in den Wagen. Ich bin in zehn Minuten da.«

Ich habe Ben schon lange nichts mehr für seine Fahrdienste gegeben, dachte Marc, während er in den Transporter stieg. Obwohl Ben nichts dafür annehmen wollte, hat ihm Marc immer wieder ein paar Dollar zugesteckt.

Er schaltete das Radio ein und stellte seinen Sitz etwas nach hinten. Was will ich nur in der Stadt?, fragte sich Marc, als Ben in den Wagen einstieg und losfuhr.

»Geht es dir heute etwas besser?«, fragte Ben.

»Ja, es geht schon«, entgegnete Marc einsilbig.

In Memphis angekommen, fragte Ben, wo Marc denn aussteigen möchte. Marc wusste es selbst nicht. Als sie an einer Kirche vorbeifuhren, überkam Marc wieder dieses innere Zittern und diese Wärme, die er schon vorher im Bauwagen verspürt hatte.

»Halte bitte hier an«, bat Marc.

»Willst du in die Kirche? Das würde mich doch etwas erstaunen. Gerade du, der kein gutes Haar an dieser Organisation lässt«, staunte Ben.

»Ich wollte nur zur Bratwurstbude gleich um die Ecke«, sagte Marc etwas verlegen. Er stieg aus und verabschiedete sich von Ben: »Heute Abend fahre ich wieder mit dir zurück. Ich bin pünktlich um zehn Uhr am Lager deiner Firma.« Mit diesen Worten schlug er die Tür hastig zu.

Irgendetwas zog Marc zum Kircheneingang, der prunkvoll mit einem Steinbogen umsäumt war. Er öffnete die schwere Holztür etwas zögerlich und betrat den dunklen Raum. Ein paar wenige Menschen saßen in den Bänken und schauten in die Kerzen, die auf dem Altar loderten. Marc setzte sich in eine der hinteren Reihen und lauschte der Stille, die ihn umgab. Warum bin ich hier?, fragte er sich. Das letzte Mal war ich in einer Kirche, als mein Sohn Tim getauft wurde. Damals war noch alles in Ordnung.

Eine ganze Weile verging und Marc war im Begriff zu gehen, als er aus dem Augenwinkel bemerkte, dass hinter ihm eine Gestalt saß. »Hast du auch ein Problem?«, fragte eine Männerstimme leise von hinten.

Marc wusste nicht, wie er darauf reagieren sollte.

»Viele Menschen, die hierherkommen, haben Probleme. Die meisten Probleme sind jedoch gar keine Probleme, sondern Aufgaben, die wir von Gott gestellt bekommen«, flüsterte der alte Mann mit einer sehr tiefen Stimme.

Marc wagte gar nicht, sich umzudrehen. Was will der Mann von mir?, dachte er.

»Wir sollen uns entwickeln und damit an der Schöpfung dieses wunderbaren Universums teilhaben«, flüsterte die Stimme weiter. »Gott lädt uns dazu ein, ihm dabei behilflich zu sein. Wir sind willkommen, in bedingungsloser Liebe unser Leben selbst zu gestalten. Gott stellt auch keine Bedingungen, er lässt einfach geschehen. Deshalb sind wir frei in allen unseren Entscheidungen. Die, die es verstanden haben, sind dem strahlenden Licht schon ziemlich nahe. Auch du, mein Sohn, wirst erhellt werden, Tag für Tag ein bisschen mehr.«

Marc war starr vor Erstaunen über diese Worte. Er dachte an die geheimnisvolle Stimme im Bauwagen und an die Worte, die er von Larry und Sally gehört hatte. Ist das eine der Personen, die mir meine Fragen beantworten sollen?, fragte er sich. Als er sich schließlich nach dem mysteriösen Greis umdrehte, war da niemand mehr zu sehen. Die Kirchentür fiel langsam, mit einem dumpfen Ton, ins Schloss.

Als Marc hektisch die Kirchenbank verließ und die Tür öffnete, war er geblendet von der Sonne, die ihm hell entgegenschien. Der alte Mann war jedoch nirgends mehr zu sehen. Als Marc sich etwas an die Helligkeit gewöhnt hatte, sah er einige Kinder, die an einem Brunnen mit Wasser spritzten. Das erinnerte ihn an die Situation am Morgen, als er von seinen Wasserschlachten im Bach träumte. Komisch, dass ich im Moment so oft an meine Kindheit erinnert werde, dachte er.

Marc wusste noch nicht, dass sich an diesem Tag etwas Unglaubliches ereignen würde. Er irrte ziellos durch die Straßen der Stadt und immer wieder musste er an Henry denken. In einer Seitengasse, in der er noch nie vorher war, entdeckte er eine Kneipe. Durchs Fenster meinte er zu erkennen, dass die Gäste darin vom gleichen Schlag seien wie er, gescheiterte Existenzen. Marc beschloss, die unglaublichen Ereignisse der letzten Tage mit etwas Alkohol hinunterzuspülen. Plötzlich stellte er mit Erschrecken fest, dass er nur noch achtzehn Dollar in seiner Jackentasche hatte. Da muss ich wohl Sally wieder mal beim Tellerspülen helfen, kam ihm in den Kopf.

Er betrat die Kneipe etwas schüchtern und setzte sich auf einen Barhocker am Ende der Theke. Als er sich umschaute, bemerkte er, dass die Gäste ihn von oben bis unten musterten. Sie redeten anscheinend über ihn und in Marc kam die Angst hoch, dass irgendjemand über den Vorfall in Henrys Laden Bescheid wissen könnte. Er drehte sich mit dem Rücken zu den Gästen und bestellte sich einen doppelten Whiskey.

»Na, mein Junge, hast du Probleme?«, fragte der Barkeeper, als er ihm den Whisky hinstellte.

Marc schaute ihn erstaunt an: »Was meinen Sie damit?«

Der Barkeeper lächelte und prostete Marc mit einem halben Glas Bier zu. Marc nahm den ersten großen Schluck aus seinem Glas und damit legte sich seine Unsicherheit urplötzlich. Als er den Whisky leer getrunken hatte, bestellte er sich noch einen zweiten. Wer weiß, wann ich den nächsten Schluck Alkohol bekomme? Vielleicht bin ich ja morgen schon im Knast, dachte er. Als er das zweite Glas ebenfalls ausgetrunken hatte, legte er sechs Dollar auf die Theke, verabschiedete sich und machte sich auf in Richtung Tür.

»Einen wundervollen Tag wünsche ich Ihnen, und beehren Sie mich bald mal wieder«, hörte Marc noch, als die Tür schon fast ins Schloss fiel. Etwas mulmig war ihm schon dabei, in dieser fremden Kneipe zu sitzen. Vielleicht hat mich doch jemand erkannt, der etwas über den Vorfall in Henrys Laden weiß?

Marc wollte gerade die Seitengasse verlassen, als ein Wagen neben ihm bremste. Er erschrak zu Tode. Ein Streifenwagen fuhr langsam auf seiner Höhe und jetzt ging die Seitenscheibe auch schon nach unten. Jetzt ist es vorbei!, schoss es Marc durch den Kopf. Jetzt haben sie mich! Marc stockte der Atem.

»Bleiben Sie bitte stehen!«, sagte der Polizist, während er die Wagentür öffnete. Auch der Fahrer stieg aus und fasste sich an sein Pistolenhalfter. Marc erhob automatisch die Hände und wurde kreidebleich.

»Nur die Ruhe«, sagte der Polizeibeamte. »Haben Sie vielleicht etwas zu verbergen, weil Sie so ängstlich reagieren?«

»Nein, nein, ich habe nichts zu verbergen«, stotterte Marc.

»Können Sie sich ausweisen?«, war die nächste Frage.

Marc fasste in die Innentasche seiner Jacke, als der zweite Polizist die Sicherung des Halfters löste.

»Was habe ich getan?«, fragte Marc, während er seinen Ausweis dem Polizisten übergab. Der beäugte das Foto auf dem Ausweis etwas skeptisch. Marc hatte auf dem Foto noch kurze Haare, war gründlich rasiert und trug Anzug und Krawatte.

»Sind Sie das wirklich?«, fragte der Polizist und Marc nickte etwas verlegen.

»Das war ich«, antwortete Marc.

»Heute in den frühen Morgenstunden ist um die Ecke ein Tabakladen ausgeraubt worden«, sagte der Polizist und zeigte dabei mit dem Finger Richtung Hauptstraße.

»Nach der Täterbeschreibung sind Sie wohl nicht der Verdächtige.«

Marc fiel ein Stein vom Herzen.

»Wir machen nur eine Routinekontrolle und befragen Passanten, ob sie etwas von dem Überfall mitbekommen haben.«

»Ich war heute früh nicht in der Stadt«, sagte Marc vollkommen erleichtert.

Der Polizist gab ihm den Ausweis zurück und bat ihn, sich auf der nahegelegenen Polizeistation zu melden, falls er etwas erfahren sollte. Marc nickte und atmete einmal tief durch. Als die Polizisten langsam davonfuhren, ließ er vor Freude einen Jauchzer los. Eine Mutter, die mit ihrem Kind auf dem Gehsteig unterwegs war, zuckte vor Schreck zusammen und wechselte kopfschüttelnd die Straßenseite. Marc dachte wieder an Henry und wurde sehr traurig. Henry, bitte verzeih mir, dass ich dir das angetan habe. Wenn ich den Vorfall doch nur rückgängig machen könnte. Ich würde dafür alles geben.

Es dämmerte schon leicht, als Marc, unterwegs zum Treffpunkt mit Ben, an einer schönen Gartenanlage vorbeikam. Ein schmaler Weg führte von dort in Richtung Westen der Stadt. Das ist bestimmt eine Abkürzung für mich, dachte Marc. Als er gerade abbiegen wollte, hörte er Schreie. Er erkannte einen Mann, der von zwei dunkel gekleideten Personen verfolgt wurde. Das schreiende Opfer wurde niedergerissen und die Verfolger schlugen auf ihn ein. Marc wusste nicht, wie er reagieren sollte. Am besten, ich tue so, als ob ich nichts gesehen hätte, dachte er, während er sich umdrehte und in die andere Richtung zurücklief.

»Marc!«, sagte plötzlich eine Stimme.

Er zuckte zusammen und schaute sich um. Doch da war niemand.

»Marc, willst du wirklich immer davonrennen?«

»Wer bist du?«, fragte Marc in die Dämmerung. Jedoch verstummte die geheimnisvolle Stimme.

»Okay, ich bin mein ganzes Leben davongelaufen. Damit ist jetzt Schluss«, sagte Marc laut vor sich hin.

Er drehte sich um und rannte in Richtung der Schlägerei. »Stopp!«, rief er und sah, wie der verfolgte Mann am Boden lag.

Einer der beiden Täter schlug in diesem Moment mit etwas, das aussah wie ein Baseballschläger, auf den Kopf des Mannes ein, der sich vor Schmerz krümmte.

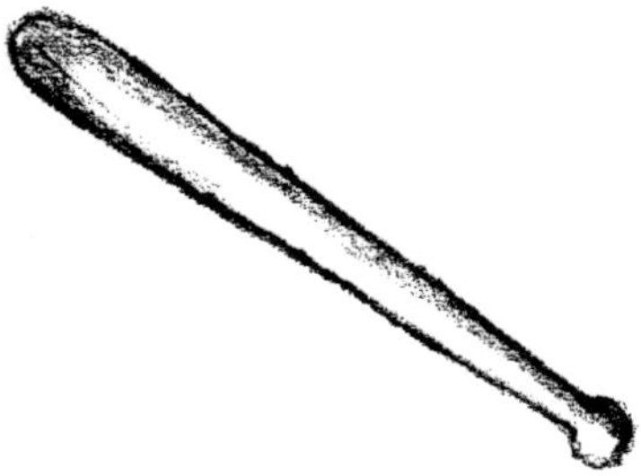

Ertappt liefen die beiden hastig davon und verschwanden in der Dunkelheit des mit Büschen gesäumten Weges. Marc beugte sich über das Opfer: »Kann ich Ihnen helfen, ist alles in Ordnung?«

Er bekam jedoch keine Antwort. Der Mann lag regungslos auf dem Bauch. Marc kniete sich nieder und versuchte, den Mann umzudrehen. Plötzlich erstarrte er vor Schreck.

»Oh mein Gott, Henry!«, schrie er heraus, als er den Mann am Boden erkannte.

Henry gab keine Antwort. Marc rief um Hilfe.

»Holt einen Krankenwagen!«, schrie er, so laut er konnte.

In einer Hofeinfahrt ging das Licht an und eine Frau eilte herbei. Als sie die Situation erkannte, lief sie ins Haus, um einen Krankenwagen zu rufen. Marc kniete immer noch am Boden und hatte Henrys Kopf vorsichtig in seinen Schoss gelegt.

Er spürte Wärme auf seinem Oberschenkel. Das muss Blut sein, dachte er.

Als die Sanitäter eintrafen, stand Marc auf und trat zur Seite. Kurze Zeit später war auch die Polizei am Tatort. Die beiden Polizisten kannte Marc vom Nachmittag.

»Sie schon wieder«, sagte der eine.

»Was ist denn passiert?«, fragte der andere.

Marc erzählte, wie sich die Tat abgespielt hatte. Die Polizisten hörten ihm aufmerksam zu.

»Können Sie eine Täterbeschreibung abgeben?«, wollte der erste wissen.

»Ich habe in der Dunkelheit nicht viel erkannt. Was mir aufgefallen ist: Der kleinere Mann humpelte, als er davonrannte. Er trug eine weiße Mütze und dunkle Kleidung. Der etwas größere Mann trug auch dunkle Kleidung, hatte aber auf der Rückseite seiner Jacke eine helle Aufschrift und ein großes weißes Emblem. Mehr konnte ich nicht erkennen.«

Henry wurde auf einer Bahre in den Krankenwagen geschoben. Marc erkundigte sich nach seinem Zustand.

»Er hat eine Platzwunde am Hinterkopf und so wie es aussieht, ist da noch eine andere Wunde, die schon etwas älter zu sein scheint. Er ist nicht bei Bewusstsein, aber ansonsten ist alles stabil«, sagte der Arzt.

»Wo bringen Sie den Mann hin?«, wollte Marc noch wissen.

»Ins Regional Medical Center«, antwortete der Fahrer des Krankenwagens.

Als sie weg waren, schaute Marc auf seine Taschenuhr, die zehn vor elf anzeigte.

»Verdammt, jetzt habe ich Ben verpasst. Ein Bus fährt um diese Zeit auch nicht mehr und ein Taxi kann ich mir nicht leisten«, flüsterte Marc vor sich hin.

Die Polizisten waren gerade fertig mit der Zeugenbefragung der Frau und der Fahrer sagte, Marc solle am nächsten Morgen ins Präsidium kommen, um die restlichen Details zu klären. Der zweite Polizist bemerkte, dass Marc recht ratlos dreinschaute, und fragte, ob er ihm noch irgendwie behilflich sein könne.

»Sie wohnen in Marion, habe ich auf Ihrem Ausweis gesehen.«

»Ja«, antwortete Marc.

»So wie Sie dreinschauen, kommen Sie heute nicht mehr nach Hause, oder? Steigen Sie ein, wir sind noch eine halbe Stunde auf Streife und da können wir auch in Ihre Richtung fahren. Unsere Kollegen suchen schon die Gegend nach den Tätern ab und vielleicht entdecken wir ja etwas auf dem Weg«, sagte der Polizist.

Dankbar und erleichtert stieg Marc in den Polizeiwagen, da er nun wusste, Henry war noch am Leben.

Als sie in Marion ankamen, sah er noch Licht bei Larry und Sally. Er hatte heute, wie so oft um diese Uhrzeit, noch nichts gegessen.

Als Marc das »Heavenly Hell« betrat, war er erstaunt, dass noch so viele Gäste anwesend waren. Larry lächelte ihm zu, während er ein Bier zapfte. Marc setzte sich an die Theke und durch die runden Glasscheiben an der Küchentür sah er Sally beim Abspülen. Kurzerhand beschloss er, sie dabei zu unterstützen.

»Hallo Sally, darf ich dir helfen?«, fragte Marc, als er die Küche betrat.

»Aber klar doch«, antwortete Sally.

»Wir haben heute sehr viel zu tun und die Gäste bleiben auch ungewöhnlich lange.«

»Gibt es denn einen Grund für das lange Bleiben?«, fragte Marc.

»Die Gäste diskutieren über einen Überfall auf den Tabakladen in Memphis. Davon hast du sicherlich auch schon gehört.«

»Ja, ich wurde sogar von der Polizei überprüft. Was ist denn genau passiert?«

Sally erzählte, dass vermutlich zwei Personen den Laden überfallen hatten: »Sie haben den Besitzer niedergeschlagen, jede Menge Zigaretten gestohlen und auch die Kasse leergeräumt. Leider ging alles so schnell, dass kaum einer eine konkrete Aussage treffen kann.«

Als beide mit dem Geschirrspülen fertig waren, kam Larry in die Küche. »So, der letzte Gast ist nun auch gegangen. Durch den Überfall in Memphis habe ich heute bestimmt zwanzig Gläser Bier mehr verkauft«, schmunzelte er.

»Marc, ich bereite dir noch kurz ein Essen zu und bin schon ganz neugierig, was du alles zu erzählen hast«, sagte Sally. »Ich denke, es ist nicht wenig, wenn ich dich so ansehe.«

Manchmal kann Sally Gedanken lesen, dachte sich Marc.

Als er mit dem Essen fertig war, spielte er den Tag nochmals gedanklich im Kopf durch. Dann erzählte er von seinen Versuchen, zu Gott zu beten, und von der Erleichterung, die er am frühen Morgen verspürt hatte. Er schwärmte von seinen Eindrücken im Vorgarten des Bauwagens, von seinem Ausflug in die Stadt und dem Besuch in der Kirche, von dem geheimnisvollen Mann in der Kirchenbank hinter ihm. Er erzählte von seinem unwohlen Gefühl in der Kneipe und von der Überprüfung durch die Polizei.

Er überlegte kurz, ob er auch von dem Vorfall mit Henry berichten sollte. Wenn ich davon erzähle, muss ich die ganze Geschichte offenbaren, dachte sich Marc. Ich habe Vertrauen zu den beiden, also was soll's. Er fing etwas unsicher an, zu erzählen, was in Henrys Laden geschehen war. Von seiner Befürchtung, nun ein Mörder zu sein. Von der Situation auf der Brücke, als er seine Kinder vor sich sah, und von den erstaunlichen Erkenntnissen, die das Gespräch mit Sally und Larry ihm gebracht hatte. Bis hierher verspürte Marc einen Kloß im Hals, der sich nun aber langsam löste. Als er von dem Überfall am Abend erzählte, war er schon etwas gelöster: »Und stellt euch vor, als ich den Mann vorsichtig umdrehte, erkannte ich Henry, den Ladenbesitzer, den ich für tot gehalten hatte.«

Nun hatte Marc ein Lächeln auf den Lippen. »Morgen früh gehe ich gleich aufs Polizeirevier und danach besuche ich Henry im Krankenhaus.«

»Ich fahre früh um acht Uhr nach Memphis. Soll ich dich mitnehmen?«, fragte Larry.

»Oh ja, sehr gerne!« Marc stand auf und umarmte seine beiden Freunde.

Sally drückte ihm fünf Dollar fürs Abspülen in die Hand und gab ihm einen Kuss auf die Wange.

»Ich habe euch so viel zu verdanken und ja, ich liebe euch«, kam es spontan über Marcs Lippen.

Kapitel 5

Am nächsten Morgen wachte Marc um Viertel nach sieben vollkommen ausgeschlafen auf. Er besuchte zuerst einmal die kleinen Käfer vor seinem Bauwagen. Heute wird ein guter Tag, hatte er im Gefühl, und die Vorfreude war ihm sichtlich ins Gesicht geschrieben. Pünktlich um acht Uhr stieg Marc in Larrys Wagen ein.

An der Polizeistation angekommen verabschiedete Larry sich mit einem Lächeln: »Marc, so gefällst du mir schon viel besser.«

Marc betrat etwas aufgeregt die Polizeistation. Die beiden Streifenpolizisten saßen schon in einem Besprechungsraum und unterhielten sich. Als sie Marc durch die leicht milchige Glastür sahen, winkten sie ihn herein und boten ihm einen Stuhl an der Stirnseite des hölzernen Tisches an. Der Raum war sehr schlicht eingerichtet und an den Wänden hingen Plakate über verschiedene Themen der Polizeiarbeit.

Der Beifahrer des Streifenwagens stellte sich als Robert Smith vor und übernahm das Wort: »Ja, Marc, wir haben erfreuliche Nachrichten für Sie. Ich möchte auch gleich die Anspannung wegnehmen und Ihnen danken für Ihre Unterstützung. Anhand Ihrer Täterbeschreibung konnten unsere Kollegen noch in der Nacht die Täter festnehmen. Sie wurden bei einer Polizeikontrolle angehalten, als sie mit ihrem Wagen etwas zu schnell unterwegs waren. Man hat einen Baseballschläger sichergestellt, sehr wahrscheinlich die Tatwaffe. Das ist aber noch nicht alles, Marc. Ihre Beschreibung der Täter passte nicht nur zum Überfall im Park, sondern auch zum Tabakladen. Sie haben wesentlich dazu beigetragen, dass wir zwei Straftaten zugleich aufklären konnten.«

Marc saß mit offenem Mund da. Die Polizisten stellten noch ein paar formelle Fragen und verabschiedeten Marc mit einem kräftigen Händedruck. »Wir sind stolz auf Bürger wie Sie«, sagte Robert Smith mit einem Klopfen auf Marcs Schulter.

Als er das Polizeipräsidium verlassen hatte, musste Marc sich zuerst einmal auf eine Parkbank setzen, um tief durchzuatmen. Er lauschte dem plätschernden Wasser des Springbrunnens, der direkt vor ihm Wassertropfen im Sonnenschein tanzen ließ. Nach einer Weile fiel Marc wieder ein, dass er Henry im Krankenhaus besuchen wollte. Er machte sich auf Richtung Regional Medical Center, das zu Fuß etwa eine Viertelstunde entfernt war. Unterwegs überkamen ihn Zweifel, ob die Entscheidung, Henry zu besuchen, richtig war. Wie würde er reagieren? Was würde er ihm vorwerfen? Und vor allem: Würde er nicht mit Sicherheit sofort die Polizei rufen? Marc drehte sich um und wollte gerade ängstlich vor der unangenehmen Situation flüchten, als die Stimme fragte:

»Marc, willst du denn schon wieder davonlaufen?«

Nach kurzem Zögern nahm er seinen Mut zusammen und betrat das Krankenhaus. Auf die Frage, ob Henry Morgan heute Nacht eingeliefert worden sei und ob er ihn besuchen könne, antwortete eine freundliche Dame am Empfang: »Ja, Herr Morgan ist im zweiten Stock in Zimmer 212 untergebracht. Er ist ansprechbar und Sie können zu ihm.«

Als Marc im zweiten Stock angekommen war, fing er leicht an zu zittern und Schweißperlen sammelten sich auf seiner Stirn. Er sah von Weitem, dass Henrys Zimmertür offen stand. Langsam näherte Marc sich und schaute vorsichtig ins Zimmer. Dort stand ein Bett am Fenster und der andere Platz war leer. Henry schien zu schlafen.

Marc flüsterte mit leiser Stimme: »Henry, Henry, bist du wach?«

Henry drehte seinen Kopf Richtung Marc und starrte ihn mit großen Augen an. Oje, dachte Marc, am besten, ich verschwinde wieder. Noch bevor er die Flucht ergreifen konnte, sah er, dass Henry anfing zu lachen. »Marc Thomson, mein lieber Freund«, sagte er zu Marcs Erstaunen. »Komm her und lass dich drücken!«

Marc stand da wie eine Steinfigur und wollte am liebsten im Boden versinken.

»Komm her und mach dich locker. Ich will meinem Lebensretter Dank sagen«, flüsterte der noch etwas mitgenommene Patient und winkte Marc mit einer einladenden Handbewegung zu sich. Marc ging langsam an Henrys Bett und wusste noch immer nicht, wie er sich verhalten sollte. Henry fasste Marc am Jackenkragen und zog ihn zu sich hinunter: »Danke, mein Freund.«

Marc sah in Henrys Augen, dass er es auch so meinte, wie er es sagte. Henry fing an zu weinen und drückte seine Backe ganz fest an Marcs Gesicht. Marc versuchte etwas Abstand zu halten, da Henry einen Kopfverband trug und er ihm nicht wehtun wollte. Doch Henry zog ihn noch fester an sich und sagte mit zittriger Stimme: »Danke, lieber Marc, dass du mir gleich zweimal mein Leben gerettet hast.«

»Zweimal?«, fragte Marc.

»Ich möchte dir das erklären. Gerade war die Polizei bei mir und hat mir berichtet, dass ein Marc Thomson sehr mutig für mich eingeschritten ist. Sie sagten mir, dass die Täter sehr brutal und gewalttätig seien und gestern früh auch einen Tabakladen ausgeraubt haben. Wer weiß, was die mit mir angestellt hätten, wenn du nicht dazugekommen wärst? Sie sagten mir auch, dass sie aufgrund deiner Aussage die Täter geschnappt hätten. Zuerst konnte ich es nicht glauben, dass du derjenige warst, der mich gerettet hat. Nach dem, was in meinem Laden vorgefallen ist, wusste ich am Anfang nicht, ob ich mich freuen oder dich dafür hassen sollte.«

»Aber Henry, ich habe dir wirklich etwas Schreckliches angetan«, sagte Marc. »Als ich dich am Boden liegen sah, dachte ich, du wärst tot. Ich bin wie ein Feigling davongerannt und habe mich nicht um dich gekümmert. Und als ich dann am nächsten Tag das Schild an deiner Ladentür sah, dachte ich wirklich, es sei aus mit dir.«

»Lieber Marc, bei dem Überfall heute Nacht hast du mir das Leben gerettet. Bei dem Vorfall in meinem Laden hast du mir die Augen geöffnet. Lass es mich erklären: Seit Monaten wollte ich den Laden schließen und mich in meinen wohlverdienten

Ruhestand begeben. Ich konnte einfach nicht loslassen. Als ich nun nach deinem Schlag wieder zu mir gekommen bin, kroch ich an die Ladentheke und zog das Schild mit der Aufschrift ›Ladenaufgabe‹, das ich schon seit Monaten in der Schublade hatte, heraus. Ich habe mich geärgert, dass ich nicht schon längst einen Schlussstrich gezogen hatte. Ich bin vom Boden aufgestanden, zur Ladentür gehumpelt und habe das Schild an den Haken gehängt. Danach bin ich nach Hause gegangen, habe meinen Kopf gekühlt und verbunden und bin auf dem Sofa eingeschlafen.«

»Henry«, sagte Marc, »ich hatte solche Angst um dich. Ich habe mich schon im Gefängnis gesehen und wollte mich umbringen.«

»Gott sei Dank hast du das nicht getan. Sonst hätten wir uns nach dem Überfall heute Nacht auch noch im Himmel getroffen und dann wäre ich richtig sauer auf dich gewesen.«

Beide fingen an zu lachen und fielen sich in die Arme. Aus dem Lachen wurde Stille, aus der Stille ein Weinen, und die Tränen flossen bei beiden ungehemmt.

»Habe ich etwas verpasst?«, fragte plötzlich eine Stimme. »Was gibt es denn hier zu feiern?«

Marc drehte sich erschrocken um. Eine Krankenschwester schob ein neues Bett ins Zimmer. Marc wischte sich die Tränen verlegen ab und lächelte der Krankenschwester erleichtert zu.

»Schwester Margret, darf ich Ihnen meinen mutigen Lebensretter Marc vorstellen?«, sagte Henry voller Stolz.

»Ich bin hocherfreut«, sagte Margret und streckte Marc ihre Hand entgegen. »Henry hat mir heute schon sehr viel über Sie erzählt. Auch von dem Vorfall in seinem Laden«, sagte sie hinter vorgehaltener Hand. »Henry sagte mir auch, dass er dadurch beschlossen hat, ein neues Leben zu beginnen. Ist das nicht schön?«

Alle drei fingen an zu lachen und verursachten dadurch neugierige Blicke durch die offene Zimmertür.

Marc verließ das Krankenhaus am späten Abend mit einem Dauergrinsen im Gesicht. Gerade erwischte er noch den letzten Bus Richtung Marion.

Kapitel 6

Als der nächste Tag anbrach, war Marc voller Tatendrang. Er zog seine Schuhe an, warf die Jacke über und stürmte aus dem Bauwagen. Eiligen Schrittes lief er Richtung Ortsmitte und bemerkte dabei, dass er viel von seiner früheren Fitness eingebüßt hatte. Plötzlich überkam ihn ein seltsames Gefühl. Marc konnte sich nicht erklären, was es bedeutete, und viele Fragen schossen ihm plötzlich durch den Kopf.

- Was mache ich eigentlich gerade?
- Wo gehe ich gerade hin?
- Warum bin ich so schnell unterwegs?
- Wo treibt es mich hin?

Marc schaute sich um und musste sich zuerst einmal orientieren, wo er sich gerade befand. Er erkannte den kleinen Park, in dem er sich als Kind schon immer sehr gerne aufgehalten hatte.

Was mache ich hier?, fragte er sich. Ein paar wenige Spaziergänger schlenderten über die mit feinem Kies angelegten Wege. Marc erinnerte sich zurück, als er noch bei seiner Familie war. Wie er mit seiner Frau den Kinderwagen schob und wie sie Pause machten auf den Parkbänken, die hier in regelmäßigen Abständen aufgestellt waren. Er erinnerte sich auch daran, wie er mit Tim und Rebecca auf den Spielgeräten herumgetobt hatte. Türme und Kletterstangen, Leitern und Rutschen, Sandkasten und Karussell und die Schaukeln, die die Kinder besonders liebten. Marcs Frau hatte immer in der Nähe auf einer Bank gesessen und meist in einem Buch gelesen. Ab und zu hatte sie über den Rand ihrer Lesebrille geblickt und die drei mit einem Lächeln auf den Lippen beobachtet.

Marc setzte sich traurig auf ein Schaukelpferd, das mit einer großen, roten Stahlfeder im Sand befestigt war.

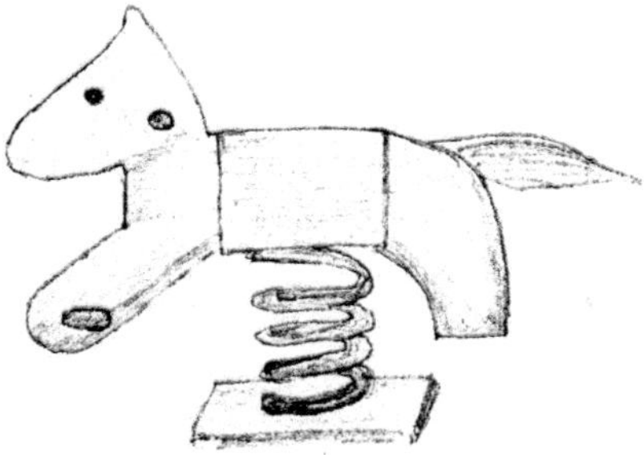

Er hatte Tränen in den Augen und sein Leben erschien ihm wieder einmal unerträglich qualvoll. Er spürte einen tiefen seelischen Schmerz, der ihn sämtlicher Kräfte beraubte. Am liebsten würde er sich den ganzen Schmerz aus der Seele schreien. Was ist das für ein Leben?, dachte er, als er eine Kinderstimme fragen hörte: »Bist du auch traurig?«

Marc drehte sich leicht zur Seite und sah einen kleinen Jungen, der neben ihm auf seinem Schulranzen saß. »Nein«, antwortete er und drehte den Kopf weg.

»Warum hast du dann Tränen im Gesicht?«, fragte der Junge unbeirrt weiter.

»Das sind keine Tränen«, sagte Marc, »ich habe nur mein Gesicht gerade ein wenig mit Wasser erfrischt.«

»Und wo ist das Wasser?«

Genervt sagte Marc: »Lass mich in Ruhe. Und müsstest du denn nicht in der Schule sein?«

»Ja, aber mein Begleiter sagte mir heute, ich soll die Schule schwänzen, ich hätte wichtigere Aufgaben zu erledigen.«

»Dein Begleiter?«, fragte Marc erstaunt. »Ich sehe keinen Begleiter.«

»Du kannst ihn nicht sehen, weil er kein Mensch ist.«

»Du hast einen Begleiter, der kein Mensch ist?«

»Ja, du könntest ihn aber sehen, wenn du deine Augen öffnen und genauer hinschauen würdest.«

»Wohin schauen?«, fragte Marc etwas ungläubig.

»Überallhin, über dich, unter dich, neben dich, nach Osten, nach Westen, Süden und Norden.«

»Jetzt willst du mich aber auf den Arm nehmen, oder?«

»Nein, ihr Erwachsenen seid so dumm. Das Einfachste auf der Welt kapiert ihr nicht. Ich versuche es dir zu erklären«, sagte der kleine Junge.

»Meine Mutter hat mir, als sie noch lebte, das Beten beigebracht. Immer und immer wieder habe ich gebetet. Morgens, als ich aufwachte, und abends vor dem Einschlafen. Ich habe gebetet, dass meine Mutter wieder gesund werden soll.«

»Deine Mutter ist gestorben?«, fragte Marc dazwischen.

»Ja, vor einem Jahr. Sie ist jetzt im Himmel und schaut auf mich. Bestimmt ist sie stolz auf mich, und ich glaube auch, sie vermisst mich ein wenig.« Die Stimme des kleinen Jungen wurde traurig und sein Kopf senkte sich leicht nach unten. »Jetzt lass mich aber weiter erzählen«, sagte er ungeduldig. »Als meine Mutter gestorben ist, habe ich beschlossen, nicht mehr zu beten. Ich habe Gott dafür gehasst, dass er mir meine Mutter weggenommen hat. Ich habe mit ihm geschimpft. Mann, hat der Prügel von mir bezogen! Eines Tages, als ich ihn wieder einmal verärgert gefragt habe, warum er es zugelassen hat, dass meine Mutter mich im Stich lässt, habe ich eine Stimme gehört, die sagte:

›Mein lieber Sohn, sie hat dich nicht im Stich gelassen. Sie ist ganz nah bei dir und wird dich immer beschützen.‹

Ich schaute mich um, aber da war niemand, den ich sehen konnte. Die Stimme sagte weiter:

›Die Seele deiner Mutter hat erkannt, dass sie keine Entwicklungsmöglichkeiten mehr hatte. Sie hat alle gewünschten Erfahrungen gemacht und beschlossen, den Körper deiner Mutter zu verlassen. Deine Mutter war schon weit fortgeschritten und dem ewigen Licht bereits sehr nahe. Nun ist sie eine Stufe höher gestiegen und schaut glückselig auf dich herab.‹

Am Anfang habe ich das alles nicht verstanden, doch als ich wieder angefangen habe zu beten, ist mir vieles klarer geworden, und heute bin ich meiner Mutter sehr dankbar, dass ich ein paar wunderschöne Jahre mit ihr verbringen durfte. Ich weiß, sie ist für immer bei mir und beschützt mich.«

»Das mit deiner Mutter tut mir sehr leid.« Marc streckte dem Jungen die Hand entgegen. »Ich bin Marc«, stellte er sich mit einem festen Händedruck vor.

Der Junge lächelte ihm zu: »Nenn mich einfach Kevin, Kevin der Große.«

»Also Kevin, Kevin der Große, es freut mich und ist mir eine Ehre, dich kennenzulernen. Wie alt bist du denn?«

»Ich bin neun Jahre alt und gehe in die vierte Klasse.«

Beide lächelten sich an und beschlossen, ein Stück gemeinsam zu gehen. »Warum bist *du* denn nun traurig?«, fragte Kevin mit einem neugierigen Blick.

»Ach, weißt du Kevin, das ist eine lange Geschichte.«

»Macht nichts, Marc, ich bin noch ziemlich jung und habe sehr wahrscheinlich noch viel Zeit«, schmunzelte Kevin etwas schelmisch.

Marc konnte sich das Lachen nicht verkneifen. »Ja Kevin, ich habe so ziemlich alles verloren in meinem Leben. Ich hatte einen guten Job, ein kleines Häuschen mit Garten, eine sehr liebevolle Frau und zwei ganz tolle Kinder. Alles habe ich verloren.«

»Was ist denn passiert?«, fragte Kevin.

Nun begann Marc zu erzählen, was die letzten Jahre geschehen war: »Ich hatte zuletzt, nach einigen unglücklichen beruflichen Stationen als Maurer, Gärtner, Lkw-Fahrer und Medienverkäufer, einen einigermaßen guten Job in der Versicherungsbranche. Mein Verdienst hat immer gerade so zum Leben ausgereicht. Der Job machte mir aber keinen Spaß. Also kam ich immer öfter schlecht gelaunt nach Hause. Ich schrie meine Kinder an, wenn sie sich austoben wollten. Meine Frau hat des Öfteren angedeutet, dass ich in meinem Beruf mit etwas mehr Begeisterung erfolgreicher wäre. Sie hat mir vorgehalten, dass andere Ehemänner mehr Geld nach Hause bringen. Überall an unserem Haus und Grundstück waren Reparaturen fällig, wozu ich aber kein Geld und keine Lust hatte. Ich bin immer öfter spät nach Hause gekommen und meine Frau fragte mich, wo ich war. Ich habe dann immer gesagt, ich hätte einen späten Kundentermin gehabt, aber es war klar, dass meine Frau mir nicht glaubte, weil ich immer sehr stark nach Alkohol und Zigaretten roch. Meine Stammkneipe ist immer mehr zu meiner zweiten Heimat geworden. Eines Tages, als ich wieder einmal sehr spät nach Hause gekommen bin, waren meine Frau und die Kinder einfach verschwunden. Das hat mir die ganze Kraft geraubt und ich war vollkommen hilflos. Eine Weile konnte ich mein Haus finanziell noch halten, aber eines Tages musste ich es doch verkaufen. Kunden hatte ich kaum mehr, also kam kein Geld herein. Einige Tage habe ich auf der Straße verbracht, bis meine Freunde Larry und Sally mir den Vorschlag gemacht haben, in einen ausrangierten Bauwagen einzuziehen. Dort lebe ich nun alleine seit beinahe drei Jahren.«

Kevin hörte interessiert zu, ohne Marc zu unterbrechen. Dann sagte er mit einem Kopfschütteln: »Wirklich ein Scheißleben, Marc.«

»Übrigens«, sagte Marc, »höre ich seit ein paar Tagen auch so eine seltsame Stimme wie du. Auch ich verstehe nicht alles, was die Stimme mir sagen möchte. Ich habe aber das Beten wieder angefangen und das tut mir richtig gut.« Marc legte den Arm um Kevin und drückte ihn ganz fest.

»Sind wir jetzt Freunde?«, fragte Kevin.

»Aber sehr gerne doch«, antwortete Marc mit einem Klopfen auf Kevins Schulter.

»Darf ich dich auch einmal in deinem Bauwagen besuchen?«, fragte Kevin voller Abenteuerlust.

»Na, dann komm doch morgen nach der Schule bei mir vorbei. Aber du musst mir versprechen, nicht wieder die Schule zu schwänzen.«

»Versprochen!«, sagte Kevin voller Vorfreude.

»Den Bauwagen findest du am Ende dieser Straße«, erklärte Marc, während er die Richtung zeigte.

»Und du wohnst bei deinem Vater?«, fragte Marc.

»Nein, mein Vater ist von daheim abgehauen, als ich zwei Jahre alt war. Seitdem habe ich ihn nicht mehr gesehen. Er hat mich und meine Mutter einfach sitzen lassen. Nun wohne ich bei meinen Großeltern, die sind allerdings schon ziemlich alt. Aber sie sind nett.«

»Also, Kevin«, sagte Marc, »ich freue mich auf morgen, und übrigens habe ich mich bei dir zu bedanken. Du hast deine wichtige Aufgabe, wie dein Begleiter es von dir wünschte, wirklich sehr gut erfüllt.«

Als Kevin sich zum Gehen wandte, fragte Marc ihm hinterher: »Wie heißt denn eigentlich dein geheimnisvoller Begleiter?«

Kevin rief zurück: »Du kannst Gott zu ihm sagen, ich nenne ihn Sam.«

Kapitel 7

Am nächsten Tag setzte sich Marc in seine Lieblingsecke des Bauwagens. Aus einem Sammelsurium von Zeitschriften, alten Versicherungsverträgen, Urkunden und anderen Papieren kramte er einen kleinen Schreibblock und einen Bleistiftstummel heraus. Er verspürte den Drang, die seltsamen Begebenheiten der letzten Tage schriftlich festzuhalten. Als er anfing zu schreiben, dachte er darüber nach, wann er das letzte Mal etwas geschrieben hatte. Es musste schon mehr als drei Monate her sein. Plötzlich fiel ihm ein, dass das letzte lange Schriftstück ein Brief an seine Frau und die beiden Kinder gewesen war. Darin hatte er sich für sein Verhalten entschuldigt und darum gebeten, dass seine Lieben wieder zu ihm zurückkehren sollten. Den Brief hatte er an die Adresse seiner Schwiegereltern geschickt, da er nicht wusste, wohin seine Familie gezogen war. Seine Schwiegereltern, zu denen Marc aus Scham keinen Kontakt aufnehmen wollte, wohnten in Nashville, über dreihundert Kilometer von Marion entfernt. Ob seine Frau diesen Brief wohl jemals erhalten hatte? Vielleicht hatte sie zurückgeschrieben und ihr Brief war nicht bei ihm angekommen? Niemand wusste, wie und wo er lebte, außer seinen wenigen verbliebenen Freunden.

Als er so gedankenversunken in der Ecke saß, klopfte jemand an die Tür des Bauwagens. Marc schreckte hoch. Das musste Kevin sein. Mein Gott, ist es denn schon wieder nach Mittag?, wunderte er sich. Er öffnete die Tür und ein kleiner fröhlicher Junge schaute ihn lächelnd an.

»Hallo Marc, hier bin ich!« Kevin stieg die drei Stufen zum Bauwagen hinauf.

»Sei gegrüßt, Kevin der Große«, sagte Marc mit einer einladenden Handbewegung, und großmütig fügte er hinzu:

»Willkommen in meinem Reich. Darf ich Sie durch meinen Landsitz führen?«

»Aber gerne doch, edle Hoheit«, erwiderte Kevin mit einer tiefen Verbeugung. Die beiden brachen in schallendes Gelächter aus.

»Kevin, ich habe schon sehr lange nicht mehr so gelacht. Eigentlich genügt dies schon für diesen Tag und du kannst wieder gehen«, sagte Marc mit gespielt ernster Miene. Als er dabei in Kevins erstaunte Augen blickte, konnte er sich ein weiteres, schallendes Lachen nicht verkneifen.

»Du alter Mann, du. Solche Scherze macht man nicht mit Kevin dem Großen«, entgegnete Kevin und riss ihn übermütig zu Boden. Die beiden wälzten sich lachend und keuchend hin und her. Völlig außer Atem setzte sich Marc auf und schaute in Kevins neugieriges Gesicht.

Kevin ließ seinen Blick durch den Bauwagen schweifen. »Ist ja cool!«, sagte er. »Das habe ich mir schon immer gewünscht.«

Marcs Gesicht versteinerte sich: »Ich hasse meinen Bauwagen und ich hasse mein Leben. Ich habe alles gehabt und jetzt habe ich nichts mehr. Ich habe alles verloren und das tut weh.«

»Euch Erwachsene verstehe ich manchmal nicht. Zuerst schindet ihr euch ab, um alles zu haben, und wenn ihr alles habt, seid ihr nicht mehr glücklich. Ich bin vielleicht noch ein Kind und kann möglicherweise bei solchen Themen nicht mitreden, aber verstehen würde ich das schon gerne.« Kevin schüttelte den Kopf. Nach einer kleinen Denkpause stand er auf: »Komm mal mit!«

Marc folgte Kevin nach draußen. Kevin schaute sich kurz um und lief einmal um den Bauwagen herum. Als er wieder bei Marc angekommen war, sagte er: »Lass uns Steine sammeln. Du gehst hinter den Bauwagen und ich bleibe davor. Gewinner ist der, der am Schluss den schönsten Stein besitzt. Bedingung ist auch, den gefundenen Schatz fest in den Armen zu halten. So, und nun starten wir.«

Marc ging hinter den Bauwagen. Das ist eine leichte Aufgabe für mich, dachte er. Ich bin kräftig und das wird mein Vorteil sein. Er sammelte fleißig Steine auf und stapelte die schönsten auf seinem linken Arm.

Nach einer Weile rief Kevin: »Marc, wie weit bist du?«

»Ich bin so weit und ich glaube, du hast keine Chance.«

»Soll ich zu dir kommen oder kommst du zu mir?«, fragte Kevin von der Vorderseite des Bauwagens.

»Schlepp du deine Steine hier rüber.« Siegesgewiss erwartete Marc seinen schwer beladenen Freund. Kevin kam voller Schwung und Leichtigkeit um den Bauwagen herum. Er hatte nur einen einzigen kleinen Stein in der Hand und grinste.

»Du hast geschummelt, du hast ja gar keine Steine gesammelt«, sagte Marc vorwurfsvoll.

Kevin entgegnete: »Es war nur die Rede davon, den schönsten Stein zu besitzen. Ich habe nicht gesagt, dass du dir so gierig eine Last aufbürden sollst, typisch Erwachsener. Habgier nennt man das, glaube ich, in eurer Erwachsenensprache.« Marc ließ die Steine fallen und atmete tief durch. Kevin zeigte ihm sein Fundstück. Es war ein wunderschöner Stein, voll glitzernder Punkte, die im Sonnenschein funkelten.

Marc schaute seine Steine an. Keiner davon war so schön. Er gab sich geschlagen: »Okay, Kevin, du hast gewonnen. Meine Hochachtung für dich.«

»Marc, ich war einfach nur mutig. Ich habe auch sehr viele Steine gesehen, habe aber darauf vertraut, die einfachste und richtige Entscheidung zu treffen. Den Stein schenke ich dir«, sagte Kevin und legte ihn in Marcs Hand.

Die beiden streckten sich auf dem Rasen aus und schauten in den fast wolkenlosen Himmel.

»Ich muss jetzt heim«, stellte Kevin nach einer Weile fest. »Oma und Opa warten sicherlich schon auf mich.«

»Ist okay, Kevin, auf jeden Fall möchte ich mich bei dir für den tollen Nachmittag bedanken. Ich habe schon lange nicht mehr so viel Spaß gehabt.«

Die beiden verabschiedeten sich mit einer festen Umarmung und Marc sagte zum Abschied: »Du bist wirklich schon ein richtig Großer, Kevin.«

»Ich komme wieder«, rief Kevin winkend, als er durchs Gartentor verschwand.

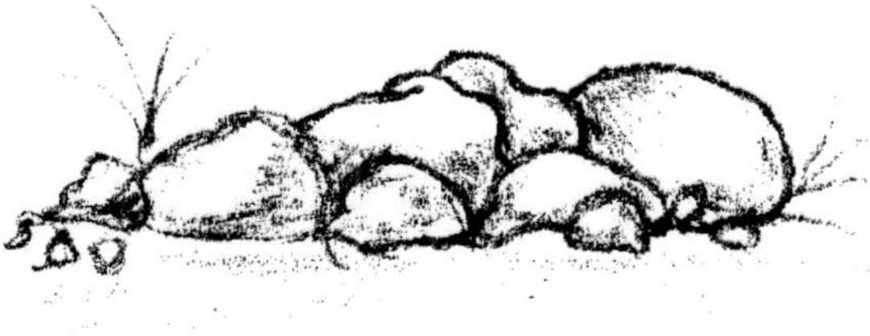

Was für ein erstaunlicher Junge, dachte sich Marc, als er mit einem Kopfschütteln seinen Steinhaufen betrachtete. Er merkte nun, dass dieser Nachmittag ihn sehr müde gemacht hatte, und beschloss sich kurz hinzulegen.

Es war schon dunkel, als er wieder aufwachte. Marc kramte nach den Streichhölzern, um die Kerze anzuzünden. Als das schwache Licht den Raum etwas erhellte, sah er auf seine Taschenuhr. Es war kurz nach zehn Uhr. Sein Magen knurrte und so beschloss er, zu Larry und Sally hinüberzugehen. Als er seine Schuhe und die braune Sommerjacke angezogen hatte, bückte er sich nieder, um die Kerze auszublasen.

An diesem Abend war es sehr ruhig im »Heavenly Hell« und Marc ging auf direktem Weg in die Küche zu Sally. Unaufgefordert stapelte er die schmutzigen Teller in die Spülmaschine. Die Schüsseln und Pfannen spülte er von Hand und stellte sie in die dafür vorgesehenen Unterschränke. Sally hatte die Reste des Tages schon auf einem großen Teller zubereitet. Ihr war es oft nicht recht, Marc nur die Reste zu servieren, aber er bestand nun mal darauf.

Als die Kneipe leer war, kam auch Larry in den Nebenraum und setzte sich mit zwei Gläsern frisch gezapftem Bier zu Marc. Sally lag auf der bequemen Couch und legte sich ein Kissen unter die schweren Beine: »Na, was hast du heute zu erzählen? Ich sehe dir schon an, dass du es kaum erwarten kannst, etwas loszuwerden.«

Marc erzählte von den Erlebnissen mit seinem jungen Freund Kevin. Er bemerkte, dass Larry und Sally schmunzelten. Es kostete ihn etwas Überwindung, aber er erzählte weiter: »Ich verstehe manchmal die Welt nicht mehr. Es ist ein ständiges Auf und Ab. Meine Gedanken kreisen im Moment oft um Erlebnisse aus meiner Kindheit. Ich erinnere mich oft an Situationen, die mir Angst machen.«

»Erzähle uns doch ein wenig über deine Kindheit«, ermunterte ihn Sally. »Weißt du, Marc, unsere Gegenwart spiegelt immer die Summe unserer Gedanken, Gefühle und Erlebnisse aus der Vergangenheit wider.«

»Du willst mir jetzt nicht erzählen, dass ich mich selbst in diese miese Lage gebracht habe, oder?«, fragte Marc mit einem Anflug von Verärgerung. »Ich bin doch nicht selbst schuld daran, dass alles schiefläuft. Der ungeliebte Job damals war doch nur da, um Geld zu verdienen, um meine Familie versorgen zu können. Und meine Frau hat doch mich verlassen und nicht ich sie. Warum soll ich schuld sein? Und auch die anderen miesen Situationen habe ich doch nicht selbst gewählt.« Marc verschränkte seine Arme und drückte sich, soweit es ging, in die Rückenlehne seines Stuhles.

Kapitel 8

Marc fing an: »Spontan fällt mir zu meiner Kindheit ein, dass ich im Alter von etwa zehn Jahren ein Mädchen kannte, mit dem ich immer spielte. Sie wohnte mit ihren Eltern in unserem Nachbarhaus und unser Garten grenzte an ihre Garagenauffahrt. Ihr Name war Caroline, Caroline Nash, wenn ich mich recht entsinne. Wir waren ein Herz und eine Seele. Caroline hatte immer so ein liebliches Lächeln auf ihren Lippen und das Muttermal unter ihrem rechten Auge hat sich beim Lächeln immer leicht verschoben. Stundenlang haben wir uns in unserem Baumhaus Geschichten erzählt.

Das Baumhaus befand sich in einer großen Kastanie direkt hinter unserem Haus. Über eine Strickleiter, die wir selbst gebastelt hatten, war unser Versteck zu erreichen. Hier störte uns niemand und wir waren weg vom ewigen Gestreite meiner Eltern. Sie redeten kaum noch miteinander, und wenn sie es taten, dann wirklich nur in lautem und ernstem Ton. Ich glaube, meine Eltern hatten richtig große Geldsorgen, weil sie sich immer wieder Vorwürfe machten, zu nichts zu kommen. Wir konnten es uns nicht leisten, in Urlaub zu fahren, und Mutter wusste oft nicht, wie sie über die Runden kommen sollte. Immer und immer wieder schloss sie sich im Badezimmer ein und weinte. Mein Vater war Vertreter für Textilien und deshalb sehr viel unterwegs. Ich denke, sein Geschäft ist gar nicht gut gelaufen.

Auf unserem Baumhaus konnte ich solche Dinge immer schnell vergessen und ich habe es geliebt, spannende Geschichten zu erfinden und sie Caroline vorzutragen.«

»Du musst Caroline wirklich sehr gemocht haben«, stellte Sally fest. »Wie geht denn die Geschichte weiter?«

»Eines Tages kam Caroline die Strickleiter heraufgeklettert. Sie setzte sich neben mich und weinte. ›Was ist los?‹, fragte ich sie. Caroline sagte mit Tränen in den Augen: ›Wir ziehen in vier Wochen weg. Du weißt ja, dass mein Vater in der Armee ist. Heute hat er den Bescheid über seine Versetzung bekommen.‹ Lange Zeit saßen wir da und schwiegen. ›Aber sicherlich zieht ihr nicht so weit weg und wir können uns ab und zu mal treffen‹, sagte ich tröstend zu ihr. ›Wir ziehen nach Little Rock und das ist 240 Kilometer entfernt von hier‹, meinte Caroline mit weinerlicher Stimme. Ich nahm sie in den Arm und versuchte sie zu beruhigen. Das ist mir aber nicht wirklich gelungen.

Vier Wochen später war es dann so weit. Der Möbelwagen rückte an. Caroline stieg mit mir ein letztes Mal zum Baumhaus hoch und nahm mich in den Arm. ›Marc‹, sagte sie, ›wir sehen uns bestimmt einmal wieder. Und wir schreiben uns jede Woche einen Brief, versprochen.‹ ›Versprochen!‹, entgegnete ich ihr. Wir gaben uns einen Kuss auf die Wangen und kletterten die wackelige Leiter hinunter.

Als der Möbelwagen gegen Mittag abfuhr, hatten Carolines Eltern auch schon das Auto beladen. Caroline setzte sich in den Wagen und drehte die Scheibe herunter. Mit Tränen in den Augen winkte ich ihr nach.«

»Das ist ja wirklich eine traurige Geschichte«, sagte Sally. »Und seitdem hast du Caroline nie mehr gesehen?«

»Nein, und unser Briefwechsel ging auch nur ein paar Monate«, sagte Marc mit gesenktem Kopf.

»Nun ist es schon spät, Marc, und wir möchten uns schlafen legen«, sagte Sally gähnend. »Bestimmt, wenn du fest daran glaubst, wirst du Caroline wiedersehen. Ich wünsche es dir von ganzem Herzen. Und morgen erzählst du uns etwas über deine Eltern, oder?«

Im Gehen sagte Marc: »Das wird mir aber ganz schön schwerfallen. Schlaft schön ihr beiden.«

Im Bauwagen schien der einsetzende Regen auf dem Dach ein Lied zu trommeln.

Kapitel 9

Als Marc aus einem unruhigen Schlaf aufwachte, regnete es noch immer. Es war trüb und ein pfeifender Wind fegte durch den Vorgarten seines bescheidenen Grundstücks. Als Marc die Tür aufmachte, riss ihm ein Windstoß die Tür aus der Hand. Sofort machte er die Luke wieder dicht und kauerte sich in seiner Ecke auf die Matratze. Heute gehe ich nicht raus, beschloss er. Ich könnte schreiben, fiel ihm ein. Er nahm den Schreibblock und suchte nach seinem Bleistift, der irgendwo herumliegen musste. Lange blieb das Blatt leer, bis ihm einfiel, dass er seit Jahren keine Ziele mehr definiert hatte. Früher hatte er sich oft über Dinge Gedanken gemacht, die er erreichen wollte. Er hat sich dabei immer leichtgetan, obwohl nicht jeder Wunsch in Erfüllung ging. »Meine Ziele«, schrieb er als Überschrift und unterstrich sie mit einer wackligen Linie. Urplötzlich überkam ihn völlige Leere. Irgendetwas schien sein Gehirn abgeschaltet zu haben, denn da war nur ein schwarzes Loch. Angst überfiel Marc und er bekam einen Schweißausbruch. Innerlich wurde er unruhig und sein Brustkorb verengte sich. Er rang nach Luft und musste sich aufsetzen. Was ist denn jetzt los?, dachte er. Sein Mund wurde trocken und er drehte sich nach seiner Wasserflasche um, die er am Wasserhahn im Nachbargarten aufgefüllt hatte, der ihm auch als Waschplatz diente. Die Flasche war fast leer, sodass er mit diesem kleinen Schluck seinen Durst nicht annähernd stillen konnte. Er nahm die Plastikflasche und feuerte sie in die gegenüberliegende Ecke des Raumes. Vollkommener Unmut machte sich in Marcs Kopf breit. »Was ist los mit mir?«, schrie er mit verzweifelter Stimme. Ein Gefühlschaos von unbeschreiblicher Heftigkeit erschütterte seinen Körper. »Gott, was habe ich dir getan, dass du mich so quälst?«, kam es aus seinem trockenen Mund. »Womit habe ich das verdient? Lass es zu Ende gehen und erlöse mich von diesen Qualen. Du bist ein schlechter Gott und lass mich in Frieden mit deiner Pein.«

Ich brauche Alkohol, durchfuhr es Marc plötzlich. Er erinnerte sich an die Kiste mit einem Notvorrat an Lebensmitteln, die unter seinem Bauwagen stand. Darin waren eingeschweißte Kekse und verschiedene Konserven. Auch eine Flasche Rotwein und eine Flasche Schnaps mussten dort sein. Er sprang mit einem Satz in die Höhe und stieß die Tür auf. Ohne Jacke und Schuhe anzuziehen, verließ er den Bauwagen. Vor lauter Hektik kam er ins Stolpern und fiel die drei Stufen hinab. Er landete der Länge nach im Dreck und knallte mit dem Gesicht in eine Pfütze. Als er sich wieder aufgerappelt hatte, krabbelte er unter den Bauwagen und öffnete die Vorratskiste. Da war sie, die ersehnte Schnapsflasche. Er kroch wieder hervor und der kalte Regen peitschte ihm ins Gesicht. In der schützenden Ecke seines Bauwagens angekommen öffnete er die Flasche und nahm einen hastigen Schluck zu sich. Für Stunden saß er fast regungslos da. Als die Flasche leer war, zeigte auch der Alkohol seine Wirkung. Es war um die Mittagszeit und Marc hatte noch nichts zu sich genommen außer dieser Flasche hochprozentigen Alkohols. Die leer getrunkene Flasche schickte er in einem Schwung der Wasserflasche vom Morgen hinterher. Sie zerbrach unter der Wucht des Aufpralls und unzählige kleine Scherben verteilten sich auf dem Boden. Marc kippte auf die Seite und war für die nächsten Stunden im Delirium.

Als es schon dunkel war, wachte er mit starken Kopfschmerzen auf. Verdammt, tut das weh, dachte er und hielt sich den Kopf. In der Kiste mussten auch noch Schmerztabletten sein. Er stand auf und ging im Dunkeln zur Tür. An die Scherben auf dem Boden dachte er nicht mehr. Stechende Schmerzen an den Fußsohlen ließen ihn zu Boden gehen. Er wollte sich mit den Händen abstützen, doch das war keine gute Idee. Scherben bohrten sich auch in seine Handflächen. Nun suchte er nach Streichhölzern, um die Kerze anzuzünden. Blut überströmte die Streichholzschachtel und nur mit größter Mühe fand er noch ein trockenes Fleckchen auf der Reibefläche. Als es ihm schließlich gelang, die Kerze anzuzünden, sah er das Unheil im düsteren Licht.

Eine Scherbe nach der anderen zog er aus seinem Fleisch. Als provisorisches Verbandszeug nahm er eine Gardine, die er von der Gardinenstange abriss. Er zerfetzte sie mithilfe seiner Zähne in kleine Streifen und band sie sich, so gut es ging, um die blutenden Wunden. Seine Kopfschmerzen wurden nun von den Schnittwunden übertroffen und er sank erschöpft auf seine Matratze.

Erst am nächsten Morgen schlug er wieder die Augen auf und starrte mit schmerzverzerrtem Blick an die Decke. Was hatte sich in den letzten Stunden abgespielt? Er fühlte sich elend. Als er so dalag, klopfte es an die Tür. Marc erschrak und wusste nicht, wie er reagieren sollte. Bevor er sich irgendetwas einfallen lassen konnte, öffnete sich schon die Tür und Sally schaute besorgt herein. Ihr Blick schweifte über den Boden und erstarrte, als sie die Glasscherben und das Blut sah.

»Was ist geschehen?«, fragte sie besorgt. »Geht es dir gut, Marc?«

»Lass mich am besten in Ruhe«, entgegnete ihr Marc mit resignierter Stimme.

Jedoch ließ sich Sally davon nicht abschrecken. Sie betrat den Bauwagen, und als sie vorsichtig zu Marc hinüberging, knirschten die Scherben unter ihren Schuhen.

»Lass dich mal anschauen«, sagte sie und bückte sich zu Marc hinunter. Als sie die notdürftigen Verbände an seinen Händen löste, zog sie die Augenbrauen hoch und ein erschrecktes Zischen entfuhr ihren Lippen. Vorsichtig zog sie Marc seine blutgetränkten

Strümpfe aus. »Ich hole einen Arzt«, sagte Sally, als sie sich die Wunden betrachtete.

»Lieber würde ich sterben, als einem Arzt meine letzten Dollars in den Rachen zu schieben«, antwortete Marc energisch. Sallys Gesicht wurde ernst, sie schüttelte den Kopf, während sie aufstand: »Du bist manchmal schon ein sturer Bock! Ich gehe kurz nach Hause, hole Verbandszeug, und du bleibst so lange ruhig liegen.« Ihr Ton duldete keinen Widerspruch.

Als Sally zehn Minuten später zurückkam, sagte Marc zu ihr: »Sally, es tut mir leid, dass ich dir solche Umstände mache. Ich weiß auch nicht, was gestern mit mir los war.« Etwas verschämt drehte er den Kopf zur Wand.

Sally tupfte die Wunden mit einem Desinfektionsmittel ab. Immer wieder zuckten die verwundeten Gliedmaßen, wenn das Mittel ein schmerzhaftes Brennen verursachte. Als sie eine Wundsalbe aufgetragen hatte, kramte sie einige Mullbinden aus ihrem Verbandskasten. Vorsichtig umwickelte sie Hände und Füße mit den weichen Binden. Marc atmete auf und genoss das angenehme Gefühl des Umsorgtseins. Als Sally die Verpackungen weggeräumt hatte, machte sie sich daran, die Scherben aufzukehren. Sie hatte einen roten Eimer, eine Kehrschaufel und einen kleinen Besen mitgebracht. Die Scherben klirrten, als sie in den Eimer fielen. Dann sah Sally die leere Wasserflasche am Boden liegen. Schnellen Schrittes ging sie zum Wasserhahn auf dem Nachbargrundstück und füllte die Flasche auf.

»Trink«, sagte sie und streckte Marc die Flasche direkt vor die Nase. Er nahm einen kräftigen Schluck und bedankte sich. Sally schaute sich im Bauwagen nach einer Sitzgelegenheit um und entdeckte in einer Ecke einen Stuhl, der übervoll mit Kleidung beladen war. Sie legte die Kleider beiseite und setzte sich. »So, jetzt erzähl mir mal, was sich hier in den letzten Stunden abgespielt hat.«

Während Marc von seinem Filmriss erzählte, hörte Sally mitfühlend zu, sodass seine anfangs stockenden Ausführungen sicherer und flüssiger wurden.

Als er Sally die ganze Geschichte erzählt hatte, waren sie beide minutenlang still. Sally ergriff als Erste das Wort: »Ich habe mir Sorgen um dich gemacht, weil du gestern Abend nicht bei uns erschienen bist. Normalerweise wäre ich deshalb nicht hier vorbeigekommen. Aber ich weiß, dass solche Themen aus der Vergangenheit, wie wir sie vorgestern angesprochen haben, manchmal etwas schwer zu verdauen sind. Ich bringe dir jetzt noch etwas zu essen, aber eines möchte ich dir vorher noch kurz sagen: Schau dich bitte einmal um, was dich umgibt. So, wie es um dich herum aussieht, sieht es auch in deinem Innern aus. Alles, was um dich herum entstanden ist, ob nun materiell, finanziell oder gesundheitlich, kommt aus dir selbst. Vielleicht solltest du diese Themen in deinem Innern klären, das wird auch eine Wirkung im Außen zeigen.«

Als Sally weg war, fühlte sich Marc wie ein kleiner, bevormundeter Junge. Was bildete sich Sally eigentlich ein, so mit ihm zu reden? Sie hatte ja gut reden, da sie alles hatte, was man sich in einer guten Ehe wünschte. Eigentlich konnte sie ja gar nicht mitreden, da sie ja nicht in seiner beschissenen Lage steckte. Marc ließ seinen Blick durch den Bauwagen schweifen und versuchte, die Unordnung nun vielleicht doch mit ein wenig anderen Augen zu sehen. Ja, dachte er, mein Regal an der Wand ist mittlerweile fast leer. Die Klamotten liegen alle verstreut auf dem Boden herum und gewaschen habe ich sie auch schon lange nicht mehr. Ich bewohne nur noch einen bescheidenen Bauwagen, der mir nicht einmal selbst gehört. Ich hasse diesen Bauwagen, und überhaupt ist das alles gar nichts mehr wert. Wenn jetzt Sally recht hat mit ihrer Behauptung, dann sieht es in mir drin aber wirklich chaotisch aus. Im Moment kann ich mich selbst nicht ausstehen. Früher war ich stolz auf mich und meinen sportlichen Körper, heute fühle ich mich eher wie ein Wrack.

Als Marc noch immer ganz in Gedanken war, betrat Sally den Bauwagen mit einem Picknickkorb auf dem Arm. »Heute lässt du es dir einmal so richtig gut gehen«, sagte sie mit einem Lächeln auf den Lippen. »Es gibt Rindergulasch mit Reis, und das ist auch mit verbundenen Händen gut zu essen. Ich habe dir noch eine Flasche frisches Wasser mitgebracht und einen Vitaminsaft für das körperliche Wohlbefinden und zur Stärkung deines Immunsystems. Nun lass es dir schmecken, und über das Thema von vorhin reden wir am besten ein andermal.«

»Vielen Dank«, sagte Marc mit gesenktem Kopf, als Sally sich zur Tür wandte.

Kapitel 10

Als Marc wieder einen einigermaßen klaren Kopf hatte, kam ihm Caroline wieder in den Sinn. Er dachte an die Zeit, die er mit ihr verbracht hatte. Ob er sie wohl jemals wiedersehen würde? Vielleicht hatte sie heute eine Familie, ja bestimmt hatte sie eine Familie. Sie war als Kind schon sehr hübsch gewesen, und viele Mitschüler hatten Marc damals beneidet. Viele der Jungs hätten sich gewünscht, einen so engen Kontakt zu Caroline zu haben. Vielleicht sollte er sie suchen? Aber was würde sie über ihn denken? Ungewaschen wie er war, mit langen, zerzausten Haaren, einem ungepflegten Bart, abgetragenen Klamotten, ohne richtiges Zuhause und mit dem Hang, das eine oder andere Mal etwas über den Durst zu trinken. All das waren keine guten Voraussetzungen für ein Wiedersehen. Marc beschloss, nicht mehr darüber nachzudenken. Er stand auf und versuchte ein paar Schritte zu gehen. Als er die Tür öffnete, schien ihm die Sonne entgegen. Er stieg vorsichtig, mit schmerzverzerrtem Gesicht die Stufen hinab und streckte seine Nase in den Wind. Die Luft war durch den Regen sehr klar und es roch nach frischem Grün.

»Hallo, alter Mann!«, ertönte eine Stimme.

Marc drehte sich um und sah Kevin am Gartenzaun stehen. Er schaute etwas verdutzt, als er Marcs Verbände sah. »Sind dir die vielen Steine heruntergefallen, die du neulich gesammelt hast?«, fragte er mit spitzbübischem Grinsen.

»Mach keine Witze und komm rein. Es muss ja nicht jeder mitbekommen ...«, Marc stockte, »dass ich dich kenne«, beendete er den angefangenen Satz.

Sie setzten sich lachend auf die Stufen des Bauwagens und Marc erzählte von seinem Missgeschick.

Kevin schaute ihn mit großen Augen an: »Marc, ich würde dir gerne helfen, aber ich weiß nicht, wie.«

»Kevin, schon allein, dass du da bist und mir zuhörst, ist eine große Hilfe. Du bist ein wirklich toller Freund, und ich bin glücklich, dass wir uns gefunden haben.«

Sie schauten beide in die Ferne und schwiegen eine Weile. »Marc, ich würde dich gerne für übermorgen zu einer heißen Schokolade einladen. Meine Großeltern würden sich bestimmt freuen, dich kennenzulernen.«

Marc sagte spontan zu: »Gerne lerne ich deine Großeltern kennen, ich hoffe nur, mir fällt das Gehen bis dahin wieder etwas leichter.«

»Also, dann hole ich dich übermorgen ab, und wenn du schlappmachst, dann werde ich dich stützen«, versprach Kevin großspurig.

»Ach ja, ich hatte ja schon fast vergessen, dass mir beim Zusammensein mit Kevin dem Großen nichts Schlimmes widerfahren kann«, entgegnete Marc.

Sie lachten und Kevin machte sich auf den Weg nach Hause.

Als sie zwei Tage später am Haus von Kevins Großeltern ankamen, war Marc überrascht über die Sorgfalt, mit der das Anwesen gepflegt war. Eine bunte Blumenpracht säumte die mit weißen Kieselsteinen bedeckten Wege. Die Anordnung der Sträucher und Zierbäume schien sorgfältig geplant. »Kevin, hier sieht es ja wirklich toll aus«, sagte Marc bewundernd.

»Ja, Marc, meine Großeltern legen sehr viel Wert auf ihr Wohlbefinden. Sie wissen genau, was ihnen guttut, und führen ein sehr angenehmes Leben.«

Auf der großen Veranda vor dem Haus sah Marc zwei ältere Menschen auf einer Hollywoodschaukel sitzen. Kevins Oma hatte ein Strickzeug in der Hand und sein Opa schien sehr entspannt in einem Buch zu lesen. Als Marc und Kevin näher kamen, blickten die beiden auf.

»Sie sind also der großartige Freund, von dem uns Kevin schon so viel erzählt hat. Ich bin Klara Jones, Kevins Großmutter«, stellte die alte Dame sich vor. Ihr leichter Akzent erinnerte ihn an eine Urlaubsreise vor Jahren nach Deutschland.

»Der alte Herr hier neben mir ist Paul, mein Ehemann und manchmal auch mein bester Freund«, fuhr die Großmutter lächelnd fort. Beide begrüßten Marc mit einem freundlichen Händeschütteln.

Etwas verunsichert stammelte er: »Ich bin Marc, Marc Thomson und habe Ihren Enkel Kevin neulich im Park kennengelernt.«

»Setzen Sie sich, Marc«, sagte Klara und zeigte auf einen freien Stuhl neben dem Tisch. Kevin setzte sich auf eine Schaukel, die an einem Balken befestigt war.

»Das hier ist mein Lieblingsplatz«, sagte er stolz.

»Darf ich Ihnen einen Kaffee anbieten oder möchten Sie irgendetwas anderes zu trinken haben?«, fragte Klara fürsorglich.

»Mein Freund Kevin hat mich zu einer Tasse heißen Schokolade eingeladen.«

»Aber gerne«, Klara stand auf und ging ins Haus. Paul schaute über den Rand seiner Lesebrille und musterte Marc von oben bis unten, was Marc noch verlegener machte. Er wollte sich gerade erklären, als Klara mit einem Tablett aus dem Haus trat.

»Ich glaube, ich muss mich für mein Aussehen entschuldigen. Es ist mir etwas unangenehm, so bei Ihnen zu erscheinen«, stammelte Marc.

»Das braucht Ihnen nicht unangenehm sein«, meldete Paul sich zu Wort. »Für uns zählen die inneren Werte des Menschen und nicht der äußere Schein.«

Marc war etwas erleichtert und versuchte, die Tasse mit der heißen Schokolade zu greifen. Das war gar nicht so einfach mit den Verbänden an den Händen. Klara gab ihm die Tasse in die rechte Hand: »Da haben Sie sich aber ganz schön verletzt. Sie humpeln auch, habe ich gesehen.«

»Ja«, sagte Marc verlegen, »mir ist ein dummes Missgeschick passiert. Ich bin ungeschickterweise in ein paar Scherben gefallen.«

»Bestimmt bringen Ihnen diese Scherben Glück«, meinte Paul augenzwinkernd.

»Wohl eher nicht«, entgegnete Marc. »Ich habe in den letzten Jahren nicht allzu viel Glück gehabt. Mein Leben ist irgendwie aus dem Ruder gelaufen.«

»Da möchte ich Sie doch beglückwünschen«, sagte Paul ohne jeden Anflug von Ironie.

»Machen Sie sich jetzt über mich lustig?«, fragte Marc leicht verärgert.

»Um Gottes willen, nein! Bitte seien Sie mir nicht böse. Ich werde Ihnen gern erklären, wie ich das meine.«

Marc lehnte sich zurück und schaute Paul fragend an.

»Kevin hat uns schon einiges über Ihre Vergangenheit erzählt und ich denke, ich kann Ihnen hier etwas Zuversicht schenken. Das Leben von uns beiden verlief auch nicht immer so angenehm, wie es heute scheint. Nicht wahr, Klara?«

Sie nickte zustimmend.

»Wir hatten beide eine schwierige Kindheit, und die Jugendzeit war auch nicht die erfreulichste. Klara ist 1942 in Deutschland geboren und in einer Kleinstadt im Süden aufgewachsen. Es war kurz nach dem Krieg und es gab kaum etwas zu essen. Viele Menschen litten unter den schlimmen Auswirkungen des Krieges und wussten nicht, wie und ob es weitergehen würde. Klaras Vater wurde als vermisst gemeldet und kam nicht mehr aus Russland zurück. Ihre Mutter zog Klara und ihre beiden jüngeren Schwestern, so gut es ging, auf. Sie war eine sogenannte Trümmerfrau und hat sich sehr für den Wiederaufbau der Kleinstadt eingesetzt. Dafür bekam sie des Öfteren eine Sonderration Lebensmittel, sodass sie die Kinder und sich einigermaßen ernähren konnte. Die Schulen waren zum großen Teil zerbombt und die Kinder mussten in notdürftigen, unbeheizten Klassenzimmern lernen.«

»War es da im Winter nicht sehr kalt?«, fragte Kevin, der sehr interessiert zuhörte.

»Oh ja«, Klara nickte.

»Klara hatte das Glück, mit achtzehn Jahren eine Ausbildungsstelle in der Textilbranche zu bekommen. Ich war in Deutschland stationiert. Die Armee hat damals sehr viel Wert darauf gelegt, dass wieder Ruhe ins Land kommt, und sehr viele Soldaten waren dafür im Einsatz. Ich habe Klara als sehr schüchternes und verunsichertes Mädchen kennengelernt. Sie hat sich nebenbei sehr für in Not geratene Familien eingesetzt. In der ersten Zeit trafen wir uns heimlich und erzählten uns Geschichten aus unserer Heimat. Sie war damals schon sehr begeistert von Amerika, dem Land der unbegrenzten Möglichkeiten, wie es immer so schön heißt. Auch bei uns gab es Zeiten der Verzweiflung und viele amerikanische Mütter mussten ihre Söhne in den Krieg ziehen lassen. Als im Jahr 1964 meine Zurückversetzung nach Missouri anstand, war Klara gerade einmal 22 Jahre alt. Der Schmerz, alleine zurückzugehen, war sehr groß, doch unsere bescheidenen finanziellen Mittel ließen damals nichts anderes zu. Auch war es für mich zu früh, um aus der Armee auszusteigen, und die Aussicht, in Deutschland eine Arbeit zu finden, war sehr gering. Wir haben uns versprochen, immer Briefkontakt zu halten, und sobald es ihr möglich wäre, würde Klara nachkommen. Leider hat es viele Jahre gedauert, ohne dass uns das gelungen ist. Auch unser Briefverkehr nahm ab und irgendwann hatten wir gar keinen Kontakt mehr.

Es waren fast zehn Jahre vergangen, als mir auf einmal ein altes Foto in die Hände geriet. Darauf war ich mit meiner Klara zu sehen. Sie war damals schon sehr hübsch und trug ein bunt geblümtes Kleid, das ihr bis zu den Knien ging. Ihre langen blonden Haare waren zu einem Zopf geflochten, der nach vorne über ihre Schulter hing. Wir saßen auf einer Bank unter einem sehr weit ausladenden Kirschbaum. Dieser idyllische Platz hatte uns viele Momente des Glücks beschert. Wir hatten ein großes Herz mit unseren Initialen in den Baumstamm geritzt. Als ich Klara auf dem Foto sah, kam sehr große Sehnsucht in mir auf.«

Kevin konnte sich ein Grinsen nicht verkneifen: »Muss Liebe schön sein!«, kommentierte er.

Paul fuhr lächelnd fort: »Ich hatte damals nicht den Mut, wieder Kontakt zu Klara aufzunehmen. Noch dazu wusste ich nicht, ob sie noch in ihrem Heimatort wohnte, und ich hatte auch Bedenken, dass sie vielleicht schon eine Familie gegründet haben könnte. Nach langem Zögern entschied ich mich, Urlaub zu nehmen und nach Deutschland zu reisen. Als ich dort ankam, musste ich mit Erschrecken feststellen, dass das Haus, in dem Klara aufgewachsen war, leer stand. Es war sehr baufällig und das zeigte mir, dass dort schon längere Zeit niemand mehr wohnte. Verzweifelt machte ich mich auf die Suche nach irgendeinem Hinweis, der mir Klara wieder etwas näherbringen würde. Durch einen Zufall traf ich Hermine, Klaras beste Freundin, die mich sofort wiedererkannte. Wir fielen uns in die Arme und verabredeten uns für eine Stunde später auf der Terrasse eines nahegelegenen Cafés. ›Hermine, ich bin auf der Suche nach Klara‹, sagte ich. ›Hast du denn noch Kontakt zu ihr?‹ Hermine wusste, dass Klara noch in der Stadt wohnte. ›Sie hat immer wieder von dir erzählt, Paul, und ich denke, sie freut sich riesig, dich wiederzusehen. Sie arbeitet in einer Boutique gleich hier um die Ecke. In zehn Minuten müsste sie Feierabend haben. Am besten, ich rufe sie an und sage ihr, dass sie hier vorbeikommen soll. Ich sage ihr natürlich nicht, dass du hier bist. Mein Gott, wird das eine Überraschung!‹, rief Hermine voller Vorfreude und ging ins Café zum Telefonieren. So arrangierte sie mein Wiedersehen mit Klara. Ich war ganz aufgeregt und fragte Hermine, ob Klara denn eine Familie habe. Aber Klara hatte all die Jahre allein gelebt, obwohl etliche Männer an ihr interessiert waren. ›Und Paul, es gab wirklich sehr viele Männer, die es bei Klara versucht haben‹, sagte sie. Zehn Minuten später kam eine elegante Dame um die Ecke. Als sie mich entdeckte, blieb sie wie angewurzelt stehen. Ich sah, wie ihr Tränen über die Wangen rollten. Klara schaute von mir zu Hermine, ging dann auf mich zu und umarmte mich. Es war, als ob es all diese Jahre dazwischen nie gegeben hätte. Ich blieb noch ein paar Tage und wir verabschiedeten uns mit den Worten ›für immer vereint‹. Klara hatte 1975 beschlossen, ihre Arbeitsstelle zu kündigen und ihre Zelte in Deutschland abzubrechen. Ihre Mutter war ein paar Jahre zuvor verstorben und ihre beiden Schwestern hatten eigene Familien gegründet. Ja, Marc, so hat es sich damals zugetragen«, sagte Paul mit leicht wässrigen Augen.

Klara setzte die Geschichte fort: »Als wir damals zusammengezogen sind, waren wir einige Jahre sehr glücklich. Jedoch hat uns auch der Alltag mit seinen Höhen und Tiefen eingeholt. Paul hatte es in der Armee nicht leicht. Auch die tief sitzenden Erinnerungen an die Kriegsjahre haben uns verfolgt. Paul plagten immer öfter schlaflose Nächte und die schrecklichen Ereignisse des Krieges ließen ihn immer wieder aus Albträumen aufschrecken. Nach und nach verfiel er dem Alkohol und seine Gesundheit verschlechterte sich dramatisch. Irgendwann musste er arbeitsunfähig aus der Armee ausscheiden. Wir hatten damals wenig Geld und die Sorgen wuchsen uns über den Kopf. Ich nahm eine Arbeitsstelle an, die mir überhaupt nicht gefiel, uns jedoch halbwegs über die Runden half. Als ich dann im Jahr 1980 schwanger wurde, schien unser Leben vollkommen aus den Fugen zu geraten. Meine Schwangerschaft verlief alles andere als gut. Ich hatte oft Probleme und die Geburt war sehr schwierig. Als jedoch unsere Tochter Melanie auf der Welt war, verbesserte sich unsere Situation etwas. Wir waren, obwohl wir damals kaum etwas zu essen hatten, sehr glücklich mit unserem Mädchen. Paul hatte aufgehört zu trinken und eine Stelle als Hausmeister gefunden. Das half uns sehr. Unsere Melanie war ein fröhliches Kind und wir haben sie wirklich sehr geliebt. Mit achtzehn Jahren wurde sie ungewollt schwanger von einem Mann, der überhaupt nicht unseren Vorstellungen entsprach. Doch wir versuchten, ihre Wahl zu akzeptieren. Melanie merkte, dass wir wenig begeistert waren, und sie beschloss, von zu Hause auszuziehen. Wir wussten zeitweise gar nicht, wo sich die beiden aufhielten. Schließlich erfuhren wir, dass sie in eine nahe gelegene Mietswohnung gezogen waren. Nun konnten wir sie öfter besuchen und unser leicht gestörtes Verhältnis verbesserte sich deutlich. Einige Wochen später war es dann so weit. Kevin wurde geboren, ja, unser Kevin der Große«, Klara deutete voller Stolz auf ihren Enkel. »Kurz nach der Geburt erzählte Melanie uns dann, dass ihr Mann sie schlage. Immer und immer wieder kam sie weinend zu uns und zeigte uns ihre blauen Flecken. Paul rastete irgendwann aus und suchte diesen schrecklichen Mann auf. Völlig besoffen lag er auf dem Sofa und der ganze Tisch stand voll leerer Bierflaschen. Jetzt reicht es, dachte Paul und zeigte den gewalttätigen Nichtsnutz an. All seine Gewalttaten unserer Tochter gegenüber wurden aufgedeckt und er landete im Gefängnis. Danach haben wir nie wieder etwas von ihm gehört. Leider ging das Ganze nicht spurlos an unserer Tochter vorbei. Sie klagte immer öfter über Schmerzen im Unterleib. Die Ärzte stellten nach intensiven Untersuchungen einen Tumor fest. Wir hatten immer die Hoffnung, dass Melanie wieder gesund wird, aber der Tumor war stärker. Sie ist im letzten Jahr gestorben.«

Klara schaute zu Kevin hinüber und schenkte ihm ein Lächeln mit einer Herzlichkeit, wie Marc sie selten erlebt hatte: »Nun sorgen wir für unseren Enkelsohn Kevin und haben sehr viel Freude mit ihm.«

Paul nahm den Faden auf: »So, Marc, nun verstehst du vielleicht, … dass es für uns auch nicht immer einfach war. Nach jeder Krise sind wir wieder aufgestanden. Jammern und Selbstmitleid führen nicht weiter. Wir trauern sehr um unsere Tochter. Aber Kevin ist unser Sonnenschein. Es ist unsere Aufgabe, für ihn zu sorgen. Das Leben geht weiter. Es gibt auch vieles, wofür wir von Herzen dankbar sein können.«

Marc hatte einen Kloß im Hals. Ihm wurde klar, dass er bislang immer nur sein eigenes Elend vor Augen gehabt hatte. Dass es anderen Menschen noch sehr viel schlimmer ergehen könnte, hatte er bis zu diesem Zeitpunkt so noch nicht erkannt und erlebt.

»Liebe Klara, lieber Paul, ich weiß gar nicht, was ich sagen soll. Es tut mir sehr leid, was mit Melanie passiert ist. Es war mit Sicherheit ein großer Schmerz für euch. Schön finde ich aber, dass ihr euch nach so vielen Jahren wiedergefunden und dass ihr euch nie aufgegeben habt. Mir wäre das vor ein paar Tagen beinahe passiert.«

Nachdem sie noch ein Weilchen geplaudert hatten, bedankte sich Marc und verabschiedete sich mit einer Umarmung herzlich von seinen neuen Freunden.

Kapitel 11

Als Marc beim Abendessen Sally und Larry von seinen neuen Freunden erzählte, spürte er, wie ihn ein befreiendes Wohlgefühl überkam. Er machte einen sehr fröhlichen Eindruck und strahlte sichtlich.

»Schön, dass es dir wieder besser geht«, sagte Sally und strich dabei sanft über Marcs verbundene Hände.

Marc beschloss an diesem Abend, seine Erlebnisse des Tages aufzuschreiben. Es war zwar mit dem Verband an der Hand nicht so leicht, aber davon ließ er sich nicht abbringen. Seite um Seite notierte er seine Erkenntnisse.

»So ist es gut!«, sprach plötzlich die geheimnisvolle Stimme zu ihm.

Marc hob verwundert den Kopf. Die Stimme machte ihm keine Angst mehr. »Danke, du Stimme«, sagte er und schlief erschöpft, aber glücklich auf seiner Matratze ein.

Als er am nächsten Morgen die Vögel zwitschern hörte, stand er sofort auf und nahm seine Notizen mit nach draußen. Dort setzte er sich auf einen Baumstumpf und genoss es, seine Zeilen vom Vortag zu lesen. Heute fahre ich mit Ben in die Stadt, kam ihm plötzlich in den Sinn, und schon war er auf dem Weg zum Motel.

In Memphis angekommen, schlenderte er beschwingt durch die Straßen der Stadt. Er bemerkte dabei nicht, dass er sich auf einem Radweg befand. Vor lauter guter Laune machte er einen schwungvollen Schwenk nach rechts.

Plötzlich krachte es heftig, ein Fahrrad flog über ihn hinweg, eine Frau schrie und Marc ging zu Boden. Er spürte einen Schmerz in der rechten Kniekehle, und als er sich aufsetzte und umdrehte, sah er eine Frau, die am Boden lag und vor Schmerz weinte. Sie setzte sich auf und rieb sich ihren Ellenbogen. »Sind Sie verletzt?«, fragte Marc.

Die Verunglückte nahm einen tiefen Atemzug und sagte: »Geht schon. Mein Arm tut etwas weh, aber ansonsten, glaube ich, ist noch alles dran.« Sie wischte sich die Tränen von der Wange und sah sich besorgt nach ihrem Fahrrad um.

»Entschuldigung, das tut mir sehr leid«, Marc half der Dame auf die Beine.

»Es war auch ein bisschen meine Schuld«, antwortete sie. »Ich hätte meine Fahrradklingel benutzen sollen.« Jetzt konnte sie schon wieder ein wenig lächeln. Dabei verschob sich ein kleines Muttermal unter ihrem rechten Auge leicht auf die Seite. Wie ein Blitz traf es Marc: Das musste Caroline sein!

»Kennen wir uns nicht?«, fragte er.

Die Frau schaute ihn nur verständnislos an: »Ist das jetzt eine Anmache?« Sie hob ihr Fahrrad auf.

»Nein, um Gottes willen«, sagte Marc, »ich muss mich wohl geirrt haben. Brauchen Sie einen Arzt?«, fragte er besorgt.

»Nein, ich bin gleich bei meiner Arbeitsstelle und dort habe ich einen Kühlbeutel im Gefrierschrank.«

Sie verabschiedete sich mit einer Handbewegung und schob ihr Fahrrad neben sich her.

Erst jetzt nahm Marc wahr, dass die Frau sehr hübsch und gut gekleidet war. Sie hatte eine orangefarbene Bluse an und trug eine beige Hose mit bunten Bündchen knapp unterhalb der Knie. Er beobachtete, wie sie mit ihrem Fahrrad im Nebeneingang eines hohen Bürogebäudes verschwand. »Werbeagentur Brown Media Corporation« stand auf einer Leuchtreklame an der Fassade des Gebäudes. Caroline, Caroline Nash, dachte er. Dieses Muttermal kannte er von früher, das gab es kein zweites Mal. Mein Gott, sie war immer noch so hübsch wie früher.

Marc ging an einigen Schaufensterscheiben vorbei. Als er darin sein Spiegelbild sah, bekam er einen großen Schreck. Wie sehe ich denn aus?, stellte er verärgert fest. Die zerzausten, fettigen Haare hingen bis weit über die Schultern. Ins Dunkelblond mischten sich schon leicht graue Strähnen. Sein verwahrloster Bart verdeckte einen Großteil seines Gesichts und die Bekleidung, wie er sie trug, war schon jahrelang aus der Mode. Kein Wunder, dass Caroline ihn nicht erkannt hatte. Beschämt ging er die Straße entlang und wäre am liebsten im Erdboden versunken. Ich muss das ändern, dachte er, als er an einem Friseurgeschäft vorbeikam. Herrenschnitt fünfzehn Dollar, stand dort geschrieben. Das konnte er sich nicht leisten. So viel Geld verdiente er gerade einmal an drei Abenden beim Tellerspülen in Sallys Lokal. Marc ging weiter und musste mit Entsetzen feststellen, dass ihn auch neue Kleidung ein Vermögen kosten würde. Entmutigt ging er weiter und investierte sein Geld bis zum Abend in fünf doppelte Whiskey. Am Abend hatte er gerade noch Glück, Ben rechtzeitig zu erwischen. Im »Heavenly Hell« verweigerte er das Essen und wollte sich lieber noch einen doppelten Whiskey genehmigen.

»Marc, sei bitte vernünftig«, sagte Sally besorgt. Sie zeigte Richtung Ausgang und bat ihn zu gehen. Verärgert und schwankend verließ Marc die Kneipe.

Kapitel 12

Als Marc am nächsten Tag ziellos durch den kleinen Ort Marion ging, fiel ihm ein Schild auf: »Bei mir schneiden Sie gut ab! – Ihre Haar-Fee Sofia«

Dies machte ihn neugierig und er schaute zum Hauseingang, vor dem das Schild stand. Ein ganz normales Haus und dort sollte ein Friseurladen sein? Zögerlich ging er auf die Haustür zu. Ein Namensschild an der Türklingel verriet ihm, dass hier eine Sofia Baker wohnte. Er wollte sich schon wieder umdrehen und gehen, als sich die Tür mit einem leichten Quietschen öffnete.

Marc sah vor sich eine Frau, die er auf über siebzig Jahre schätzte. Sie hatte ihre grauen Haare zu einem Zopf geflochten und ihre Lippen waren dezent mit rosafarbenem Lippenstift versehen.

»Kann ich Ihnen helfen?«, fragte die Frau mit einer sehr angenehmen Stimme. Sie blickte dabei über den Rand ihres silbernen Brillengestells.

»Kann ich mir bei Ihnen die Haare schneiden lassen?«

»Aber selbstverständlich«, antwortete die Frau mit einer Handbewegung, die Marc einlud hereinzukommen. »Hier können Sie Platz nehmen und es sich gemütlich machen.« Sie zeigte auf einen Stuhl, der mitten in ihrer Küche stand. »Möchten Sie einen Kaffee trinken?«

»Ja, gerne«, antwortete Marc und fragte, was es denn kosten würde.

»Fünf Dollar«, kam als Antwort.

»Nein, ich meinte nicht den Kaffee, sondern den Haarschnitt.«

»Ja, fünf Dollar inklusive Kaffee«, beharrte Sofia.

Marc war sehr überrascht über den Preis und fragte, ob sie ihn auch rasieren könne und was das denn koste.

»Insgesamt sechs Dollar und ein Dankeschön«, sagte sie lächelnd.

Dazu konnte Marc nicht Nein sagen: »Dann einmal das volle Programm, bitte.«

Sofia stellte Marc einen Kaffee auf den Tisch, der neben seinem Sitzplatz stand, und legte ihm ein hellblaues Handtuch um die Schultern. »Wie hätten Sie denn gerne Ihre Haare geschnitten?«, fragte sie.

»Kürzer bitte«, antwortete Marc mit einem Grinsen übers ganze Gesicht.

»Sehr witzig«, entgegnete Sofia und zeigte auf einen Langhaarschneider, der neben Marc auf dem Tisch lag.

»Also Glatze?«, fragte sie ebenfalls mit einem Grinsen zurück.

»Oh nein, bitte nur bis knapp über den Schultern und etwas stufig. Wir müssen es ja nicht gleich übertreiben«, sagte Marc und nahm einen Schluck Kaffee.

Sofia wollte gerade anfangen, Marcs Haare zu kämmen, als sie bemerkte, dass dort kein Durchkommen war. »Ich denke, es wäre besser, wenn wir die Haare zuerst einmal waschen.« Sie bat Marc an die Küchenspüle.

Ein frisch duftendes Shampoo und danach eine Spülung taten Wunder. Sofia fing an zu schneiden, und Marc war erstaunt, wie fingerfertig sie in ihrem Alter noch war. Als sie fertig war, holte sie einen Spiegel und Marc betrachtete sich.

»Sehr schön«, sagte er, »und nun geht es an den Bart.«

Als Sofia das Rasiermesser an einem Lederriemen schärfte, fing sie an zu erzählen, dass sie vor dreißig Jahren noch ein sehr gut gehendes Friseurgeschäft besessen hatte. »Heute, in meinem stattlichen Alter von 72 Jahren, schneide ich noch, um mir zu meiner bescheidenen Rente ein Zubrot zu verdienen. Es ist aber auch immer schwieriger, da meine Stammkunden nach und nach alle wegsterben«, sagte sie mit trauriger Stimme. »Ich arbeite aber noch sehr gerne und es hält mich jung. Auch erfahre ich immer wieder Neuigkeiten, die ich sonst gar nicht mitbekommen würde.«

»Was war denn der Grund, dass Sie Ihren Friseurladen aufgegeben haben?«, fragte Marc.

»Ach wissen Sie, es war damals eine sehr schwierige Zeit«, Sofia ließ das Rasiermesser über Marcs stoppelige Wangen gleiten.

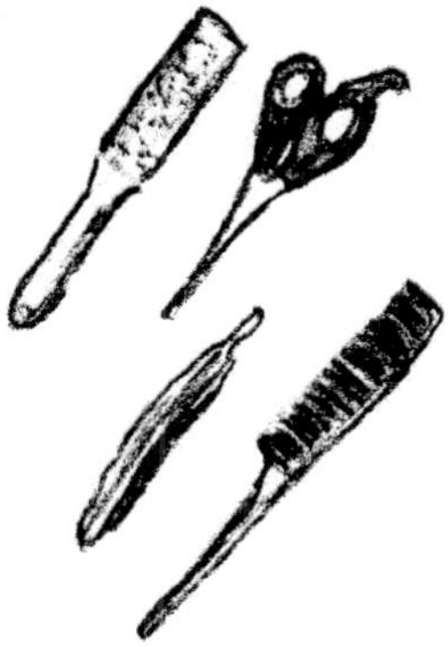

»Es gab in unserem Ort ein paar junge Burschen, die mir das Leben schwer gemacht haben. Sie haben meinen Laden immer wieder heimgesucht, um mich zu ärgern.«

»Wo war denn Ihr Laden?«, fragte Marc.

»In der Kennedy-Straße. Dort, wo sich jetzt das Tattoo-Studio befindet.«

Marc zuckte zusammen und bekam ein sehr mulmiges Gefühl. Vor dreißig Jahren, in der Kennedy-Straße, oh mein Gott, da war ich auch dabei, das Friseurgeschäft zu boykottieren, dachte er. Schweiß stieg ihm ins Gesicht.

»Geht es Ihnen denn nicht gut?«, Sofia setzte das scharfe Rasiermesser kurz ab.

»Es ist alles in Ordnung«, sagte Marc und versuchte ruhig zu bleiben.

»Dann mache ich jetzt weiter, aber zucken Sie bitte nicht wieder so zusammen.«

Sofia erzählte weiter, dass die Jugendlichen damals ihre Hauswände mit Farbe besprühten und in ihren Laden immer wieder kleine Fläschchen mit stinkender Flüssigkeit warfen. »›Stinkbomben mit Schwefelwasserstoff‹, sagte mir die Polizei damals. Sie rochen nach verfaulten Eiern und hinterließen eine große Sauerei auf dem Boden. Das sprach sich schnell herum, und nach und nach blieben immer mehr Kunden aus.« Sofia hielt nachdenklich inne. »Ich hatte einfach nicht mehr genügend Umsatz, um meine beiden Mitarbeiterinnen zu bezahlen. Nach ein paar

Monaten konnte ich auch die hohen laufenden Kosten nicht mehr decken und musste meinen Laden zumachen.«

Marc wurde fast schlecht vor Scham. Er versuchte aber, sich nichts anmerken zu lassen. Als Sofia fertig war mit Rasieren, betrachtete Marc sein Spiegelbild und stellte fest, dass er ja doch noch gar nicht so alt aussah, wie er gedacht hatte. Plötzlich fiel ihm ein, dass er am Vortag sein ganzes Geld für Alkohol ausgegeben hatte.

»Entschuldigen Sie, Frau Baker, aber dieser Friseurtermin kam so überraschend, dass ich gar kein Geld einstecken habe. Könnte ich meine Schulden morgen bezahlen?«, fragte er etwas verlegen.

»Aber klar doch«, antwortete Sofia und begleitete ihn zur Tür. »Sie können mich auch gerne weiterempfehlen, ich würde mich sehr über neue Kunden freuen.«

»Das werde ich sicherlich tun«, antwortete Marc und ging seines Weges.

Als er außer Sichtweite war, setzte er sich auf eine Gartenmauer am Weg. Begebenheiten aus seiner Jugendzeit kamen ihm in den Sinn. Was haben wir damals getan?, fragte er sich. Wir haben einer sehr netten Dame ihre Lebensgrundlage genommen. Wir waren verantwortlich dafür, dass sie ihr Friseurgeschäft aufgeben musste. Das tut mir unendlich leid. Er fuhr sich durch die frisch geschnittenen Haare. Ich habe vor einiger Zeit einen Bericht gelesen, in dem stand, dass sich im Leben alles ausgleicht, erinnerte er sich. Dass alles, was man gesät hat, Früchte trägt. Dass alles zurückkommt, aus Gedanken, Gefühlen und Handlungen. Steht das nicht schon in der Bibel?, fragte er sich. Kommt meine finanzielle Lage daher, dass ich vor dreißig Jahren einer Geschäftsfrau den finanziellen Ruin beschert habe? Ein kalter Schauer fuhr ihm über den Rücken. Ist meine jetzige Situation das Ergebnis meiner Gedanken, meiner Gefühle und meiner Handlungen?

»Sehr gut, mein lieber Freund«, erklang die geheimnisvolle Stimme. *»Du bist auf einem guten Weg!«*

»Ich bin auf einem guten Weg?«, wiederholte Marc fragend. »Du machst Witze. Ich habe gerade eine schreckliche Vorahnung, wie viel Schlimmes sich noch in meinem Leben ergeben wird.«

»Wenn du so denkst, wird es wahrlich geschehen. Wer an das Gute glaubt, dem wird es gut gehen; wer schwarzsieht, zieht das Unglück an. Verstehst du, was ich meine? – Was du denkst, wird geschehen? Das sind knallharte Fakten«, sagte die Stimme etwas energischer.

»Kannst du damit aufhören? Das wird mir gerade etwas zu viel«, forderte Marc.

»Genau das ist dein Problem. Es ist genau das, was du nicht hören möchtest. Immer wenn die Wahrheit anfängt wehzutun, verschließt du deine Ohren.«

»Überleg doch mal: Wenn alles, was ich in meinem bisherigen Leben gedacht, gefühlt und getan habe, zurückkehrt, wie schrecklich muss es dann in meiner Zukunft aussehen?«, fragte Marc.

»Hast du denn nur Schreckliches gedacht, gefühlt und getan, Marc? Denk doch einmal an deine Kindheit zurück. Gab es da nicht wunderbare Momente? Die Wärme deiner Mutter, wenn sie dich in den Arm genommen hat, das Spielen mit deinem Vater auf dem Fußballplatz, das Spüren der bedingungslosen Liebe deiner Eltern, der Trost, den sie dir gespendet haben. Kindergeburtstage, Weihnachten, Osterfeiertage, Freundschaften, Schulstreiche und so weiter.

Oder denk doch einmal daran, wie du deine Frau kennengelernt hast. Der erste Kuss, das erste Näherkommen, der Einzug in die gemeinsame Wohnung. War die Geburt deiner Kinder nicht voller Wunder? Die Liebe, die du erfahren hast, ist doch etwas Wundervolles, oder?«

»Stimmt, daran habe ich gar nicht gedacht«, sagte Marc mit einer fröhlicheren Stimme.

»An die guten Dinge im Leben denken die wenigsten Menschen. Viel zu oft rufen sie sich die negativen Ereignisse ins Gedächtnis. Ihr Menschen

solltet lernen, euch auf das Positive zu konzentrieren. Täglich solltet ihr euch erfreuliche Situationen vor Augen halten und dafür dankbar sein. Auch für Geschehnisse, die weniger erfreulich sind, solltet ihr dankbar sein. Daraus ergeben sich ein ständiges Lernen und eine ständige Weiterentwicklung. Du kannst lernen, die Welt nicht in Gut und Böse einzuteilen. Schatten gibt es nur dort, wo auch ein Licht leuchtet. Du musst nur mal um die Ecke schauen, um das zu erkennen. Aber nun genug für den Moment. Denk darüber nach und du wirst sehen, das bereichert dein Leben sehr. Nur Mut!«

»Danke für die Lektion, ich werde darüber nachdenken.« Marc hob seinen Kopf und erschrak, da vor ihm ein Mädchen stand und ihn fragend anschaute. »Mit wem redest du denn?«, fragte sie neugierig.

»Selbstgespräche, ich führe Selbstgespräche«, murmelte Marc mürrisch und ging seines Weges.

Am Abend im »Heavenly Hell« staunten Larry und Sally nicht schlecht, als Marc auftauchte. »Gut siehst du aus«, lobte Larry. »Nun solltest du noch etwas an deiner Garderobe verändern und schon laufen dir die Frauen in Scharen hinterher.«

»Stimmt, Larry«, sagte Sally lächelnd, » ich würde auch dazugehören.«

»Okay, Marc, dann bleib so, wie du bist«, forderte Larry augenzwinkernd.

Marc begleitete Sally lächelnd in die Küche und räumte, noch etwas gehandicapt durch seine Verletzungen, das Geschirr in die Schränke. Er hatte sich vorgenommen, mit dem Verdienst am nächsten Tag seine Friseurschulden zu begleichen.

Kapitel 13

Kurz bevor sich Marc auf den Weg zu Sofia Baker machte, kam ihm in den Sinn, er könnte sich in Memphis einmal einen Überblick verschaffen, was ihn eine neue Garderobe kosten würde. Er nahm extra dafür seinen Bleistift und ein Blatt Papier mit.

Nachdem er seine Schulden bei Sofia beglichen hatte, fuhr er mit Ben in die Stadt. Als er durch die Einkaufsstraßen ging, dachte er an die Begegnung mit Caroline. Es zog ihn in die Nähe der Brown Media Corporation. Gestern war es kurz vor ein Uhr mittags gewesen, als sich der Unfall mit Caroline ereignete. Marc warf einen Blick auf seine Taschenuhr. Die Zeiger standen auf halb zwölf. Als er an dem imposanten Firmengebäude mit der verspiegelten Glasfassade ankam, schaute er sich nach einem Platz um, von dem er das Gebäude unauffällig beobachten konnte. Er setzte sich auf eine Parkbank, die in einer günstigen Entfernung zu stehen schien, und genoss die warmen Sonnenstrahlen, die ihm entgegenschienen. Fünf nach zwölf ging die Tür des Seiteneingangs auf und ein paar Leute traten auf die Straße. Marc meinte, auch Caroline zu entdecken. Sie gingen Richtung Kneipenviertel. Marc beschloss, sitzen zu bleiben. Er wollte Caroline beobachten. Ein wenig wurde er neidisch bei dem Gedanken, dass Caroline jeden Tag zur Arbeit gehen konnte. Bestimmt hatte sie einen sehr guten Job und verdiente eine Menge Geld. Er erinnerte sich daran, wie er selbst noch im Berufsleben stand. Wie er mit seinen Kollegen zur Mittagspause gegangen war und mit ihnen gemeinsam die Erfolge gefeiert hatte. Als er so dahinträumte, bemerkte er, dass die Gruppe wieder aus der Mittagspause zurückkam. Tatsächlich war auch Caroline dabei. Sie verschwanden in dem Gebäude. Marc betrachtete das interessante Muster der Fassade. Die Fassadenteile schienen in verschiedenen Winkeln angeordnet zu sein, da sich die Sonne in manchen Glasscheiben spiegelte, andere wiederum im Schatten lagen. Er sah an sich herab und beschloss, mit seinen alten und ausgewaschenen Klamotten nicht ein zweites Mal vor Carolines Augen zu treten. Also beschloss er, sich jetzt einmal in den Einkaufsläden umzuschauen und zu überschlagen, was ihn ein neues Outfit kosten würde. Was brauche ich denn?, fragte er sich. Ein Paar neue Schuhe, mindestens drei Paar Socken, Unterwäsche, zwei Hosen, zwei T-Shirts, zwei Hemden, zählte er in Gedanken auf. Wie sollte er sich das alles leisten? Egal, er würde sich einfach einmal in den verschiedenen Läden umsehen. Als er sich die Preise notiert hatte, setzte er sich auf den Rand eines Brunnens in der Nähe der Bürohochhäuser und zählte zusammen: 135 Dollar. Das wären über 25 Tage Tellerspülen bei Sally. So lange wollte er nicht damit warten, Caroline anzusprechen.

Ich könnte Larry und Sally fragen, ob sie mir das Geld leihen. Nein, das kann ich nicht machen, die beiden haben mich in den letzten Jahren schon so sehr unterstützt, dass ich mich schämen würde, überhaupt nur diese Frage zu stellen, dachte er. Plötzlich kam ihm in den Sinn, zu beten. Ich bete einfach zu meinem lieben Gott und schon ist das Geld unterwegs, dachte er etwas zynisch. Wenn es aber doch wahr ist, dass man sich die Ereignisse ins Leben denken und fühlen kann, dann könnte ich durch mein Gebet zumindest der Sache etwas näherkommen. Okay, was soll's, ich probiere es einfach mal aus. Vielleicht suche ich mir dafür einen etwas passenderen Ort, dachte er mit Blick auf die Werbetafeln und Glasfassaden der Bürogebäude und machte sich auf den Weg zu einem nahegelegenen Park. Dort entdeckte er eine etwas versteckte Bank, umgeben von saftig grünen Sträuchern. Hier könnte er ungestört sein, das war genau der richtige Ort für sein Gebet.

Als er es sich bequem gemacht hatte, lauschte er in die Umgebung und meinte, das Gefühl zu haben, mit der Natur verbunden zu sein. Alles schien eins zu werden. Er versuchte, ruhig zu atmen und seine wirren Gedanken zu ordnen. Nach und nach beruhigten sie sich.

»Lieber Gott, wie du ja weißt, brauche ich dringend Geld, um mich neu einzukleiden. Ich weiß noch keine Lösung für mein Anliegen, habe aber die Hoffnung, dass irgendetwas geschehen wird. Bitte, wenn ich dir etwas wert bin, dann hilf mir dabei. Vergib mir alle meine Sünden und Schandtaten aus meiner Jugendzeit. Wenn ich die Zeit noch einmal zurückdrehen könnte, würde ich all diese Missetaten gerne rückgängig machen. Sofia Baker zum Beispiel. Ich hoffe, sie vergibt mir wegen der Geschichte mit ihrem Friseursalon. Wenn ich nur wüsste, wie ich sie unterstützen könnte. Bitte, lieber Gott, hilf mir«, betete er, als ihm innerlich sehr warm wurde. Kaum noch spürte er seinen Körper. Durch seine geschlossenen Augenlider wurde es immer heller. So hell, dass er meinte, vollkommen in ein warmes Licht eingetaucht zu sein, ja sein ganzer Körper werde mit dem Licht eins. Marc war überwältigt und Tränen liefen über seine Wangen. Ja, er bebte innerlich. Dann atmete er tief durch und nahm langsam seine Umgebung wieder wahr. Das Vogelgezwitscher wurde wieder etwas lauter, und er spürte den leichten Windhauch, der über seine feuchten Wangen wehte.

Was war das?, schoss es ihm durch den Kopf. Was ist mit mir passiert? Als er so in sich hineinlauschte, war es ein sehr angenehmes Gefühl. Also konnte es gar nichts Schlechtes sein.

Marc konnte überhaupt nicht einschätzen, wie lang er schon auf dieser Bank saß. Die Taschenuhr zeigte fünf Uhr an. Vor etwa eineinhalb Stunden war er hier angekommen. Was, eineinhalb Stunden sind seitdem vergangen, überlegte er. Das konnte nicht sein, bestimmt ging seine Uhr falsch. Er nahm sie in die Hand und klopfte mit dem Finger auf die Glasscheibe. Aber der Sekundenzeiger bewegte sich so zuverlässig wie immer.

Marc stand verwundert auf. Er hatte das Bedürfnis, nach Hause zu gehen, und wollte nicht abwarten, bis Ben am späten Abend fahren würde. Und so beschloss er, den Weg nach Marion zu Fuß zu gehen.

Als er schließlich nach einigen Stunden an seinem Bauwagen ankam, übermannte ihn die Müdigkeit und er schlief, bis es Zeit war fürs Abendessen. Als er seinen Teller restlos leer gegessen hatte, kamen Larry und Sally zur Tür des Nebenraumes herein. Sally setzte sich auf ihr Sofa und schaute Marc an.

»Was ist los, Sally, hast du etwas auf dem Herzen?«, fragte Marc.

»Marc, wir haben heute erfahren, dass wir für fünf Tage dreißig Gäste zu Besuch haben. Sie reisen morgen an und übernachten in der näheren Umgebung. Tagsüber sind sie bei einem Kongress in Memphis und abends möchten sie bei uns essen. Wir beide schaffen dieses zusätzliche Pensum nicht und deshalb möchten wir dich fragen, ob du uns dabei unterstützen möchtest. Deine Verletzungen sind erstaunlich gut verheilt, sodass es wahrscheinlich kein Problem für dich wäre. Du bekommst dafür dreißig Dollar am Tag, hast freie Verpflegung und kannst trinken, so viel du willst.«

»Natürlich helfe ich euch«, willigte Marc ein, ohne weiter darüber nachzudenken. Dann erst wurde ihm klar: Dreißig Dollar mal fünf Tage, das wären ja 150 Dollar. Und das Geld bekomme ich schon in fünf Tagen und nicht in dreieinhalb Wochen. Was passiert hier gerade?, fragte er sich.

»Danke, Marc, dass du uns unterstützt«, sagte Sally. »Larry und ich fahren morgen früh um fünf in den Großmarkt. Deshalb wollen wir uns gleich schlafen legen.«

»Dann gehe ich jetzt auch schlafen und ich werde pünktlich um fünf Uhr bei euch sein, um euch zu helfen.«

»Das brauchst du doch nicht, Marc. Es genügt, wenn du am frühen Nachmittag da bist.«

»Keine Widerrede, Sally!« Marc stand auf und verließ das Lokal.

Als er auf seiner Matratze lag, dachte er über die Ereignisse des Tages nach. Was für ein wundervoller Tag, dachte er und schlief ein.

Kapitel 14

Pünktlich um fünf Uhr stand Marc an Larrys Wagen und bestaunte die Geburt des neuen Tages. Die Sonne ging gerade auf und die Luft war klar und von Vogelgezwitscher erfüllt.

Sally kam zuerst aus dem Haus. Sie hatte ein paar große Kartons bei sich und ihre braune Handtasche baumelte an ihrer linken Seite. »Guten Morgen«, begrüßte sie Marc, während Larry die Haustür abschloss.

»Guten Morgen, ihr beiden«, sagte Marc fröhlich.

»Sind wir heute gut gelaunt?«, fragte Sally in Marcs Richtung.

»Aber ja!«, entgegnete Marc und stieg in den Wagen.

Im Großmarkt war um diese Zeit schon sehr viel los. Sally schaute auf ihren Einkaufszettel und gab Larry und Marc Anweisungen, welche und wie viele Lebensmittel sie in die Einkaufswagen einladen sollten.

Marc hatte sehr viel Freude daran. Endlich wieder einmal eine sinnvolle Aufgabe, dachte er sich, während sein Wagen immer voller und schwerer wurde. Er freute sich darauf, bald für sich einkaufen zu gehen. Und das ist ein neuer Anfang, kam ihm in den Sinn.

Als die drei wieder im »Heavenly Hell« angekommen waren, verstauten sie die Einkäufe in den Lagerregalen und Gefriertruhen. Sally machte sich in der Küche an die Arbeit, die Männer fingen an zu putzen. Marc stellte die Stühle hoch, sodass Larry den Boden wischen konnte. Um die Mittagszeit kamen die ersten Trucker und wollten versorgt werden. Als das Mittagsgeschäft vorbei war, bereiteten die drei das Essen für den Abend vor. Marc fragte Sally, um was für Gäste es sich eigentlich handle und wie es zustande gekommen sei, dass sie sich das »Heavenly Hell« zum Dinner ausgesucht hatten.

»Das ist eine lange Geschichte«, holte Sally aus. »Larry und ich hatten vor Jahren eine sehr schwere Zeit. Wir haben uns ständig gestritten, vor allem wegen unserer Geldsorgen. Als uns bewusst wurde, dass es so nicht weitergehen konnte, haben wir versucht, Lösungen für unsere Probleme zu finden. Ich kaufte von unserem wenigen Geld ein paar Bücher über positives Denken und positive Lebensgestaltung. Anfangs habe ich mich damit ziemlich schwergetan. Es war ›harter Stoff‹ für mich und mein Verstand hat diese anderen Denk- und Verhaltensweisen einfach nicht zugelassen. Ich hielt die Autoren für echte Quacksalber. Larry bemerkte, dass ich immer verwirrter wurde, und weigerte sich, auch nur eines dieser Bücher in die Hand zu nehmen. Lange Zeit überwog der Ärger über das Gelesene, aber ich hatte tief in mir das Gefühl, dass hier doch der Schlüssel zu einem besseren Leben liegen könnte. Also blieb ich dran und langsam, sehr langsam veränderte sich mein Denken. Eine Werbeseite am Ende eines Buches machte mich auf einen Vortrag aufmerksam, zu dem ich uns dann auch anmeldete. Ich hatte Larry damals nur gesagt, es handle sich um einen Vortrag über finanzielle Verbesserungen im Leben. Zu einem Vortrag über positives Denken wäre Larry niemals mitgegangen. Ohne harte Arbeit kommst du zu nichts, diese Lebensphilosophie hatte er von seinem Vater übernommen. Ich bemerkte aber, dass Larry langsam an seine Leistungsgrenzen stieß. Immer öfter klagte er über Schmerzen und Unwohlsein. Er konnte nachts nicht mehr schlafen und dieser Schlafmangel zehrte an seinem Immunsystem. Oft habe ich ihn damals heimlich beobachtet, wie er dasaß, den Kopf in die Hände gestützt. Als wir an diesem Tag in den Vortragssaal kamen, sagte Larry zu mir: ›Sally, ich habe das Gefühl, dass wir hier nicht richtig sind. Die Leute hier sind viel zu gut gelaunt, um auf einen Vortrag über finanzielle Probleme zu gehen.‹ Sie lachten und begrüßten sich, als ob sie sich schon lange kannten. Mir wurde auch immer unwohler und das bemerkten offenbar einige Teilnehmer. Wir wurden mit festen Handschlägen begrüßt und ein Mann sprach uns plötzlich an, ob wir zum ersten Mal auf so einer Veranstaltung seien. ›Lassen Sie sich überraschen‹, sagte er, ›Sie werden mit anderen Ansichten nach Hause gehen.‹ Zuerst fühlte ich mich völlig fehl am Platz. Ich dachte mir aber, schlechter als im Moment kann es ja gar nicht werden. Und tatsächlich, nach diesem ungewöhnlichen Vortrag fühlten wir uns etwas besser. Wir haben uns auf der Heimfahrt lange über das Gehörte unterhalten. Es war zwar Neuland für uns, aber wir hatten beide das Gefühl, einige Dinge gehört zu haben, die uns vielleicht weiterbringen würden. Als ich am nächsten Tag in meinem Buch weiterlas, bemerkte ich, dass ich ein bisschen besser verstehen konnte, was da geschrieben war.

Als sich dann die ersten Veränderungen in unser beider Leben ergaben, hatten wir das starke Bedürfnis, uns noch mehr mit der positiven Seite unseres Lebens zu befassen. Auch Larry begann, das eine oder andere Buch in die Hand zu nehmen. Anfangs heimlich, aber ich bemerkte, dass sich die Reihenfolge der Bücher in meinem Regal veränderte. Ich hatte mir bei dem Vortrag einen Flyer über die nächste Veranstaltung eingesteckt. Diesmal fragte ich Larry, ob wir teilnehmen sollten. Larry zögerte etwas und sagte dann: ›…, wenn es dir guttut, liebe Sally.‹ Ich wusste aber, dass auch er dafür Interesse entwickelt hatte. Bei der nächsten Veranstaltung war uns die positive Schwingung im Vortragssaal dann auch nicht mehr so fremd.«

»Ich würde sogar sagen, dass wir es schon etwas genießen konnten«, sagte Larry. »Der Mann, der uns schon beim ersten Mal angesprochen hatte, empfing uns mit den Worten ›Ich wusste, ich würde Sie wiedersehen!‹«, fuhr Larry fort. »Es war Peter Menson, der Organisator dieser Veranstaltung. Seit diesem Tag sind wir Stammgäste bei den Vorträgen. Und genau dieser Peter Menson hat die Gruppe bei uns angemeldet. Sie besteht aus Trainern, die in Memphis an einer fünftägigen Ausbildung teilnehmen. Du wirst sehen, Marc, das sind sehr interessante Leute.«

»Und nun konzentrieren wir uns auf das Wohlsein unserer Gäste«, sagte Sally und fing an, die Suppe vorzubereiten.

Marc freute er sich darauf, diese ungewöhnlichen Menschen kennenzulernen. »Sally, wann kommen die Gäste denn hier an?«, fragte er. »Mir ist eingefallen, dass ich nicht gerade die passende Kleidung für so einen Abend habe.«

»Keine Angst, Marc, ich habe für dich schon Hemd und Hose bereitgelegt. Larry hat eine ähnliche Statur wie du, seine Sachen dürften dir passen. Der einzige Unterschied ist, dass Larry eine große Wölbung mehr am Körper trägt als du. Sie befindet sich am Bauch und hat sich in den letzten Jahren ziemlich gut entwickelt«, sagte sie schmunzelnd, als sie einen leichten Schlag auf den Hinterkopf bekam.

»Sei vorsichtig, was du sagst«, sagte Larry. Alle drei brachen in schallendes Gelächter aus.

»Marc«, sagte Sally, als sie sich wieder etwas gefangen hatte, »du kannst jetzt gleich duschen gehen, wenn du möchtest. Ich habe dir auch neue Unterwäsche und Strümpfe bereitgelegt. Larrys Schuhe dürften dir auch passen.«

»Du hast wirklich an alles gedacht«, bedankte sich Marc und machte sich auf den Weg ins Badezimmer.

»Die Gäste kommen in einer Stunde«, rief Sally ihm noch hinterher.

Als Marc frisch geduscht und ordentlich gekleidet in die Küche zurückkam, konnte Sally ihr Staunen nicht verbergen: »Marc, was für ein gut aussehender Mann du bist!«, rief sie, kurz bevor sie einen zweiten Klaps auf den Hinterkopf bekam. »Larry, kannst du nicht in den Gastraum gehen, ansonsten befürchte ich, dass mir heute noch eine Gehirnerschütterung bevorsteht«, lachte Sally.

»Jawohl, Chefin«, antwortete Larry und verließ die Küche.

»Ihr seid ein tolles Paar«, sagte Marc bewundernd.

»Das war aber nicht immer so«, entgegnete Sally. »Wir haben auch schon andere Zeiten gehabt.«

Pünktlich um sieben Uhr betrat ein großer, schon etwas grauhaariger Mann den Raum. Im Schlepptau hatte er eine gut gelaunte Truppe. »Hallo Sally, hallo Larry, ich freue mich, euch zu sehen. Es ist mir eine Ehre, hier sein zu dürfen« sagte er und umarmte zuerst Sally und dann Larry.

»Schön, dich zu sehen, Peter«, sagte Sally voller Freude. Auch Larry begrüßte den Mann überschwänglich. Peter Mensons Blick schweifte durch den Gastraum und blieb an Marc hängen.

»Das ist unser lieber Freund und Helfer Marc«, sagte Sally. Peter Menson ging schwungvoll auf Marc zu und drückte ihn, zu Marcs Erstaunen, ebenfalls.

»Ich bin Peter«, stellte er sich vor, »und Sallys und Larrys Freunde sind auch meine Freunde.«

»Hallo, ich bin Marc«, sagte dieser etwas verschüchtert.

Peter Menson drehte sich um zu seiner Gruppe. »Liebe Freunde, wir befinden uns im ›Heavenly Hell‹ bei Sally und Larry. Macht es euch bequem und genießt den Abend. Lasst aber den Laden heil, wir werden ihn in den nächsten Tagen noch brauchen«, sagte er zu der fröhlichen Menge. Und zu den Gastgebern gewandt fügte er lachend hinzu: »Über den Namen ›Heavenly Hell‹ müssen wir uns bei Gelegenheit einmal unterhalten.«

Ein paar Trucker, die sich an den großen runden Tisch in der Ecke zurückgezogen hatten, schauten etwas misstrauisch auf diese seltsam gut gelaunte Menschenmenge.

Als alle Gäste Platz genommen hatten, plagten Marc nun doch Bedenken, ob er seine Sache gut machen würde. Sally sah es ihm an und bat ihn in die Küche: »Sei ganz locker, Marc, du wirst sehen, keiner reißt dir den Kopf ab, wenn etwas schiefläuft. Bis du etwas eingearbeitet bist, kannst du Larry zur Hand gehen. Du stellst ihm einfach die Essen auf die Theke und Larry wird sie servieren. Auch die alkoholfreien Getränke kannst du einschenken und den Rest überlässt du einfach Larry.«

»Und was mache ich, wenn alkoholische Getränke bestellt werden?«, fragte Marc.

»Du wirst sehen, dass wir mit Alkohol in den nächsten Tagen kein großes Geschäft machen«, entgegnete Sally.

Als die Gäste ihr Essen zu sich genommen hatten, war Marc schon etwas entspannter. Die Komplimente häuften sich und die Küche wurde sehr gelobt. Nur noch zwei Trucker waren übrig geblieben, die mit Interesse die Gruppe beobachteten.

Inzwischen traute Marc sich auch zu, Gläser von den Tischen abzuräumen. Er balancierte sein Tablett und es machte ihm langsam richtig Spaß. Fast übermütig lud er die Gläser auf und balancierte das Tablett nur noch mit einer Hand. In einem Moment der Unkonzentriertheit stolperte er über ein Stuhlbein und das voll beladene Tablett flog mit einem lauten Knall auf den Steinboden. Die Gläser zersprangen in tausend Scherben. Marc wäre am liebsten vor Scham im Boden versunken. Wie durch ein unsichtbares Signal gesteuert, sprangen die Gäste auf und fingen an zu applaudieren, zu grölen und zu lachen. Marc erschrak fürchterlich, schaute sich verlegen nach Larry und Sally um und musste mit Erstaunen feststellen, dass die beiden ebenfalls lachend dastanden und mitklatschten.

»Marc«, meldete sich Peter Menson, »Scherben bringen bekanntlich Glück, also bist du heute Abend unser Glücksbringer. – Liebe Freunde, stoßen wir auf unseren Freund Marc an …, falls ihr noch im Besitz heiler Gläser seid.«

Marc konnte es nicht fassen. Bevor er sich um den Scherbenhaufen kümmern konnte, standen drei Gäste auf, baten Sally um Eimer und Besen und sammelten die Scherben auf. Marc schaute verschämt zu Sally und Larry, doch die beiden signalisierten ihm, die Gäste gewähren zu lassen. Marc verstand die Welt nicht mehr. Entweder sind diese Leute einfach genial oder sie sind reif für die Klapsmühle, dachte er. Vielleicht ist hier der Unterschied auch gar nicht so groß.

Kurz vor Mitternacht herrschte immer noch ausgelassene Stimmung. Auch die beiden Trucker waren noch da, obwohl sie bestimmt früh wieder auf Achse gehen mussten. Mittlerweile hatte die Gruppe sie eingeladen, sich zu ihnen dazuzugesellen, und alle waren in angeregte Gespräche vertieft.

»Larry, müssen die Leute nicht sehr müde sein nach einem so langen Tag?«, fragte Marc.

»Nein, Marc, so ein Tag ist für die Teilnehmer wie eine starke Energiequelle. Diese positive Energie hat eine wundersame Wirkung. Stell dir eine Batterie vor, die an ein Ladegerät angeschlossen ist. Natürlich brauchen sie auch einen erholsamen Schlaf, in dem sie ihre neuen Erkenntnisse verdauen. Ich denke, die Runde wird sich bald auflösen.«

Kaum hatte Larry seinen Satz beendet, standen die Gäste wie auf Kommando auf und verabschiedeten sich mit einer Umarmung. Marc war immer noch etwas skeptisch.

Warum umarmten ihn wildfremde Menschen so herzlich, als würden sie ihn schon ewig kennen?, wunderte er sich. Aber er musste sich selbst eingestehen, dass es ihm doch guttat.

Als Marc die Küche betrat, staunte er, dass Sally schon blitzblank aufgeräumt hatte. Auf ihre Frage, wie es ihm gehe, antwortete er: »Sally, ich habe mich schon lange nicht mehr so wohlgefühlt. Endlich habe ich mal wieder etwas Sinnvolles getan. Ich frage mich allerdings, ob ich die Kraft habe, auch die nächsten vier Tage durchzustehen.«

»Keine Angst, Marc, ich bin überzeugt, du schaffst das locker. Und noch etwas: Ich habe dir für die kommenden Nächte ein Zimmer im Motel hergerichtet, direkt neben Ben. Ich hoffe, du nimmst meine Einladung an und lässt es dir auch mal so richtig gut gehen.«

»Vielen Dank, Sally, ich glaube, ich falle heute ins Bett und bin sofort weg«, schmunzelte Marc.

»Dann schlaf morgen aus. Larry und ich fahren um halb sieben zum Großmarkt.« Mit diesen Worten beendete Sally den ereignisreichen Tag.

Kapitel 15

Als Sally und Larry am frühen Morgen das Haus verließen, staunten sie nicht schlecht: Marc stand schon an ihrem Wagen und grinste: »Ihr wolltet euch doch nicht ohne mich aus dem Staub machen?«

Sally schüttelte ungläubig den Kopf: »Marc, du verwunderst mich immer wieder.«

Sie stiegen in den Wagen und fuhren los. Als sie nach dem Einkauf wieder zurück waren, sagte Larry zu Marc: »Du kannst dich noch mal hinlegen, wir beginnen um zwei Uhr mit den Vorbereitungen für den Abend.«

»Ich bin dann pünktlich um zwei Uhr wieder hier«, versprach Marc, und beschloss, kurz im Bauwagen nach dem Rechten zu sehen. Danach schlenderte er durch die Straßen, vorbei an einem mit Bäumen umsäumten Gelände. Die gelöste und freundliche Stimmung, die er am vergangenen Abend erlebt hatte, ließ ihm keine Ruhe mehr. Was waren das für Menschen, die so mit Wärme erfüllt sind und durch ihre positive Ausstrahlung eine so große Anziehungskraft erzeugen? Während er so vor sich hin überlegte, bemerkte er gar nicht, dass er beobachtet wurde. Ein etwas älterer, grauhaariger Mann mit abgetragener Kleidung saß auf einem Baumstumpf am Wegesrand. Als Marc ihn entdeckte, hatte er das Gefühl, den Mann ansprechen zu müssen. »Hey, wie geht's?«, fragte er.

Der Mann schaute Marc tief in die Augen und Marc sah den Schmerz, der den Mann erfüllte.

»Super geht es mir«, sagte der Mann zynisch. »Ich kann nicht klagen, da ich der reichste Mann im ganzen Staat Missouri bin. Ich bin so reich an Armut, dass ich mir nicht mal mehr eine Bleibe leisten kann, geschweige denn ein tägliches

Essen oder eine Flasche Schnaps. Beim Arzt war ich schon lange nicht mehr und ich sehne mich danach, endlich wieder einmal meine zerzausten Haare zu waschen und schneiden zu lassen.«

»Ich kann dir nicht helfen, da ich selbst nicht viel besitze«, entgegnete Marc. Er kramte in der Hosentasche nach seinen letzten Münzen. Gerade mal fünf Dollar und 32 Cent besaß er noch. Er zählte fünf Dollar ab und streckte sie dem Mann entgegen. »Bei deinen anderen Problemen kann ich dir leider nicht helfen, aber ich kann dir einen guten Tipp geben, was das Haareschneiden betrifft. Geh hier die Straße hinunter und biege links ab. Dort findest du den bescheidenen Friseursalon von Sofia. Sie wird deine Haare wieder hübsch machen und eine gründliche Rasur bekommst du für das Geld auch noch.«

Wie ein kleines Kind freute sich der alte Mann, nahm das Geld dankbar und bewegte sich in die Richtung, die Marc ihm genannt hatte.

»Wie heißt du?«, rief Marc ihm hinterher.

»Vincent, Vincent Barns – und du?«

»Ich bin Marc Thomson und würde mich freuen, dich irgendwann einmal wiederzusehen.«

Der Mann hob zum Abschied den rechten Arm, ohne sich nochmals umzudrehen.

Ich bin doch ein Idiot, dachte Marc. Ich habe selbst keine Kröten und dann gebe ich noch einem Fremden fast alles, was ich habe. So schaffe ich es nicht, Caroline so schnell wie möglich wiederzusehen. Aber wer weiß, wofür es gut war. Ihm fiel ein Spruch seiner Oma ein: Wer bereit ist zu geben, wird noch mehr empfangen, hatte sie immer gesagt. Gott hab sie selig, dachte Marc, und schon war er wieder etwas besser gelaunt.

Als Marc pünktlich um zwei Uhr das »Heavenly Hell« betrat, war Larry schon dabei, Tische und Stühle für den Abend zurechtzurücken.

»Hallo, Marc, du kannst mir gleich mal im Kühlraum behilflich sein. Wir müssen die Getränke auffüllen und die Lebensmittelkartons in die Küche tragen.«

Die beiden gingen Richtung Kühlraum, wobei Marc sich wunderte, dass Sally nicht in der Küche war. Fragend schaute er Larry an.

»Sally liegt krank im Bett und wir müssen den ganzen Laden alleine schmeißen«, erklärte Larry.

Marc fiel vor Schreck die Kinnlade herunter, und Larry fing lauthals an zu lachen: »Du solltest dich mal im Spiegel sehen!« In diesem Moment betrat Sally die Küche und schaute fragend vom einen zum andern. »Geht es dir nicht gut?«, fragte sie Marc besorgt.

»Stimmt es, dass du krank bist und heute Abend ausfällst?«

Sally schaute zu Larry, der sich vor Lachen bog.

»Larry, du alter Gauner!«, sagte Marc und warf ihm ein zerknülltes Geschirrtuch, das auf der Spüle lag, mitten ins Gesicht. Alle drei brachen in schallendes Gelächter aus.

Den ganzen Nachmittag waren sie mit den Vorbereitungen beschäftigt. Um halb sieben machte sich Marc dann auf in sein Motelzimmer, um zu duschen und sich umzuziehen. Punkt sieben ging die Kneipentür auf und eine fröhlich gelaunte Schar von nicht ganz normalen Menschen strömte herein. Marc kannte die Umarmungszeremonie ja schon vom Vortag. Ganz locker und gut gelaunt machte er mit. Als sich der Trubel etwas legte, fragte er nach den Getränkewünschen und Larry machte sich gleich ans Ausschenken. Der Abend verlief ganz nach Plan, und als die Gäste geschlossen das Restaurant verlassen hatten, klatschten sich die drei ab wie Footballspieler nach einem Sieg.

Als sie fertig waren mit Abspülen und Aufräumen, war es schon halb zwei Uhr nachts. Marc wünschte sich insgeheim einen Vorschuss von Sally, traute sich aber nicht, sie zu fragen. Das war, so stellte er dann fest, gar nicht notwendig. Sally hatte schon ein Bündel Geldscheine zurechtgelegt und übergab sie Marc: »Danke, Marc, für deine tolle Unterstützung. Ohne dich würden wir das alles nicht schaffen. Morgen früh schläfst du aber aus. Das mit dem Großmarkt schaffen wir auch ohne deine Hilfe.«

Darüber war Marc nicht gerade verärgert, denn er spürte die Arbeit in den Knochen und die Müdigkeit machte ihm doch etwas zu schaffen.

Als die fünf Tage vorbei waren, wurden die drei von den Gästen mit viel Lob überschüttet. Sie bedankten und verabschiedeten sich mit innigen Umarmungen und kündigten an, bei der nächsten Tagung in Memphis wieder im »Heavenly Hell« zu essen.

Zufrieden, aber sehr müde setzte sich Marc aufs Bett in dem sehr einfach ausgestatteten Motelzimmer. Er zählte das Geld, das Sally ihm gegeben hatte. Als er bei den vereinbarten 150 Dollar angekommen war, lagen noch einige ungezählte Geldscheine in seiner Hand. Sally hatte ihm 180 Dollar für die fünf Tage bezahlt, dreißig Dollar mehr als vereinbart. Sie hat sich bestimmt verzählt, dachte er.

Als er Sally am nächsten Tag die dreißig Dollar zurückgeben wollte, lehnte sie jedoch ab: »Nein, Marc, ich habe mich nicht verzählt. Deine Hilfe war so toll, dass Larry und ich uns entschieden haben, dass du dir die dreißig Dollar zusätzlich verdient hast.«

Marc war berührt von dieser Anerkennung, die ihm hier entgegengebracht wurde, und bedankte sich mit Tränen in den Augen.

Er machte sich auf den Weg zum Bauwagen, da er sich vorgenommen hatte, seine schmutzige Wäsche im nahe gelegenen Waschsalon zu waschen. Mit Ben fuhr er später nach Memphis zum Einkaufen. Als er durch die Einkaufsstraßen schlenderte und die dekorierten Schaufenster bestaunte, bekam er richtig Lust, sich einzukleiden.

Er ließ sich beraten, probierte Hosen und Hemden, Jacken und Schuhe an und hatte danach drei volle Einkaufstüten zu schleppen. Er fühlte sich wie ein König, der nicht aufs Geld achtgeben muss. Morgen wollte er versuchen, mit Caroline ein Treffen zu vereinbaren, beschloss er, während er mit Ben wieder nach Marion fuhr. »Bitte vergiss mich morgen nicht«, bat er Ben, »ich habe etwas Wichtiges vor und ich gehe davon aus, dass du pünktlich losfährst.« Ben staunte über diese Worte aus Marcs Mund und versprach, er könne sich auf ihn verlassen.

Kapitel 16

Als Marc tags darauf am Gebäude der Brown Media Corporation ankam, musterte er sein Spiegelbild in der glänzenden Glasfassade und vergewisserte sich, dass auch alles ordentlich saß. Er trug ein weißes Poloshirt, eine dunkelblaue Jeanshose und braune Lederschuhe. Seine Haare hatte er, nach einer ausgiebigen Morgentoilette in Sallys Truckerdusche, mit Haargel in Form gebracht. Er war frisch rasiert und das Rasierwasser verbreitete einen leicht süßlichen Duft. Marc war stolz auf sich und fühlte sich in seiner Haut sehr wohl.

Er schaute auf seine Taschenuhr, die fünf vor zwölf anzeigte. Nun hatte er doch etwas Lampenfieber.

Die Seitentür des Gebäudes ging auf und eine Gruppe von Menschen trat auf die Straße. Marc erkannte Caroline und ging ihr hinterher. Sein Herz pochte wild. Wie würde Caroline wohl reagieren? Vorfreude vermischte sich mit Angst. Vorangehen oder weglaufen, ansprechen oder verstummen? Marc war hin- und hergerissen. Aber was konnte ihm schon passieren? Entweder Caroline erteilte ihm eine Abfuhr oder sie ging auf ein Gespräch ein. Unsicher verfolgte er die Gruppe, die zielstrebig auf die Stadtmitte zuging.

Caroline, die gerade noch in ein reges Gespräch mit einer Kollegin vertieft war, wurde still und nachdenklich. Ihr kam seit einigen Tagen immer wieder ihre Kindheit in den Sinn. Eigentlich machte ihr die Arbeit Spaß. Jedoch ging sie in ihrem Arbeitseifer immer öfter über ihre Grenzen. Seit Kurzem hatte sie eine Therapie begonnen, und die Therapeutin riet ihr, eine berufliche Auszeit zu nehmen. Caroline verdrängte aber immer wieder das Gefühl der Kraftlosigkeit. Nur keine Schwäche zeigen, war ihr Vorsatz. Niemand sollte bemerken, dass es ihr im Moment nicht gut ging. Mit Tabletten und Vitaminen versuchte sie sich jeden Tag aufs Neue über Wasser zu halten. Langsam ließ es sich nicht mehr leugnen, dass irgendetwas nicht stimmte. Immer öfter konsultierte sie ihren Arzt wegen Schmerzen und Unwohlsein. Ihre Blutwerte waren wohl noch im annehmbaren Bereich, jedoch hatte sie einen zu hohen Blutdruck. Vielleicht sollte sie mehr Sport treiben oder sich noch gesünder ernähren, überlegte sie immer öfter.

Und wenn sie morgens total müde war, musste sie eben noch früher ins Bett. Da sie aber schon jeden Abend gegen neun Uhr auf dem Sofa einschlief, sollte sie eigentlich genügend Schlaf haben. Oft träumte sie von dem Baumhaus ihres Schulfreundes Marc. Viele Nachmittage hatten sie dort verbracht und die Freiheit hoch oben in ihrem Baum genossen. Ob es wohl dieses Baumhaus noch gab, fragte sich Caroline gerade, als sie mit ihren Kollegen zu ihrem Stammlokal abbog.

Plötzlich hatte sie das ungute Gefühl, verfolgt zu werden, und drehte sich um. Sie sah jedoch niemanden außer einem Mann in ihrem Alter, der mit etwas Abstand in dieselbe Richtung ging wie sie. Er schien ziemlich nervös zu sein. Ihre Blicke trafen sich kurz und Caroline drehte sich schnell von ihm ab.

Sie wollte sich gerade wieder auf die Gespräche ihrer Kollegen konzentrieren, als eine Stimme zu ihr sagte: »Tut Ihr Ellenbogen vom Sturz neulich noch weh?«

Caroline drehte sich um und schaute den Mann etwas erstaunt an. »Sie sind doch nicht der Fußgänger, den ich vor ein paar Tagen mit dem Fahrrad umgefahren habe?«, fragte sie ungläubig.

»Ich befürchte, doch«, entgegnete Marc.

»Ich habe Sie etwas anders in Erinnerung«, sagte Caroline und bat kurz entschlossen ihre Arbeitskollegen, alleine zum Mittagsessen zu gehen. »Darf ich Sie zum Essen einladen?«, fragte sie Marc.

»Aber gerne doch«, antwortete Marc und lächelte dabei. Sie erkennt mich nicht, dachte er. Als die beiden an einem Biergarten vorbeigingen, fragte Caroline, ob dies nicht ein schöner Platz zum Essen sei. Marc bejahte und ging auf einen Tisch zu, an dem er einen Stuhl zurechtschob und Caroline mit einer einladenden Handbewegung Platz nehmen ließ. Er setzte sich ihr gegenüber und winkte den Kellner an den Tisch: »Die Karte bitte.«

Als der Kellner die Bestellung entgegengenommen hatte, lehnte Caroline sich bequem zurück und schaute Marc mit fragenden Augen an. Marc wurde etwas verlegen und schob sein Besteck hin und her.

»Mein Ellenbogen tut nicht mehr weh«, sagte Caroline. »Einige Eisbeutel habe ich dafür aber schon gebraucht.«

Marc wollte gerade zu einer Entschuldigung ansetzen, als Caroline ihn mitten im Satz unterbrach: »Sie brauchen sich nicht entschuldigen, und übrigens heiße ich Caroline, Caroline Nash.«

Sie trägt noch ihren Mädchennamen, dachte Marc erfreut. Caroline begann zu lächeln und das Muttermal unter ihrem Auge verschob sich dabei wieder leicht nach außen. Marc wusste in diesem Moment nicht, wie er Caroline erklären sollte, dass er der Marc aus dem Baumhaus war. Der Kellner brachte die Getränke.

»Ich werde das Gefühl nicht los, dass ich Sie irgendwoher kenne«, sagte Caroline.

Marc rang nach Worten. »Sind Sie schon einmal auf ein Baumhaus geklettert?«, fragte er schließlich.

»Ja, als ich noch ein Kind war, habe ich viele Stunden im Baumhaus eines netten Nachbarjungen verbracht.«

Marc musste grinsen und Caroline fiel es wie Schuppen von den Augen. »Marc, Marc Thomson, bist du es?«, fragte sie erstaunt.

»Ich bin es«, entgegnete Marc und schaute Caroline dabei tief in die Augen.

»Bitte schön und guten Appetit«, unterbrach sie die Stimme des Kellners. Beide wischten sich Freudentränen aus den Augen.

»Du Idiot!«, sagte Caroline plötzlich. »Du hast mich neulich bei unserem Unfall schon erkannt, oder?«

»Ja, Caroline, ich habe dich erkannt, habe mich aber nicht getraut, dir das zu sagen.«

»Warum nicht?«

»Caroline, ich habe im Moment eine sehr schwierige Phase in meinem Leben. Als du mich neulich gesehen hast, hast du den wahren Marc gesehen. Aber lass mich das bitte ein anderes Mal erklären«, bat Marc und wandte sich seinem Essen zu.

»Guten Appetit, Marc«, sagte Caroline und begann ebenfalls zu essen. Sie hatten beide ein Zanderfilet vor sich, garniert mit einer Zitronenscheibe und zwei Dillspitzen.
Der Salat sah ebenfalls lecker aus. Während sie aßen, erzählten sie sich Geschichten aus ihrer Kindheit. Als die Teller leer waren, schaute Caroline auf ihre mit Glitzersteinen versehene Armbanduhr und erschrak: »In fünf Minuten ist meine Mittagspause um.« Sie holte eine Geldbörse aus ihrer schwarzen Handtasche.

Marc winkte ab und sagte, er würde das Essen übernehmen. »Du kannst gleich los, nicht dass du zu spät kommst.«

Caroline schob ihm eine Visitenkarte zu: »Melde dich bitte mal bei mir. Am besten gegen sechs Uhr, da habe ich Feierabend.« Ein flüchtiger Kuss auf Marcs Wange, und weg war sie.

Marc bezahlte die Rechnung und stellte mit Erstaunen fest, dass immer noch fünfzehn Dollar übrig waren. Großzügig gab er zwei Dollar Trinkgeld und verabschiedete sich von dem netten Kellner. »Eine hübsche Freundin haben Sie da«, bemerkte der Kellner anerkennend. Marc bejahte mit einem glücklichen Lächeln auf den Lippen.

Während Marc überglücklich durch die Straßen schlenderte, zog er Carolines Visitenkarte aus seiner Brusttasche. »Director of Marketing – Caroline Nash« war dort zu lesen. Wichtiger jedoch war Marc, dass ihre Handynummer auf der Karte stand. Wie ein kleiner Junge strahlte er und hüpfte von einem Bein aufs andere. Er beschloss, den ganzen Weg nach Marion so zurückzulegen, hielt das Hüpfen aber doch nicht lange durch.

Im »Heavenly Hell« begrüßte ihn Sally: »Na, du strahlst ja wie ein Honigkuchenpferd!«

Marc konnte es kaum erwarten, von seiner Begegnung zu berichten. Sally fragte ihn, ob er jetzt schon am frühen Nachmittag sein Essen zu sich nehmen möchte. Marc verneinte, fragte aber, ob Larry eine Flasche Sekt im Kühlfach habe.

»Bestimmt«, sagte Sally und bückte sich hinter der Theke, um nachzusehen. Als sie wiederauftauchte, hatte sie zwei Flaschen Sekt in den Händen.

»Normal oder alkoholfrei?«, fragte sie.

»Heute bitte alkoholfrei«, antwortete Marc mit einer heldenhaften Siegerpose. Larry kam zur Tür herein und staunte nicht schlecht, als Sally den besten Sekt des Hauses in die Gläser einschenkte: »Gibt es was zu feiern?«

»Ich vermute«, sagte Sally, »Marc wird uns wohl gleich berichten.«

Es waren keine Gäste da, deshalb hatten die beiden Zeit, sich mit Marc gemütlich an einen runden Tisch zu setzen. Marc erzählte überschwänglich von seiner Begegnung. So glücklich hatten ihn die beiden noch nie erlebt. Marc redete ohne Punkt und Komma, dann stockte der Redeschwall, der aus ihm herausströmte. »Wie viel Uhr haben wir denn?«

»Kurz vor sechs«, sagte Sally. Marc sprang auf und fragte, ob er kurz telefonieren dürfe.

»Aber natürlich«, sagte Larry, »und die Kosten gehen aufs Haus.« Marc nahm das schnurlose Telefon, verkroch sich auf eine Eckbank am anderen Ende des Raumes und wählte aufgeregt die Nummer, die auf Carolines Visitenkarte stand. Ungeduldig wartete er, bis Caroline sich meldete. »Hallo, Marc«, begrüßte sie ihn mit fröhlich klingender Stimme, »schön, dass du mich nicht vergessen hast.«

»Wie könnte ich nur meine wundervolle Caroline vergessen?«, lachte Marc und streckte sich dabei bequem auf der Eckbank aus.

Das Gespräch drehte sich fast ausschließlich um ihre gemeinsame Zeit und die Erlebnisse im Baumhaus.

Wenn Larry gewusst hätte, dass das Telefonat beinahe eine Stunde dauern würde, wäre er wahrscheinlich mit seinem Angebot etwas vorsichtiger gewesen.

Marc verabredete sich mit Caroline für den nächsten Abend in dem Biergarten in Memphis, in dem sie zu Mittag gegessen hatten. »Gute Nacht, Caroline, und schön, dass wir uns wiedergefunden haben«, waren Marcs Worte zum Abschied.

Kapitel 17

Am späten Morgen schlug Marc die Augen auf und bemerkte, dass die Sonnenstrahlen seinen Bauwagen mit filigranen Lichtspielen erfüllten. Die Sonne schien durch die Bäume am Rande des Grundstücks.

Plötzlich flog irgendetwas an die Scheibe. Marc erschrak, lief zur Tür, und als er sie noch nicht einmal ganz offen hatte, erklang eine Stimme: »Hey, alter Mann, wie wäre es mit einem kleinen Ballspiel?« Kevin stand mit einem Basketball in der Hand vor dem Bauwagen.

»Ich glaube es nicht: Mein Freund Kevin der Große schwänzt die Schule.«

»Papperlapapp«, entgegnete Kevin, »heute ist Samstag und samstags gehe ich nicht in die Schule. Und übrigens, du siehst heute deutlich besser aus als noch vor Kurzem.«

»Danke«, sagte Marc, stieg die Stufen hinab und nahm Kevin in den Arm. »Heute ist Samstag und ich hätte das ohne dich gar nicht bemerkt.«

»Das muss wohl mit dem Alter zusammenhängen.« Kevin zog die Schultern ein, bevor Marcs flache Hand seinem Hinterkopf einen Klaps versetzte. Er ließ den Ball ein paar Mal auf den Boden aufhüpfen und machte mit einer blitzschnellen Körperbewegung einen Haken um Marc. Der versuchte den Ball zu erwischen, doch Kevin war so flink, dass Marc während seiner Drehung das Gleichgewicht verlor und auf den Boden fiel. Kevin lachte lauthals und warf den Ball in eine leere Regentonne neben dem Bauwagen. Marc wollte sich nicht so schnell geschlagen geben. Er beugte sich in die Regentonne, um den Ball herauszuholen. Mit ein paar schnellen Bewegungen hatte er Kevin umspielt und warf den Ball ebenfalls in Richtung Tonne. Der Ball sprang auf den Rand und rollte unter den Bauwagen. Kevin kroch ihm hinterher, und weiter ging es mit dem Spiel. Als die beiden erschöpft waren, ließen sie sich auf den Rasen fallen und rollten den Ball nur noch leicht hin und her.

»Wie geht es dir?«, fragte Marc.

Kevin schaute ihn an und berichtete, dass er eine gute Mathenote geschrieben habe. Auch erzählte er von seiner Lehrerin, die ihn wohl besonders mochte. Im Moment ging er ganz gerne in die Schule. »Und wie geht es dir?«, fragte Kevin.

»Mir geht es so gut wie schon lange nicht mehr. Ich habe eine ganz liebe Freundin getroffen, die ich schon seit meiner Kindheit nicht mehr gesehen habe«, erzählte Marc mit einem Grinsen, »und heute Abend treffe ich mich wieder mit Caroline.«

»Oje, eine Jugendliebe ist zurückgekehrt und es hat dich voll erwischt, stimmt's?«, fragte Kevin.

»So muss es wohl sein.«

»Wann wollt ihr heiraten?«, fragte Kevin mit einem frechen Augenzwinkern.

Marc hatte darauf spontan keine Antwort parat.

»Das war nur ein Scherz«, sagte Kevin.

»Du hast es schon faustdick hinter den Ohren!«, sagte Marc, stand auf und wischte sich Grashalme und Sand von der Hose.

»Es ist kurz vor Mittag und ich muss jetzt heim«, verabschiedete sich Kevin. »Bis bald und einen schönen Abend mit deiner großen Liebe.« Er winkte Marc zu und verschwand hinter dem Gartenzaun.

Als es Abend war, packte Marc T-Shirt, Unterwäsche, Hose und Strümpfe in eine Plastiktüte und ging zum »Heavenly Hell«. Er hatte mit Sally vereinbart, dass er die Truckerdusche im Nebengebäude bei Bedarf weiterhin nutzen durfte. Genüsslich ließ er das warme Wasser über seinen Körper fließen. Der weiche Schaum seines Shampoos duftete herrlich nach Lavendel. Plötzlich fiel Marc ein, dass er gar nicht daran gedacht hatte, wie er nach Memphis kommen würde. Er trocknete sich ab und zog sich die frische Kleidung an. Eilig verstaute er seine alten Sachen in einen der Spinde, die für die Trucker vorgesehen waren.

Als er zu Sally in die Küche kam, sah sie ihm sofort an, dass er etwas auf dem Herzen hatte. »Wo drückt der Schuh?«, fragte sie ihn.

»Das wäre schlecht, wenn die neuen Schuhe schon drücken würden«, entgegnete er Sally mit einem verschmitzten Lächeln. »Sally, ich habe gar nicht daran gedacht, dass ich heute Abend irgendwie nach Memphis kommen muss. Ihr fahrt nicht zufällig Richtung Stadt, oder?«

Sally verließ die Küche und kam mit einem Schlüssel in der Hand wieder zurück. »Du kannst doch Auto fahren, oder?«, fragte sie.

Marc war etwas überrascht und sagte, er sei schon lange nicht mehr gefahren.

»Ich mache dir einen Vorschlag, Marc. Wir fahren gemeinsam ein Stück, und du wirst sehen, dass du es nicht verlernt hast.« Sie stiegen in den Wagen und Marc startete. Er legte den Gang ein und ließ die Kupplung kommen. Ein Ruck erschütterte den Wagen und der Motor verstummte. »Macht nichts«, sagte Sally und zeigte mit dem Finger nach vorne zur Straße. »Weiter geht's!«

Marc startete den Motor erneut und fuhr vorsichtig an. Als sie einmal um den Block gefahren waren, hatte er das notwendige Gefühl für den Wagen entwickelt. Sally stieg aus und sagte, während sie die Tür zuschlug: »Also, ich wünsche euch einen schönen Abend.« Sie winkte Marc hinterher, der sich im Schritttempo entfernte.

Als er ein paar Kilometer gefahren war, fühlte er sich schon ganz sicher. In Memphis angekommen suchte er sich einen Parkplatz in der Nähe des vereinbarten Treffpunkts. Caroline war schon da. Danke Gott, für dieses wundervolle Geschenk, dachte er, während er aus dem Wagen stieg. Caroline ging mit ausgebreiteten Armen auf Marc zu. Sie umarmten sich und wippten dabei leicht hin und her. Händchen haltend schlenderten sie Richtung Stadtmitte, während die Abenddämmerung ein rötliches Licht an den Himmel zauberte. Eine kleine Kneipe, aus der leise Musik zu vernehmen war, zog sie magisch an. »Bistro Latino« stand auf dem Schild über der Eingangstür und das lateinamerikanische Flair des Bistros lud zum Verweilen ein. Sie traten ein und wählten eine ruhige Ecke. Ein kleiner, runder Tisch mit zwei Stühlen, umrahmt von Grünpflanzen, die an einem Raumteiler hochrankten, schien ihnen sehr einladend. Marc bot Caroline den Stuhl zur Raummitte hin an, er selbst setzte sich mit dem Rücken zur Wand. »Das ist wohl der männliche Beschützerinstinkt«, sagte Marc und erklärte Caroline, dass er so das ganze Geschehen im Blick habe und bei Gefahr sofort reagieren könne. Caroline fasste sich mit einer beruhigten Geste ans Herz: »Na, dann kann mir ja gar nichts passieren.«

Beide kicherten.

»Marc«, sagte Caroline, »du weißt gar nicht, wie gut es mir tut, hier so mit dir zusammenzusitzen.«

»Mir geht es genauso«, sagte Marc. »Erstaunlich ist, dass ich gerade in den letzten Wochen sehr intensiv an dich und unsere Jugendzeit gedacht habe. Erst vor Kurzem habe ich mit Freunden über die Zeit im Baumhaus geredet.«

Caroline schaute Marc lächelnd an und forderte ihn auf, ihr etwas über die letzten Jahre zu erzählen. Marc wurde sehr verlegen.

»Marc, du hast gestern angedeutet, dass du im Moment eine sehr schwierige Phase durchlebst. Ich merke, wie schwer es dir fällt, darüber zu reden. Ich glaube aber, dass wir wie früher über unsere Probleme offen reden können. Ich habe dir nämlich auch einige Dinge zu erzählen, die in meinem Leben aus der Bahn geraten sind. Also, leg los«, sagte sie mit ermutigender Geste.

Marc versuchte sich zu überwinden und begann von seinen Misserfolgen der letzten Jahre zu erzählen. Angefangen bei seiner Familie, den Kindern und den eher unangenehmen Jobs. Seine langen Exzesse in den Kneipen der Stadt, die Notlügen seiner Frau gegenüber. Das Heimkommen und die schmerzliche Entdeckung, dass seine Familie weg war. Den Verlust der Arbeit und der daraus resultierende finanzielle Ruin. Er hatte sich vollkommen aufgegeben und musste erkennen, dass ihm nichts mehr geblieben war. Der Bauwagen, das Resteessen und Tellerspülen. Die Gewalttat in Henrys Laden, sein Selbstmordversuch. Der Überfall auf Henry, bei dem er eingeschritten war. Die Begegnung mit Kevin dem Großen, sein vollkommener Kontrollverlust im Bauwagen. Die Begegnung mit Kevins Großeltern und der Haar-Fee Sofia, seine erste Meditationserfahrung im Park, Peter Menson und seine Gruppe. Caroline hörte ihm aufmerksam zu, nahm seine Hand und drückte sie fest.

Als Marc bemerkte, dass nur er redete, beendete er seinen letzten Satz. »Das war mein Leben der letzten Jahre, und jetzt bin ich gespannt, was du mir über dein Leben berichtest.« Er nippte an seiner Cola und sah Caroline erwartungsvoll an.

Caroline lehnte sich zurück und überlegte, wo sie anfangen sollte. »Also, Marc, als wir damals weggezogen waren, hatte ich schon ganz schöne Sehnsucht nach unserem Baumhaus. Irgendwann habe ich keinen Antwortbrief mehr von dir erhalten. Da wurde mir bewusst, dass die Zeit mit dir nun endgültig vorüber war. Ich habe mich in der neuen Schule schwergetan. Meine Noten waren gut, aber ich hatte leider nur wenig Kontakt zu meinen Mitschülern. Als ich mein Marketing-Studium begann, war ich auch die meiste Zeit alleine. Ich wohnte zwar in einer Wohngemeinschaft, aber meine Mitbewohner wollten immer nur Partys feiern, und das war mir echt zu anstrengend. Nach meinem Studium fand ich einen Job in meiner jetzigen Firma. Damals war ich in unserer Filiale in Little Rock, jedoch machte es mir dort nicht wirklich viel Spaß. Als ich darüber mit meinem Vorgesetzten sprach, sagte er, in der Firmenzentrale der Brown Media Corporation in Memphis sei eine passende Stelle frei geworden. Ich bewarb mich und bekam dort die Stelle als Marketing-Referentin. Innerhalb von wenigen Jahren gelang es mir, eine führende Rolle als Director of Marketing zu übernehmen. Ich bemerkte nicht, dass meine Freizeit vollkommen auf der Strecke blieb. Ich kannte keinen Feierabend mehr und war häufig auf Reisen. Als ich immer öfter krank wurde, beschloss ich, eine Therapie zu beginnen. Unter der Anleitung eines Psychologen lernte ich autogenes Training als Entspannungstechnik und in den Therapiesitzungen mich sowie meine Ziele näher kennen. Die ersten positiven Veränderungen machen sich langsam bemerkbar. – So, das war ein kurzer Abriss meiner letzten Jahre«, beschloss Caroline ihre Ausführung.

Beide schauten sich an und fingen an zu lachen.

»Na, da haben wir ja ganz schön zu knabbern an unseren Problemen«, meinte Marc.

»Nicht an unseren Problemen«, antwortete Caroline, »sondern an unseren Aufgaben.«

»Okay, nennen wir es Aufgaben«, schmunzelte Marc.

Es war schon weit nach Mitternacht. »Wo ist denn die Zeit hingerast?«, fragte Marc erstaunt.

»Ist dir schon einmal aufgefallen, Marc, dass die Zeit wie im Flug vergeht, wenn wir wundervolle Momente erleben?«

»Ja, das habe ich auch schon öfter erlebt«, antwortete Marc. »Wann sehen wir uns wieder, Caroline?«

»Ich fürchte, wir müssen uns dafür ein klein wenig gedulden. Ich habe heute erfahren, dass ich ab morgen für eine Woche in unsere Filiale nach Little Rock gehen soll. Wir haben dort eine neue Mitarbeiterin, die eingearbeitet werden muss. Sie wurde eingestellt, um mich zu entlasten, und das wird mir sehr guttun.« Caroline lehnte sich zurück. »Du trinkst heute gar keinen Alkohol«, bemerkte sie dann.

»Ich habe in letzter Zeit des Öfteren zu viel getrunken«, erklärte Marc. »Manchmal macht es mir schon Sorgen. Ich trinke vor allem, wenn ich meinen Frust runterspülen möchte. Außerdem habe ich manchmal das Gefühl, dass das Trinken mir hilft, meine Sorgen zu vergessen. Meist ist es so, dass sich bei mir nach den ersten Gläsern ein Wohlgefühl einstellt. Dieses Gefühl möchte ich so lange wie möglich genießen. Irgendwann ist dann aber dieser miese Punkt erreicht, in dem sich das Wohlgefühl umkehrt in Frust. Am nächsten Tag kommt dann das schreckliche Erwachen, mein Schädel brummt und ich fühle mich wie erschlagen. An einem Abend wie heute habe ich gar kein Verlangen nach Alkohol – und übrigens bin ich mit dem Auto meiner Freunde da.«

»Du magst deine Freunde sehr«, bemerkte Caroline, während sie den letzten Schluck aus ihrem Glas nahm.

Als sie schon etwas müde zum Auto aufbrachen, nahm Caroline Marcs Hand und legte sie um ihre Taille. Wie ein verliebtes Pärchen schlenderten sie durch die spärlich beleuchteten Straßen.

»Ich bringe dich noch nach Hause«, sagte Marc, während er Caroline die Beifahrertür öffnete.

»Das ist sehr lieb von dir«, entgegnete Caroline.

Im Autoradio lief der Song »Walking in Memphis« von Marc Cohn. »Noch so ein Marc«, bemerkte Caroline und legte ihren Kopf auf Marcs Schulter. So fuhren sie durch die Nacht, während Caroline Marc den Weg beschrieb. Sie kamen in einen Vorort mit gepflegten, weitläufigen Grundstücken. Hier müssen wohl sehr reiche Leute wohnen, dachte Marc, als er im Vorbeifahren die Villen betrachtete.

»Keine Angst«, sagte Caroline, »mir gehört hier keines dieser Anwesen. Ich wohne bei einer alten Dame, deren Mann vor acht Jahren verstorben ist. Sie ist fast wie eine Mutter zu mir. – Dort vorne kannst du anhalten.« Sie zeigte mit dem Finger auf eine Auffahrt, die zu einem besonders großen Grundstück zu gehören schien.

Marc hielt den Wagen an und stellte den Motor ab.

»Am liebsten würde ich dich noch hineinbitten, aber ich muss morgen sehr früh aufstehen. Mein Zug fährt um halb sieben und ich muss noch ein paar Sachen für die Reise packen. Am Freitag gegen Abend komme ich wieder in Memphis an.«

Marc legte seinen Arm um Carolines Schultern. »Ich bin so glücklich, dass wir uns wiedergefunden haben«, sagte er.

Caroline antwortete mit einem sanften Kuss auf Marcs Wange: »Ich wünsche dir eine tolle Woche, und wenn ich wieder hier bin, melde ich mich bei dir. – Übrigens, wie kann ich dich eigentlich erreichen?«

»Ich schreibe dir die Nummer von Larry und Sally auf. Dort kannst du Bescheid geben und dann rufe ich dich auf deinem Handy an.« Marc kramte im Handschuhfach nach einem Kugelschreiber und suchte vergebens nach einem Stück Papier. Caroline streckte ihm lachend die Hand entgegen, auf die er vorsichtig die Nummer schrieb.

»Also, Caroline, mach's gut und bis bald«, Marc gab ihr einen Kuss auf die Wange. Caroline öffnete die Wagentür und warf Marc noch einen Handkuss zu, während sie in die Dunkelheit verschwand.

Als Marc vor dem »Heavenly Hell« angekommen war, stellte er den Wagen ab und warf den Schlüssel, wie mit Sally vereinbart, in den Briefkasten. In seinem Bauwagen setzte er sich in seine Lieblingsecke und fing laut an zu beten: »Danke, lieber Gott, für diesen wundervollen Abend. Danke auch, dass du mir Caroline zurückgebracht hast.«

Marc wurde ganz warm ums Herz. Er spürte, wie sein Körper ganz sachte und angenehm anfing zu beben und sich, wie an jenem Tag im Park, ein Kribbeln auf seiner Haut ausbreitete. Seine Finger fingen an zu kribbeln und eine große Ruhe und Entspannung breitete sich in ihm aus. Es gab nichts zu tun. Alle Gedanken, die ihn sonst plagten, waren verstummt.

»Nun bist du zu Hause angekommen«, sagte die Stimme mit einer Klarheit, wie sie Marc noch nie wahrgenommen hatte. *»Du bist im Hier und Jetzt und am Ursprung aller Dinge.*

Du hast die Pforte betreten zu deinem inneren Wesen.

Deine Seele begrüßt dich mit der reinen, unendlichen und bedingungslosen Liebe, nach der du dich schon immer gesehnt hast.«

Marc genoss diesen Zustand sehr, und ihm war überhaupt nicht danach, irgendeine Frage zu stellen. Er ließ diesen Zustand gewähren und verlor dabei wieder jegliches Zeitgefühl.

Ein tiefer Atemzug brachte ihn schließlich wieder zurück und er begann, sich langsam zu strecken. »Danke!«, kam es laut über seine Lippen.

Kapitel 18

Es war ein sonniger, warmer Spätsommertag, an dem Marc beschloss, in die Natur zu gehen. Er packte sich etwas Proviant in seinen alten Rucksack ein, füllte am Wasserhahn eine Flasche mit Wasser und ging los ohne bestimmtes Ziel. Ich lasse mich heute einfach mal von meinem Gefühl leiten, dachte er, während er einen nahe gelegenen Wald ansteuerte. Helle Lichtungen inmitten von Laubbäumen wechselten sich ab mit dunklem Nadelgehölz. Vögel zwitscherten und Mäuse raschelten im trockenen Unterholz. Während seiner langen Wanderung sah er Eichhörnchen und Hasen, Blindschleichen und Eidechsen, Frösche und Schmetterlinge und jede Menge andere Insekten. Als Marc an einer Quelle ankam, die in einen kleinen Teich mündete, beschloss er, eine erste Rast zu machen. Er setzte sich auf einen mit Moos bewachsenen Baumstumpf und packte seine Wasserflasche aus. Durstig leerte er auf einen Zug die halbe Flasche und genoss es, wie das frische Wasser durch seine Kehle rann. Als er sich umsah, entdeckte er im Teich einen Schwarm winzig kleiner Fische. Sie schienen in dem leicht grünlich-trüben Wasser Fangen zu spielen. Die Sonne spiegelte sich auf dem Teich und die größeren Fische hinterließen beim Schnappen nach den Insekten, die auf der Wasseroberfläche schwammen, kleine Kringel, die sich in gleichmäßiger Wellenbewegung ausbreiteten. Alles um ihn herum schien ihm sehr lebendig, und das Rauschen in den Bäumen vermischte sich mit dem Plätschern der klaren Quelle. Marc nahm einen Keks aus seinem Rucksack und knabberte ihn genüsslich. Was braucht man mehr zum Glücklichsein, fragte er sich, während er noch einen Apfel, den er unterwegs gepflückt hatte, aus seinem Rucksack kramte. Warum habe ich die Verbindung zur Natur fast vollkommen verloren und warum ist mir das nie bewusst geworden, fragte er sich weiter. Es ist wohl der Alltagstrott, der uns vergessen lässt, wie wichtig diese Verbindung ist. Wie mag es wohl den Menschen, die in den Großstädten dieser Welt wohnen, ergehen? Die jeden Tag arbeiten und vielleicht zwei oder drei Wochen Urlaub haben im Jahr. Ihr Leben besteht doch nur noch aus Einkaufengehen, Internet oder Fernsehen, und das Tag für Tag. Ob das wohl gut ist für uns Menschen? Sehnen wir uns nicht ganz im Innern nach Freiheit und Erfüllung. Die Zahl der Menschen, die an psychischen Erkrankungen leiden, steigt ständig unter dem Druck der wirtschaftlichen Anforderungen. Dieses Aufopfern kann uns Menschen auf Dauer nicht guttun, dachte er weiter, als ihm Caroline in den Sinn kam. Sie war früher ein sehr lebensfrohes Mädchen. Heute machte sie den Eindruck, als verstecke sich tief in ihr ein sehr unglücklicher Mensch. So ergeht es sehr vielen Menschen, dachte Marc und war in diesem Moment über seine klaren Erkenntnisse erstaunt.

Nach einer Weile entschied er sich weiterzugehen. Er nahm den letzten Schluck Wasser und beschloss, die Flasche mit frischem Quellwasser wieder aufzufüllen. Marc kniete vor dem kleinen Felsvorsprung, über den das Rinnsal floss. Langsam füllte sich die Flasche und das Wasser sah wirklich ganz klar aus. Als sie voll war, verstaute er sie im Rucksack und machte sich auf den Weg. Marc musste sich etwas durchs Gestrüpp kämpfen, das den Waldweg überwucherte. Offensichtlich kamen nicht viele Menschen hier entlang. Kurze Zeit später erreichte er eine Weggabelung. Er schaute zuerst nach links, dann nach rechts. Links war der Bewuchs spärlicher, aber rechts schien der Weg geheimnisvoller zu sein. Gehe ich jetzt den leichteren Weg oder entscheide ich mich für den Weg, der mir interessanter zu sein scheint? Marc entschied sich intuitiv für den rechten. Also ging er los und watete durch das kniehohe Unkraut. Immer höher wurde der Bewuchs und immer mehr Äste verfingen sich mit ihren Dornen in seiner Hose und den Schnürsenkeln. Hier geht es nicht mehr weiter, dachte er sich. Als er schon im Begriff war umzudrehen, sah er in einiger Entfernung eine Lichtung. Das kleine Stück schaffe ich nun auch noch, dachte er und kämpfte sich die letzten zwanzig Meter durchs Gestrüpp. An der Lichtung angekommen, sah er am Rand eine Lücke in den Bäumen. Magisch angezogen ging er darauf zu. Vor ihm lag ein wunderschönes Tal. Marc stand auf einem kleinen Felsvorsprung und vor ihm ging es einige Meter in die Tiefe. Er befand sich auf Höhe der Baumkronen, die die Sonnenstrahlen, die auf sie fielen, hellgrün, ja fast gelblich reflektierten. Am Horizont sah Marc eine leichte Erhöhung, die ebenfalls mit Bäumen bewachsen war. Was ist das für ein magischer Platz?, dachte er. Als er sich auf seinem kleinen Felsvorsprung umsah, fiel ihm eine Stelle auf, an der das Gras niedergedrückt war. Vielleicht hatte hier ein Wildtier gelagert? Er setzte sich, um die Aussicht zu genießen. Nach einer Weile bemerkte er, wie sich sein Körper langsam entspannte. Eine angenehme innere Ruhe machte sich in ihm breit. Das hier musste einer dieser Kraftorte sein, von denen er schon des Öfteren gehört hatte. Ein Greifvogel flog im Sturzflug neben ihm in die Tiefe. Frei wie ein Vogel sein, träumte Marc vor sich hin. Er versuchte, sich in den Vogel hineinzudenken. Der Absprung in die Tiefe, die rasende Geschwindigkeit, das Pfeifen des Windes um die Ohren, die Bäume, die rasant näher kommen. Ja, Marc hatte das Gefühl, fliegen zu können.

Wunderschön, dachte er, als ein Rascheln in den Büschen ihn aufschrecken ließ. Er schaute hinter sich, und da stand plötzlich ein Mann. Ein Mann mit langen Haaren, einem weißen Leinenhemd und einer Halskette, die Marc an Indianerschmuck erinnerte.

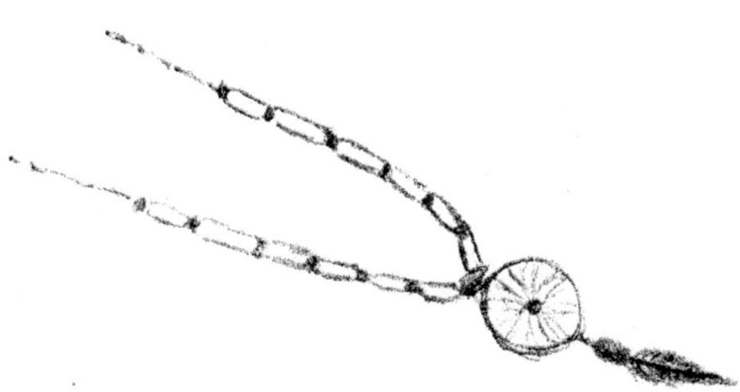

Der Mann schaute ihn mit sanftem Blick an und sagte: »Aha, da hat jemand meinen Energieplatz entdeckt! Hier an dieser Stelle sitze ich sehr oft und meditiere.« Er zeigte auf die Stelle, an der das Gras niedergedrückt war.

»Ich dachte, das sei das Lager eines Wildtieres«, entgegnete Marc mit einem Lächeln.

»Ein Wildtier bin ich nicht, aber möglicherweise war ich das schon einmal in einem meiner früheren Leben. – Ich bin Jason und wer bist du?«, fragte der Mann, während er sich im Schneidersitz auf seinem Meditationsplatz niederließ.

»Ich heiße Marc Thomson und komme aus Marion.«

»Freut mich, Marc, und was hat dich an diesen kraftvollen Ort geführt?«, fragte Jason weiter.

»Ich kann es gar nicht genau sagen«, murmelte Marc. »Ich bin heute Morgen losgelaufen ohne Plan und Ziel. Seit Jahren war ich nicht mehr wirklich in der Natur. Was mir heute unterwegs begegnet ist, hat mich zutiefst berührt. Vorhin zum Beispiel bin ich an einer Weggabelung gestanden und wusste nicht, welche Richtung ich einschlagen sollte. Mein Gefühl sagte nach rechts, mein Verstand sagte nach links. Der rechte Weg schien sehr viel anstrengender zu sein. Jetzt sehe ich, dass der mühevollere Weg mich zu diesem Kraftort geführt hat.«

Jason nickte: »Meistens gehen wir Menschen den Weg des geringsten Widerstandes. Das entspricht übrigens auch den Gesetzen der Strömungslehre. In den meisten Fällen resultieren unsere Widerstände aus den Erfahrungen, die wir gemacht haben. Wir werden geprägt von der Gesellschaft, unseren Eltern, unseren Lehrern, Nachbarn, Freunden und Bekannten. Bereits im Mutterleib und bei unserer Zeugung haben wir feinste Schwingungen aufgenommen. Das ist tief in unserem Unterbewusstsein gespeichert, auch wenn manche Menschen das nicht für möglich halten.«

Marc dachte darüber nach und fragte Jason, ob er eine Antwort darauf wisse, warum Marc sein Leben nicht mehr richtig in den Griff bekomme. Warum er sich ständig auf der Suche befinde und nicht einmal wisse, wonach er suche.

»Dazu möchte ich dir gerne eine Geschichte erzählen«, sagte Jason:

»Ein junger Indianer namens Souri hatte sehr viele Fragen, die stets unbeantwortet blieben. Souri mit seinen dreizehn Jahren wusste nicht wirklich etwas mit seinem Leben anzufangen. Er war sich bei Entscheidungen, die er treffen sollte, immer unsicher und sein Leben war bestimmt von Ängsten und schmerzhaften Zweifeln an sich selbst. Eines Tages beschloss Souri, sich mit all seinen Fragen an einen sehr alten und weisen Mann zu richten. Der alte Mann hieß Tschunga. Er wurde von den Stammesmitgliedern sehr verehrt und war der Ansprechpartner für sämtliche Probleme, die es im Indianerdorf zu bewältigen gab.

Souri fragte Tschunga, ob er ihm einige Fragen stellen dürfte. ›Aber ja doch, mein Sohn‹, sagte Tschunga und wies Souri einen Platz neben sich an. Sie saßen auf einer leichten Anhöhe, von der aus sie das ganze Indianerdorf überblicken konnten.

›Was hast du auf dem Herzen?‹, fragte Tschunga.

›Ich habe immer Ärger mit meinem Vater‹, sagte Souri. ›Warum ist er immer so streng zu mir? Wenn ich etwas falsch mache, schimpft er mit mir und manchmal schlägt er mich sogar. Ich habe Angst, überhaupt noch irgendetwas zu machen. Warum liebt mich mein Vater nicht? Ich sehne mich danach, einmal von ihm in den Arm genommen zu werden. Einmal von ihm zu hören, dass ich ein guter Junge bin. Auch gibt es das Wort Bitte bei ihm nicht und Danke kann er schon gar nicht sagen. Manchmal hasse ich meinen Vater für das, was er mir antut. Ich möchte ihn eigentlich gar nicht hassen, nein, ich möchte ihn lieben und ehren. Er hat nie Zeit für mich und ich muss immer für ihn schuften. Mit meinen Freunden darf ich nicht spielen und Abenteuer erleben schon gar nicht. Immer sagt er, dass ich etwas nicht könne und andere besser seien als ich. Ich spüre in mir einen ganz tiefen Schmerz und habe immer öfter die Sehnsucht danach abzuhauen. Ich möchte auch mal die Dinge tun, die mir Spaß machen, und meine eigenen Erfahrungen damit machen.‹

Souri wurde beim Erzählen immer trauriger. Er fing an, bitterlich zu weinen. Der alte Mann legte seinen Arm auf Souris Schultern. ›Weine ruhig, mein Sohn, lass den Schmerz heraus. Damit erreichst du, dass er sich nicht in deinen Geist einbrennt. Deine Tränen löschen dieses Feuer und das Weinen reinigt deine Seele.‹

Als Souri seine Tränen abgewischt und einmal tief durchgeatmete hatte, fragte er, was er denn tun könne.

›Die einzige Medizin, die hilft, ist das Verzeihen‹, sagte Tschunga.

›Was, ich soll meinem Vater verzeihen, dass er mich nie geliebt hat?‹, fragte Souri aufgebracht. ›Lieber spalte ich meinen Schädel mit der Axt, als dass ich meinem Vater verzeihe.‹

›Ich wiederhole‹, sagte Tschunga, ›die einzige Medizin ist das Verzeihen. Ich werde dir zum besseren Verständnis die Geschichte von deinem Vater Wentoki und seinem Vater, deinem Großvater, erzählen.‹

Es gab eine Zeit, in der viele Indianerstämme Krieg führten. Unser Stamm wurde bedroht. Bedroht von einer Übermacht an Kriegern, die unser Dorf überfallen wollten. Als der damalige Häuptling dies erfuhr, rief er den Ältestenrat zusammen. Nach langen Verhandlungen wurde beschlossen, dass wir mit einem Trupp der dreißig mutigsten Krieger dem Feind entgegenreiten, um Zeit dafür zu gewinnen, das Dorf abzubauen und zu fliehen. Dein Großvater Monwai war einer dieser dreißig auserwählten Krieger. Dein Vater Wenoki war damals in deinem Alter und musste daraufhin schon sehr große Verantwortung für die Familie übernehmen. Seine Mutter Tongai, deine Großmutter, war damals schwanger und sehr froh, dass Wenoki schon so erwachsen war. Alle Dorfbewohner packten mit an und bauten die Zelte ab. Die Pferde wurden beladen und unser Stamm zog los Richtung Westen. Nach einem sehr weiten Weg trafen wir auf einen befreundeten Indianerstamm, der uns anbot, uns in seinem Stamm niederzulassen. Das schien uns sehr sicher, da ein so großer Stamm die Feinde abschrecken würde und ein Angriff sehr unwahrscheinlich war.

Viele Monde vergingen. Immer wieder wurden Späher nach den dreißig Kriegern ausgeschickt, aber sie kehrten jedes Mal ohne eine Nachricht zurück. Wenoki wurde damit zum Ersatz-Familienoberhaupt für eine sehr lange Zeit. Er musste sich oftmals durchsetzen gegen die Anfeindungen anderer Stammesmitglieder. Manche bezeichneten uns als Flüchtlinge, und deine Großmutter Tongai hatte es immer wieder mit Indianern zu tun, die ihr den Hof machten. Wenoki, dein Vater, wurde damals oft als Nichtsnutz bezeichnet, weil man ihm nichts zutraute. Er sehnte sich nach der starken Hand und der Liebe seines Vaters. Dabei musste er sehr stark und erwachsen sein, aber im Inneren war er noch ein kleiner Junge, der sich nach Spielen und Abenteuern sehnte. Einige Jahre vergingen, bis eines Tages plötzlich Aufruhr im Dorf aufkam. Am Horizont waren einige Reiter zu erkennen. Es waren fünf an der Zahl, konnte Wenoki erkennen. ›Vater!‹, rief er aus und rannte den Reitern entgegen. Deine Großmutter Tongai stand da mit Tränen in den Augen. Als dein Vater bei Monwei ankam, erschrak er. Er hatte eine freudige Begrüßung erwartet, jedoch erntete er nur einen sehr verbitterten Blick. Enttäuscht lief er mit gesenktem Kopf neben dem Pferd seines Vaters her.

Von den dreißig ausgesandten Kriegern waren nur fünf übrig geblieben. Sie ließen sich am Feuer nieder und begannen zu erzählen.

Sie hatten versucht, den kriegerischen Feind in eine andere Richtung abzulenken. Nur weg vom Dorf war ihr Ziel. Dabei waren sie immer mehr in Richtung Osten abgedrängt worden. Es war ein erbitterter Kampf, bei dem schon viele das Leben ließen. Eine Übermacht von etwa 150 Kriegern trieb sie in eine Schlucht. Ein regelrechtes Abschlachten fand statt, das nur die fünf besagten Kämpfer überlebten. Ihnen gelang es, über die Gebirgskette zu entfliehen.

›Es war eine sehr grausame Geschichte, die wir an diesem Abend hörten‹, sagte Tschunga zu Souri, der sehr aufmerksam zuhörte.

Tschunga fuhr fort: ›Nach einigen Tagen Ruhepause für die tapferen fünf versuchte Wenoki, sich seinem Vater etwas zu nähern. Er wollte auch von seinen mutigen Taten berichten. Jedoch hatte Monwei wenig Verständnis und reagierte eher mit Vorwürfen als mit dem erhofften Lob. Dein Großvater war sehr verbittert durch die schrecklichen Erlebnisse geworden. Wenoki konnte ihm nichts recht machen. Mit dieser Bürde wurde dein Vater erwachsen. – Er liebt dich sehr, glaube mir das. Er kann es nur nicht zeigen, weil er es als Kind selbst nicht erfahren hat. Er hat es als Kind selbst nicht anders gelernt und so gibt er es an dich weiter. Dein Vater ist ein guter Indianer und hat dich sehr lieb.‹

›Aber was kann ich tun, dass er mir das auch zeigt?‹, fragte Souri.

›Verzeih ihm, Souri: Sei dankbar dafür, dass dein Vater dich beschützen möchte. Ich weiß, es ist schwer, aber irgendwann kommt die Zeit, in der du mit ihm darüber sprechen wirst. Zeige ihm, dass du ihn liebst; und diese Liebe wird zu dir zurückkehren. Diese Liebe hat er als Kind nie erfahren und er hat sich mit Sicherheit sehr danach gesehnt. Hab Geduld und du wirst sehen, dass dir diese Last genommen wird. Und nun kehre wieder zurück ins Dorf mit der größten, bedingungslosen Liebe in deinem Herzen.‹

Souri dankte Tschunga mit einer liebevollen Umarmung. Er ging zurück, noch mit Zweifeln, aber nach einiger Zeit zeigte sich, dass Tschunga recht hatte, denn sein Vater und er wurden wie beste Freunde.«

Jason erhob sich. »Marc, wenn du wieder einmal um diese Uhrzeit hierherkommst, ist die Wahrscheinlichkeit, mich zu treffen, sehr groß.« So schnell, wie Jason gekommen war, war er auch wieder verschwunden.

Marc kramte seine Taschenuhr aus der Hose. Es war schon später Nachmittag. Er beschloss, sich auf den Heimweg zu machen, denn der Weg war weit. Die Geschichte, die Jason erzählt hatte, ging ihm nicht mehr aus dem Kopf. Er dachte darüber nach, dass er ähnliche Gefühle für seinen Vater hegte wie der junge Indianer Souri. Auch Marc war nie wirklich an seinen Vater herangekommen und hatte seine Liebe nie bewusst erfahren. Steckt hier wohl einer der Gründe, warum ich mein Leben nicht so richtig in den Griff bekomme, überlegte er. Auch ich traue mir selten etwas zu und wenn, dann habe ich schon gleich wieder Angst vor den Folgen, die daraus resultieren könnten.

Was hat mein Vater eigentlich als Kind erlebt? Hat er sich geliebt gefühlt, fragte sich Marc. Immer klarer erkannte er die Zusammenhänge zwischen Jasons und seiner eigenen Geschichte. Viele Erinnerungen aus seiner Kindheit und Jugendzeit kamen ihm in den Sinn. Seit Jahren hatte Marc keinen Kontakt mehr zu seinen Eltern. Sie waren weggezogen, da sie aus Geldnot ihr Haus verkaufen mussten. Genauso wie ich, fiel es Marc wie Schuppen von den Augen. Ist Geldnot wohl das Schicksal, das sich in unserer Familie immer und immer wieder fortsetzen zu scheint, fragte er sich.

Wie geht es wohl meinen Eltern? Sie sind damals nach Newport gezogen, weil ihnen dort mein Onkel eine Wohnung in seinem Haus angeboten hat. Newport ist nur etwa hundertsechzig Kilometer von Marion entfernt. Vielleicht kann ich sie mal besuchen, dachte Marc, während er versuchte, sich auf den Rückweg zu konzentrieren.

Es wurde schon dunkel, als er die Gartentür zu seinem »ausgeliehenen« Grundstück öffnete. Er verstaute seinen Rucksack im Bauwagen und ging direkt ins »Heavenly Hell«. Als er gegessen hatte, war er sehr müde und ging gleich mit einem glücklichen Gefühl schlafen.

Kapitel 19

Als Marc aufwachte, spürte er einen leichten Muskelkater. Er rekelte sich hin und her und versuchte seine Gliedmaßen in Bewegung zu setzen. Eigentlich tut es gut, zu spüren, dass meine Muskeln noch da sind, dachte er, während er sich langsam von seiner Matratze erhob. Plötzlich kam ihm die Haar-Fee Sofia in den Sinn. Er könnte sie einmal besuchen und einen kleinen Plausch mit ihr führen. Nachdem er sich kurz frisch gemacht hatte, machte er sich auch schon auf den Weg.

Als er bei Sofias Haus angekommen war, staunte er nicht schlecht über das rege Treiben auf ihrer Veranda. Vier Männer und eine Frau saßen um den runden Tisch und unterhielten sich gut gelaunt. Als Marc die drei Stufen zur Veranda hinauf ging, begrüßte er mit einem freundlichen »Hallo!« die muntere Truppe.

Eines der Gesichter kannte Marc. Es war der alte Mann von neulich, dem er das Geld zum Haareschneiden gegeben hatte. Marc versuchte, sich an den Namen zu erinnern. Vincent, dachte er, ja Vincent Barnes hieß der alte Mann.

»Hallo, Vincent«, sagte Marc mit einem freundlichen Lächeln. »Du kennst noch meinen Namen?«, staunte der Mann. »Darf ich euch meinen Freund, äh, … wie war noch mal dein Name …?«, er stockte.

Marc lachte und antwortete: »Marc Thomson.«

»… darf ich euch meinen Freund Marc Thomson vorstellen?«, fuhr Vincent fort. »Er ist verantwortlich für die hier stattfindende Belagerung von Sofias Veranda.«

»Ich bin dafür verantwortlich?«, fragte Marc.

»Ja«, sagte Vincent, »du hast mir den Tipp mit Sofia gegeben. Und als ich dann bei ihr zum Haareschneiden und Rasieren war, hat mich die alte Dame so beeindruckt, dass ich alle meine

Kriegsveteranen zusammengetrommelt habe. Nun treffen wir uns hier fast täglich zu einer Tasse Kaffee und wir werden von Tag zu Tag mehr.«

Als Marc realisierte, was er ausgelöst hatte, ging die Haustür auf und ein frisch rasierter älterer Herr betrat die Veranda. Hinter ihm erkannte Marc Sofia, die, als sie ihn sah, zu lächeln anfing.

»Sofia«, sagte Vincent, »ich habe dir doch neulich von dem Mann erzählt, der mir das Geld zum Haareschneiden gegeben hat. Mir ist sein Name nicht mehr eingefallen. Hier steht er: Marc Thomson.«

»Danke, Marc, du hast mir damit sehr viel Freude bereitet«, sagte Sofia lächelnd. »Vincent, dieser alte Spinner, hat alle seine Freunde eingeladen und seitdem habe ich in einer Woche mehr Haare geschnitten und mehr unrasierte Gesichter bearbeitet als sonst in einem Monat. – Darf ich dir einen Kaffee anbieten, Marc?«, fragte sie und zeigte dabei mit der Hand auf einen freien Stuhl.

»Gerne«, antwortete Marc und gesellte sich zu der lustigen Runde.

Als er seinen Kaffee getrunken hatte, fragte Sofia, ob sie ihm noch etwas Gutes tun könne. Marc streifte sich mit der Hand über sein stoppeliges Kinn: »Wenn du Zeit hast, dann könntest du mich noch kurz rasieren.«

Sofia bat ihn ins Haus und Marc setzte sich auf den Platz in der Mitte der Küche. Sofia legte Marc ein Handtuch über die Schulter und schäumte sein Gesicht mit Rasierschaum ein. Plötzlich dachte er an die Zeit seiner Jugendsünden und verspürte ein drängendes Verlangen, Sofia zu gestehen, dass er damals mit von der Partie war, als ihr Laden boykottiert wurde. Er beschloss, ihr alles zu gestehen.

»Sofia, ich war damals einer von denen, die Stinkbomben in deinen Friseursalon geworfen und deine Hauswand beschmiert haben. Ich schäme mich dafür und ich hoffe, du kannst mir verzeihen. Ich möchte mich aus tiefstem Herzen dafür entschuldigen.«

Sofia zog erstaunt die Augenbrauen hoch. »Du hast mir das angetan!«, sagte sie mit erboster Stimme. »Und du traust dich, einfach so hierher zu kommen, als sei nie etwas gewesen?« Sie legte das Rasiermesser auf den Tisch zurück.

Marc wäre vor Scham am liebsten im Boden versunken. »Wie kann ich das wiedergutmachen?«, fragte er kleinlaut. »Am besten, ich gehe jetzt.«

Er versuchte aufzustehen, doch Sofias Hand drückte ihn energisch zurück auf den Stuhl. »So ungeschoren kommst du mir nicht davon«, sagte sie mit grimmigem Blick. Marc bekam es mit der Angst zu tun, als Sofia das Rasiermesser wieder in die Hand nahm. Sie setzte es an seinem Hals an. Er verharrte bewegungslos.

»Marc«, sagte Sofia, »am liebsten würde ich …« Sofia stockte mitten im Satz, »… am liebsten würde ich …« Plötzlich lachte sie lauthals los und setzte das Messer ab. »Du solltest dich einmal im Spiegel sehen«, prustete sie und hielt Marc ihren Friseurspiegel vors Gesicht. »Weißt du, Marc, ich bin nun schon so alt und möchte mein Leben nicht mit alten Geschichten belasten, über die längst Gras gewachsen ist«, fuhr Sofia fort. »Was damals war, ist vorbei, und was jetzt zählt, ist die Gegenwart, die ich sehr genieße. Ich wollte dir nur einen kleinen Denkzettel verpassen und das ist mir wohl vorzüglich gelungen«, sagte sie übermütig.

Marc atmete tief durch und versuchte dabei zu lächeln.

Als Sofia mit der Rasur fertig war und Marcs Gesicht mit einem Handtuch abrieb, sagte sie: »Die Attacke von gerade eben bleibt unter uns, nicht dass meine neu gewonnenen Kunden noch Angst vor mir bekommen.«

Marc konnte nun schon wieder lächeln. »Natürlich, liebe Sofia, das verspreche ich dir hoch und heilig.«

Beide gingen auf die Veranda, auf der schon wieder neue Kunden warteten. Vincent war noch da und verabschiedete sich von Marc mit einem festen Händedruck. »Lass dich wieder einmal hier blicken«, sagte er noch, als Marc sich Sofia zuwandte.

»Also, Sofia, danke für die gründliche Rasur und die Abreibung …«, Marc stockte kurz, »… die Abreibung mit dem herrlich weichen Handtuch.«

Sofia nickte und konnte sich dabei ein Grinsen nicht verkneifen. Marc ging mit eiligen Schritten davon Richtung Parkanlage, nachhaltig beeindruckt von Sofias großzügiger Reaktion auf sein Geständnis.

Im Park setzte er sich auf eine freie Bank, die nach Süden ausgerichtet war. Die Sonnenstrahlen fielen wärmend auf seinen Körper. Er zog seine Schuhe und Strümpfe aus, krempelte die Hose hoch und lehnte sich gemütlich zurück. Als er bemerkte, dass es ihm so noch zu warm war, zog er sein T-Shirt aus. Sofia hatte ihm eine Lektion erteilt, die ihm noch zu denken gab. Da war keine Spur von Ärger oder Groll, staunte er. Nur eine kleine, übermütige Schadenfreude an dem Scherz, den sie sich mit ihm erlaubt hatte. Er musste an die Geschichte vom kleinen Indianer Souri denken. War das dieses »Verzeihenkönnen«, von dem Jason gesprochen hatte? Irgendwie schien alles miteinander zusammenzuhängen.

Was würde geschehen, wenn er seine Aufmerksamkeit noch mehr auf diese Zufälle lenken würde? Gab es überhaupt Zufälle oder hatten die Menschen es nur verlernt, auf die Gegebenheiten, die ihnen widerfuhren, bewusst zu achten?

Da waren sie plötzlich wieder, all die Fragen, die ihn schon so lange quälten. In Marc kam das entsetzliche Gefühl auf, nichts, aber auch gar nichts zu wissen. Sind wir Menschen überhaupt fähig, das Ganze zu verstehen und zu überblicken?, fragte er sich weiter. Früher hatte er immer gedacht, mit dem Tod sei alles vorbei. Jetzt zweifelte er daran und begriff immer mehr, dass an den Lehren vieler weiser Menschen, die von unzähligen Seelenleben berichteten, etwas dran sein musste.

Das Erlebnis mit Henry kam ihm in den Sinn und Marc beschloss, ihn am nächsten Tag zu besuchen. Müde von den Ereignissen legte er sich auf die Parkbank und schlief einige Stunden.

Als er nach dem Abendessen in seinem Bauwagen ankam, beschloss er, die Nacht im Freien zu verbringen. Die Nacht war sternenklar und die Sterne erschienen Marc heute besonders hell zu sein. Er machte es sich in seinem alten Schlafsack bequem. Lange noch schaute er in den Himmel und schlief ein mit dem Gedanken, morgen Henry zu besuchen.

Am nächsten Mittag fuhr Marc mit Ben in die Stadt und ließ sich in der Walker Avenue absetzen. Ben wollte heute schon um fünf Uhr nachmittags zurückfahren.

»Geht klar, ich werde pünktlich da sein«, sagte Marc und sah sich auf der Straße um. Wenn ich mich recht erinnere, muss Henry hier irgendwo wohnen, überlegte Marc, während er von Haus zu Haus ging und die Türschilder überprüfte.

»Henry Morgan« stand auf dem Schild, das er an einem kleinen Haus entdeckte, was etwas zurückgesetzt von der Straße stand. Er klingelte an der Tür. Zu Marcs Verwunderung öffnete eine Frau, die um die fünfzig zu sein schien.

»Hallo, Marc«, begrüßte sie ihn. Erst jetzt, beim zweiten Blick, erkannte er die Krankenschwester Margret.

»Schwester Margret, Sie hier?«, fragte er erstaunt. »Sie machen auch Hausbesuche? Geht es Henry denn immer noch nicht gut?«

»Oh, doch«, klang eine männliche Stimme aus dem Hintergrund. »Mir geht es prächtig!«, sagte Henry grinsend, während er neben Margret auftauchte. »Komm herein, mein Freund!« Er machte einen Schritt zur Seite, sodass Marc eintreten konnte. Als die drei in dem modern eingerichteten Wohnzimmer Platz nahmen, machte Marc noch immer ein verdutztes Gesicht.

»Marc, du schaust so fragend«, sagte Henry, immer noch mit einem Lächeln auf den Lippen. »Margret ist kurz nach meinem

Krankenhausaufenthalt bei mir eingezogen. Es war Liebe auf den ersten Blick.« Henry sah Margret liebevoll an.

Marc verstand erst jetzt, was sich hier so schnell entwickelt hatte. »Lieber Henry, liebe Margret, ich freue mich sehr, ein so verliebtes Pärchen vor mir zu sehen. Das ist ja eine Überraschung!«

»Darf ich dir etwas zu trinken anbieten?«, fragte Margret.

»Ein Glas Wasser wäre gut«, antwortete Marc und sein Blick wanderte dabei durch das Zimmer. »Schön habt ihr es hier.«

»Ja, schön haben wir es hier, aber eigentlich erst, seit Margret bei mir wohnt. Vorher war es hier wie in einer Räuberhöhle. Als meine Frau verstarb, hatte ich alles andere im Sinn, als meinen Pflichten als Hausmann nachzukommen. Ich habe nichts aufgeräumt, geschweige denn geputzt«, sagte Henry etwas verschämt. »Erst als Margret ihren ersten Besuch ankündigte, habe ich mich aufgerafft, und seither entdecke ich bei der Hausarbeit ungeahnte Fähigkeiten in mir. Nun machen wir gemeinsam den Haushalt und seitdem habe ich erfahren, wie viel Zeit dennoch bleibt für die schönen Dinge im Leben. – Du bist daran nicht ganz unschuldig, und darum erheben wir das Glas auf dich!«

Margret hatte drei Gläser mit frischem Wasser auf den Tisch gestellt.

»Ohne dich würde ich wahrscheinlich noch Tag für Tag in meinem Laden stehen und den billigen Fusel für meine bedürftigen Kunden mixen. Es ist Zeit geworden für andere Aufgaben, die in meinem Leben noch auf mich warten. Oder stell dir vor, du wärst nicht dazu gekommen, als ich überfallen wurde. Dann befände ich mich jetzt sehr wahrscheinlich abgekühlt in einer verzierten Vase mit Deckel auf dem Friedhof.«

Margret stand auf und verließ den Raum, während Henry und Marc sich weiter angeregt unterhielten. Nach einer Weile zog leckerer Essensduft von der Küche herüber, in der man Margret mit Geschirr klappern hörte.

Als sie das Wohnzimmer wieder betrat, stand Marc auf und wollte sich verabschieden.

»Natürlich bist du zum Essen eingeladen«, sagte Margret, während sie begann, den Tisch zu decken.

»Du brauchst dir extra wegen mir nicht so viel Arbeit machen«, sagte Marc.

»Und doch, extra wegen dir«, sagte Margret bestimmt.

»Marc, du bist für uns ein sehr wertvoller Freund und ein sehr wertvoller Mensch«, sagte Henry. »Ich denke, es wird Zeit für dich, das auch einmal selbst zu erkennen.«

Marc war so gerührt, dass ihm die Tränen kamen. Verzweifelt versuchte er, sie zu verbergen. Es berührte ihn zutiefst, dass Henry ihm so direkt seine Liebe und Wertschätzung zeigte.

Das hatte er zuletzt als Kind erlebt, als sein Vater bei einem Unfall im Wagen eingeklemmt war. Sie wollten damals zu einem Baseballspiel der Nashville Outlaws fahren. Auf halber Strecke kam ihnen ein Fahrzeug auf ihrer Spur entgegen. Marcs Vater riss das Lenkrad herum. Sie kamen ins Schleudern und prallten gegen einen Baum. Sein Vater schlug mit dem Kopf gegen das Lenkrad und war bewusstlos. Marc hatte Schmerzen an beiden Beinen. Im Fußraum, der stark eingedrückt war, hatte er gerade noch Platz, seine Füße zu bewegen und die Beine anzuziehen, um aussteigen zu können. Als er die Fahrertür öffnete, sah er, dass die Beine seines Vaters vollkommen eingeklemmt waren. Marc erkannte, dass er hier alleine nicht helfen konnte. Er schaute sich auf der Straße um, aber weit und breit war niemand zu sehen. Wie so oft hatte sein Vater eine abgelegene Abkürzung genommen. Ungefähr einen Kilometer entfernt sah Marc einen Bauernhof. Er rannte los und lief, so schnell er konnte. Seine Schmerzen vergaß er dabei völlig. Die Bäuerin rief einen Krankenwagen und ihr Sohn kam mit zur Unfallstelle. Als die beiden dort ankamen, war Marcs Vater wieder bei Bewusstsein. Marc schaute ihm ins schmerzverzerrte Gesicht. Er hatte Angst, seinen Vater zu verlieren. Er nahm die Hand des Verletzten und sagte, dass alles gut werden würde. Sein Vater nickte leicht und schloss seine Augen. Aus der Ferne hörte Marc die Sirene des Krankenwagens.

Die Feuerwehr traf ebenfalls ein und schnitt mit schwerem Gerät den Wagen auf. Unendlich lange erschien Marc die Zeit, bis sein Vater befreit war. Als sie ihn in den Krankenwagen schoben, wandte sich ein Sanitäter an Marc: »Du blutest ja an deinem Bein.« Er schnitt vorsichtig Marcs Hosenbein auf, eine Platzwunde am Schienbein war zu sehen. »Das bekommen wir wieder hin«, sagte der Sanitäter und stützte Marc, sodass sie in den Krankenwagen einsteigen konnten.

Am Abend konnte Marc seinen Vater im Krankenzimmer besuchen. Auch seine Mutter war da. Marcs Vater war wach und hatte einen großen Verband am Kopf. An den Beinen hatte er starke Prellungen und Quetschungen. Ansonsten war Gott sei Dank nichts passiert.

Marcs Vater nahm die Hand des Jungen und drückte sie ganz fest. »Marc, du hast super reagiert«, sagte er mit Tränen in den Augen. »Ich bin sehr stolz auf dich. Es ist schön, so einen tollen Sohn zu haben.« Marc kamen vor Rührung ebenfalls die Tränen. Sein Vater zog ihn an sich heran und drückte ihn ganz fest.

An diese Situation hatte ihn Henrys Lob urplötzlich erinnert. Marc erkannte, wie sehr er sein eigenes inneres Kind immer und immer wieder verletzte. Allein dadurch, dass er sich selbst nicht liebte und wertschätzte, konnte sein inneres Kind ebenso diese Liebe nie erfahren. Dieses innere Kind, das in jedem Menschen ein Leben lang verborgen ist und sich nach bedingungsloser Liebe sehnt.

Henry beugte sich zu Marc hinüber und nahm ihn in den Arm. »Lieber Marc, weine nur, denn das reinigt die Seele.« Als er sich etwas gefasst hatte, antwortete er: »Erst vorgestern hat mir ein fremder Mann das Gleiche gesagt. Jason hat mir die Geschichte von einem kleinen Indianer erzählt. In dieser Geschichte kamen die gleichen Worte vor, die du gerade ausgesprochen hast«, erklärte Marc.

»Das war bestimmt kein Zufall«, meinte Henry, während er Marc noch einmal fest drückte.

Margret zauberte ein leckeres Essen auf den Tisch. Die drei unterhielten sich noch lange über ihre Erlebnisse der letzten Wochen. Als Marc sich verabschiedete, versprach er, bald wiederzukommen.

»Sehr gerne«, antwortete Margret und das verliebte Paar winkte Marc noch lange nach.

Er beeilte sich, Ben zu erwischen. Pünktlich um fünf Uhr fuhren sie los Richtung Marion und lauschten unterwegs den Klängen des Liedes »I was made for loving you« der Rockgruppe KISS, die aus den leicht rauschenden Lautsprechern des Wagens kamen.

Kapitel 20

Am Freitagmorgen klopfte es an Marcs Tür. Marc schlug die Augen auf, fuhr sich mit beiden Händen durch die strubbeligen Haare und rief: »Moment, bitte!« Als er T-Shirt und Hose angezogen hatte, öffnete er die Tür. Die Sonne schien ihm entgegen und er hatte Mühe, seine verschlafenen Augen an das helle Licht zu gewöhnen. Er erkannte Sally.

»Guten Morgen, Marc«, sagte sie.

»Guten Morgen, Sally«, antwortete Marc und streckte sich.

»Marc, Caroline hat gerade bei uns angerufen. Sie wird gegen sechs Uhr in Memphis eintreffen, du sollst sie dann zurückrufen.«

Jetzt war Marc hellwach und fing an zu strahlen. »Danke, Sally. Darf ich Caroline dann von eurem Telefon aus anrufen?«

»Aber klar doch, Marc«, entgegnete Sally zwinkernd. »Aber diesmal ist die Gesprächszeit begrenzt auf – sagen wir mal – fünfzehn Minuten.«

»Ich werde die fünfzehn Minuten einhalten«, versprach Marc und hob seine rechte Hand, als leistete er einen Eid. Sally winkte Marc zum Abschied zu, während sie durch die Gartentür rechts in Richtung Motel abbog.

Marc freute sich wie ein kleines Kind auf das Wiedersehen mit Caroline und darauf, ihre Stimme bald wieder zu hören. Er malte sich aus, wie er sie in die Arme schließen würde und wie ihre weiche Wange seine Wange leicht berührte.

Seine Phantasie lieferte ihm die schönsten und lebendigsten Bilder. Als kleiner Junge war er oft so dagesessen und seinen Träumen nachgehangen. Er hatte sich Abenteuer ausgemalt, die er irgendwann auch wirklich zu erleben hoffte.

Er konnte sich hineindenken, wie sich das Fliegen anfühlt, frei zu sein wie ein Vogel, der sich treiben lässt in den Turbulenzen des Windes. Er konnte spüren, wie es sich anfühlt, in einem Boot zu sitzen, das von den Wellen hin- und hergeschaukelt wird. Auch vermochte er zu träumen, wie es sich auf einem galoppierenden Pferd anfühlt, das ihn über Felder und Wiesen trug. Es gibt so viele Dinge, für die es sich lohnt zu leben, dachte er, während er an seinem Bauwagen angelehnt saß und die Vorfreude genoss, am Abend mit Caroline sprechen zu können.

Kevin kam ihm plötzlich in den Sinn. Ich könnte Kevin und seine Großeltern besuchen. Es ist schon über zwei Wochen her, dass ich bei ihnen war. Ja, das war eine sehr gute Idee. Marc zog sich Schuhe an und schloss die Tür des Bauwagens ab. Als er am Haus von Kevins Großeltern ankam, stieg er die Stufen zur Veranda hoch und klopfte an die Tür, die mit einem Kränzchen geschmückt war.

Die Tür öffnete sich und Kevins Großmutter begrüßte Marc mit einem freundlichen Händedruck. »Hallo Marc, was verschafft uns die Ehre deines Besuches?«

»Ich habe mir gedacht, Kevin und seine lieben Großeltern habe ich schon lange nicht mehr gesehen«, sagte er, »und ich hoffe, ich komme nicht ungelegen.«

»Aber nein«, sagte Klara. »Du kommst nicht ungelegen, aber Kevin ist noch in der Schule. Solange er nicht da ist, musst du eben mit uns vorliebnehmen.«

Marc zog seine Uhr aus der Tasche und schüttelte den Kopf. Es war erst halb elf und Marc hatte keine Sekunde daran gedacht, dass Kevin um diese Uhrzeit noch gar nicht zu Hause sein konnte.

»Paul ist gerade in den Einkaufsladen um die Ecke gegangen, er muss aber jeden Moment zurückkommen. Ich habe ihn geschickt, um noch etwas fürs Mittagsessen zu besorgen. – Du bist doch unser Gast?«, fragte Klara.

»Eigentlich bin ich nicht zum Essen gekommen. Ich dachte, es sei schon weit nach Mittag«, sagte Marc etwas verlegen. »Aber die Einladung würde ich gerne annehmen.«

»Kevin kommt in circa zwei Stunden«, sagte Klara und setzte sich auf die Hollywoodschaukel auf der Veranda, wo sie Marc neben sich einen Platz anbot.

Nach einigen Minuten kam Paul an. Schwer bepackt mit zwei vollen Einkaufstüten betrat er die Veranda.

»Was hast denn du wieder alles eingekauft?«, fragte Klara erstaunt. »Ich habe dich doch nur wegen einem Pfund Mehl und einer Packung Nudeln zum Einkaufen geschickt.«

»Die Nudeln waren im Angebot und das Mehl gab es im Zehnerpack günstiger«, antwortete Paul. »Außerdem waren keine Süßigkeiten mehr da und du weißt ja, dass ich meine tägliche Ration benötige.«

Klara schüttelte den Kopf. »Männer und einkaufen, das passt einfach nicht zusammen. Ist doch so, oder Marc?«

Marc zuckte mit den Schultern und die drei fingen an zu lachen. Als Paul die Waren verstaut hatte, kam er zurück und setzte sich ebenfalls auf die Schaukel.

Während er sich mit Marc über politische Themen unterhielt, bereitete Klara in der Küche das Essen vor. Aus dem Fenster neben der Veranda duftete es nach gegrillten Steaks. Als Kevin die Auffahrt betrat, erkannte er Marc und rannte los, um ihn so schnell wie möglich in seine Arme schließen zu können.

»Hallo, Kevin«, sagte Marc, während sie sich richtig fest drückten.

»Hallo, Marc, ich habe dich schon vermisst. Neulich war ich bei dir am Bauwagen, aber du warst nicht da.«

»Ich war in letzter Zeit viel unterwegs«, sagte Marc, »und deshalb habe ich gedacht, Kevin muss ich auch mal wieder besuchen.«

»Soll ich euch das Essen hier draußen servieren?«, fragte Klara durch das offene Fenster.

»Oh ja, gerne«, antwortete Kevin und stand auf, um seiner Oma zu helfen. Marc und Paul blieben ruhig sitzen und setzten ihre Unterhaltung fort. Nach dem Essen machte Kevin den Vorschlag, ein Gesellschaftsspiel zu spielen. Die Runde entschied sich einstimmig für das »Spiel des Lebens«.

»Kevin, kannst du mir das Spiel erklären?«, fragte Marc.

»Aber klar doch«, antwortete Kevin. »In dem Spiel geht es um eine aufregende Reise durchs Leben. Es bietet viele Chancen, reich zu werden, wenn man die richtigen Entscheidungen trifft. Karrierewahl, Hausbau oder Familiengründung sind mögliche Stationen des Spieles. Dabei besteht aber auch die Gefahr, alles zu verlieren. Wer es am Ende zum größten Vermögen gebracht hat, geht als Gewinner aus dem Spiel hervor.«

»Okay, das verstehe ich«, sagte Marc.

Nach zwei Stunden erbittertem Überlebenskampf auf dem Spielbrett stand Marc pleite als absoluter Verlierer da. Kevin hatte die Erwachsenen klar geschlagen. Mit seinem kindlichen Abenteurergeist hatte er die besten Weichen gestellt für eine erfolgreiche Existenz.

Marc erkannte, dass er viel zu verkopft gehandelt hatte, und beschloss, Entscheidungen künftig wieder mehr seinem »Kind im Manne« zu überlassen. Es war schon später Nachmittag, als sich die lustige Runde auflöste. Marc beeilte sich, ins »Heavenly Hell« zu kommen. Schließlich erwartete ihn ein wichtiges Telefongespräch.

Kapitel 21

Kurz vor sechs Uhr fragte Marc Larry, ob er das Telefon bekommen könne.

»Leider nicht, Marc. Wir haben eine Störung in unserer Anlage und können seit einigen Stunden nicht telefonieren«, antwortete Larry mit ernster Miene.

Marc erstarrte und in diesem Moment traf Larry ein Geschirrtuch mitten ins Gesicht. »Du Spinner!«, rief Sally und fing an zu lachen. »Marc, Larry hat dich mal wieder reingelegt! – Aber einen Vorteil hat es: Ich werde beim Zielen und Treffen immer besser.«

Marc atmete beruhigt auf.

»Entschuldige, Marc«, sagte Larry grinsend und reichte ihm den Telefonhörer hinüber.

»Ist schon gut. Du weißt ja, Larry, dass gewöhnlich alles im Leben zurückkommt. Gib acht, wenn es so weit ist«, sagte Marc und zog sich auf die gemütliche Eckbank zurück.

Sein Herz begann schneller zu schlagen, als er Carolines Nummer wählte. »Hallo, Caroline«, sagte Marc, als er ihre Stimme hörte.

»Hey, Marc, wie geht's dir denn?«, fragte Caroline neugierig. »Mir geht es eigentlich ganz gut, besonders jetzt, da ich deine Stimme höre.«

»Machen wir's kurz, Marc«, sagte Caroline, »ich würde mich gerne mit dir treffen.«

»Das freut mich sehr«, sagte Marc, während er überlegte, was ein geeigneter Treffpunkt wäre. Da er Larry nicht schon wieder um sein Auto bitten wollte, bot es sich an, Caroline ins »Heavenly Hell« einzuladen: »Wäre es möglich, dass du hierherkommst?«

»Natürlich«, antwortete sie und fügte noch an, »dann kann ich deine Freunde kennenlernen, und deinen einsamen Bauwagen würde ich auch gerne einmal sehen.« Sie verabredeten sich für neun Uhr am Abend.

Als Marc ihm den Telefonhörer zurückgab, sagte Larry: »Das ging aber schnell heute. Hattet ihr euch denn nicht mehr zu erzählen?«

»Doch, noch so vieles, und deshalb kommt Caroline uns heute besuchen«, antwortete Marc freudestrahlend.

»Na, dann muss ich mich heute besonders schick machen«, sagte Larry, »ich bekomme nicht jeden Tag Besuch von einer hübschen Dame.«

Sally hatte durch die Küchentür mitgehört und klopfte energisch an die Glasluke, um Larry ihren erhobenen Zeigefinger zu zeigen. »Caroline kommt nicht wegen dir, sondern wegen Marc«, rief sie herüber.

Alle lachten und Marc fragte, ob er sich wieder in der Truckerdusche zurechtmachen dürfe.

»Aber selbstverständlich.« Larry nickte.

Als Marc den Bauwagen betrat, wurde ihm erst richtig klar, dass Caroline ihn heute Abend hier besuchen wollte. Es sah chaotisch aus und er begann sofort mit dem Aufräumen. Seine schmutzige Wäsche stopfte er in eine Tüte und verstaute sie unter dem Bauwagen, um sie bei nächster Gelegenheit im Waschsalon zu waschen. Als er fertig war, war es schon acht Uhr. Hektisch packte er sein bestes Hemd, Hose und Unterwäsche in seinen Rucksack und machte sich fröhlich auf zur Truckerdusche. Kurz vor neun betrat er aufgeregt das »Heavenly Hell« und Sally warf ihm einen ermunternden Blick zu.

»Passt alles, Sally?«, fragte Marc sichtlich aufgeregt.

»Man könnte sich direkt in dich verlieben«, antwortete Sally, bewusst so laut, dass es bis zur Theke vordrang.

»Sei vorsichtig, was du sagst«, sagte Larry. »Es gibt auch noch andere Mütter mit hübschen Töchtern.«

Marc liebte den Humor der beiden.

Pünktlich betrat Caroline das »Heavenly Hell«. Marc ging auf sie zu und nahm sie in den Arm. Er spürte ihre weiche Wange und ihr angenehmer Duft stieg ihm in die Nase. Das ist wie in meinem Traum, dachte er.

»Hallo, Marc«, sagte Caroline mit leiser Stimme. »Ich habe dich ganz schön vermisst.«

»Ich dich auch«, erwiderte Marc und löste dabei seine Umarmung. »Darf ich dir meine Freunde Sally und Larry vorstellen?«

»Aber gerne«, sagte Caroline und ging auf die beiden zu. »Ich bin Caroline Nash«, stellte sie sich vor.

»Sehr angenehm«, sagte Sally, »wir haben schon viel über Sie gehört.«

»Ich hoffe, nur Positives«, sagte Caroline lächelnd.

»Ausschließlich Positives«, antwortete Larry mit einem festen Händedruck, während er Caroline von oben bis unten wohlwollend musterte. »Eine sehr hübsche Freundin hast du da«, wandte er sich an Marc.

»Das finde ich auch«, sagte Marc nicht ohne Stolz.

Sally fragte: »Wo wollt ihr denn Platz nehmen?«

Caroline schaute Marc an: »Ich würde gerne, solange es noch hell ist, Marcs Bauwagen besichtigen.«

»Also, dann lass uns kurz gehen, obwohl es mir etwas peinlich ist, dir meine bescheidene Behausung zu zeigen«, sagte Marc.

Als die beiden das »Heavenly Hell« verlassen hatten, schaute Sally lächelnd in Larrys Gesicht und sagte: »Ist es nicht schön, unser frisch verliebtes Pärchen!«

Larry nickte bestätigend.

Als Caroline den Bauwagen sah, war sie hin- und hergerissen. Einerseits fand sie ihn romantisch, andererseits stieg auch so etwas wie Mitleid in ihr auf. Was hatte Marc in den letzten Jahren mitmachen müssen?, fragte sie sich. Alles zu verlieren musste ein großer Schmerz sein. Sie ließ sich nichts anmerken und folgte Marc durch das Gartentor.

»Herzlich willkommen in meinem bescheidenen Reich.« Marc lud sie mit einer Armbewegung ein, näherzutreten. Er steuerte auf den Bauwagen zu, öffnete die Tür und ließ Caroline den Vortritt.

Caroline ließ ihren Blick schweifen. »Schön hast du es hier«, sagte sie, obwohl sie wusste, Marc würde ihr das nicht abnehmen.

Er schaute etwas verlegen drein. »Ich kann dir einen Stuhl zum Sitzen anbieten. Einen zweiten besitze ich leider nicht.«

»Ist schon okay«, sagte Caroline, »wir können uns auch auf die Matratze setzen.«

Marc breitete eine Decke über der Matratze aus und sie nahmen beide Platz. Caroline lehnte ihren Kopf an Marcs Schulter und schloss ihre Augen. Eine ganze Weile verging, bis sie die Stille durchbrach: »Marc, warum ist das Leben oft so schwierig?«

»Genau das frage ich mich auch immer wieder«, antwortete er. »Ich habe in den letzten Wochen einige Dinge erlebt, die ich mir nicht erklären kann. Immer und immer wieder werde ich an meine Kindheit erinnert. Irgendetwas muss da geschehen sein, ich komm aber nicht dahinter, was das wohl war.«

Caroline schaute ihn an und sagte: »Ich glaube nicht, dass es einen Grund gibt. Ich denke eher, wir werden in unseren ersten Lebensjahren geformt für unser ganzes Leben. Beispielsweise ist erwiesen, dass Menschen, die als Kleinkinder des Öfteren von ihren Eltern gelobt und belohnt wurden, ein erfolgreicheres Leben führen. Also denke ich, es verhält sich mit all unseren Erlebnissen aus dem Kleinkindalter so. Später haben wir es dann selbst in der Hand, unser Leben zu gestalten, aufbauend auf unserer Grundprogrammierung.«

Marc schaute Caroline zustimmend an und lehnte seinen Hinterkopf an die Wand. »So ist es wohl«, stimmte er zu. »Und nun haben wir wohl die Aufgabe, dies zu erkennen und darauf zu achten, wie wir ab jetzt denken, fühlen und handeln.«

»Ja, Marc, aber jetzt habe ich Hunger und Lust auf einen Rotwein«, sagte Caroline, während sie gerade aufstehen wollte.

Marc zog sie am Ärmel zurück und schaute ihr in die Augen. Caroline konnte dem Blick nicht widerstehen und es fing an, in ihr zu knistern. Langsam kam sie Marc näher, und als sich ihre Lippen berührten, war es, als ob eine jahrelang weilende Sehnsucht nun endlich in Erfüllung ging. Die beiden schienen für einen Augenblick miteinander verschmolzen zu sein.

»So, jetzt gehen wir aber«, sagte Marc, »sonst muss ich noch unters Sauerstoffzelt.«

Caroline fing an zu lachen und stand als Erste auf. Sie reichte Marc ihre Hand und zog ihn hoch.

Als die beiden im »Heavenly Hell« ankamen, war es schon fast dunkel. Larry begrüßte sie freundlich und zeigte auf den gemütlichsten Platz der Kneipe. Es war die Ecke, die sich Marc auch zum Telefonieren ausgesucht hatte.

»Au ja«, sagte Caroline, »das ist ein sehr guter Platz zum Kuscheln.«

»Hey, hier wird gegessen, getrunken und bezahlt und nicht gekuschelt«, mahnte Larry mit gespieltem Ernst.

»Hört nicht auf den alten Quacksalber«, tönte es aus der Küche. »Ihr seid heute Abend natürlich eingeladen.«

»Sally, ich treibe euch noch in den Ruin«, erwiderte Marc, »das kann ich doch nicht annehmen.«

»Wenn ihr es schafft, die Speise- und Getränkekarte von vorne nach hinten und wieder zurück zu bestellen, dann treibt ihr uns vielleicht in den Ruin«, sagte Sally durch die Küchentür. »Wenn ihr euch aber normal verhaltet, werden wir das schon verkraften.«

»Habt ihr beiden denn schon zu Abend gegessen?«, fragte Marc.

»Nein, wir haben auch noch nichts gegessen«, sagte Sally.

»Dann würde es uns freuen, wenn ihr euch zum Essen zu uns setzt«, sagte Marc.

»Dann wird es aber etwas unruhig bei euch am Tisch. Wir werden immer wieder aufstehen müssen, um uns um die anderen Gäste zu kümmern«, sagte Larry.

»Schick sie am besten nach Hause und schließ die Tür ab«, erwiderte Marc mit einem Grinsen.

»Marc, ich befürchte, du willst uns wirklich in den Ruin treiben«, sagte Sally mit gespielten Sorgenfalten auf der Stirn.

»Ja, nun lernt ihr mein wahres Wesen kennen.«

Caroline schaute Marc an und schüttelte den Kopf. »Ich habe geahnt, dass du eine dunkle Seite in dir trägst«, sagte sie kichernd.

Caroline bestellte als Vorspeise eine Nudelsuppe und als Hauptgang einen großen Salatteller mit gegrillten Putenbruststreifen. Marc hatte Lust auf den gemischten Grillteller.

Bevor Larry das Essen servierte, erledigte er noch die Getränkebestellungen der übrigen Gäste, damit erst mal alle versorgt waren. Sally stellte die Speisen auf die Zwischenablage an der Theke und Larry übernahm das Servieren am Tisch.

Marc schluckte, als er den riesigen ovalen Teller vor sich sah, bestückt mit zwei Grillspießen, zwei Hackfleischbällchen, zwei gegrillten Lendchen, einem Holzfällersteak und vier Grillwürstchen. »Ist das eine normale Portion?«, fragte er.

»Ja«, bestätigte Sally, als sie sich zu den beiden setzte. Sie hatte für sich ebenfalls einen großen Salatteller zubereitet und für Larry gab es Rindergulasch.

»Guten Appetit«, wünschte Larry, als er sich ebenfalls zu der hungrigen Gruppe gesellte.

Genüsslich fingen sie an zu essen und es dauerte nicht lange, bis Marc einen tiefen Seufzer von sich gab. »Alles in Ordnung«, sagte er, als er sich von den anderen beobachtet fühlte.

»Die Suppe schmeckt wirklich sehr gut«, lobte Caroline, während sie den letzten Löffel voll zu sich nahm.

»Das freut mich«, bedankte sich Sally.

Als Caroline mit ihrem Salat anfing, hatte Marc schon fast die Hälfte seiner Portion gegessen. Er ging sehr sparsam mit den Beilagen um, da die verbliebene Fleischration kaum abzunehmen schien.

Larry musste kurz einen Gast mit frischem Bier versorgen und Sally war in die Küche gegangen, um für einen hungrigen Gast einen Hamburger mit Pommes zuzubereiten.

Larry kam wieder an den Tisch und schaute neugierig auf Marcs Teller. »Na, du hast es ja bald geschafft«, sagte er und fing an zu grinsen.

»Mach dich nur lustig über mich«, entgegnete Marc. »Du wirst schon sehen, dass nicht ein Krümel übrig bleibt.«

Tatsächlich schaffte Marc die große Portion, obwohl er solche Mengen in den letzten Jahren überhaupt nicht gewöhnt war.

Als er den letzten Bissen Steak in den Mund geschoben hatte, fingen seine Tischgenossen an zu klatschen und zu jubeln. Die anderen Gäste schauten neugierig.

Larry stand auf: »Und nun bekommt ihr noch einen Nachtisch.«

»Nein danke«, erwiderte Marc, »ich bin satt.«

»Keine Widerrede«, sagte Larry, »das ist Pflicht. Habe ich dir das nicht vorher gesagt?«

»Larry, du bringst mich um«, wimmerte Marc. Aber er wusste, dass er um diesen Nachtisch nicht herumkommen würde.

Marc griff zur Eiskarte und schaute sich die bunten Bilder der Eisvariationen an. Am Ende der Karte entdeckte er die Worte: »Und für unsere allerkleinsten Gäste gibt es das Marienkäferle aus einer Kugel Erdbeereis.«

Marc strahlte, als er seine Bestellung abgab.

»Okay, Marc, wir wollen dich nicht länger quälen«, sagte Sally, bevor sie in die Küche ging. Nach kurzer Zeit kam sie mit einem kleinen Teller zurück. Darauf war die rote Eiskugel, perfekt als Marienkäfer getarnt. Die schwarzen Punkte, die Beine und der Kopf des Käferchens waren aus dunkler Schokolade.

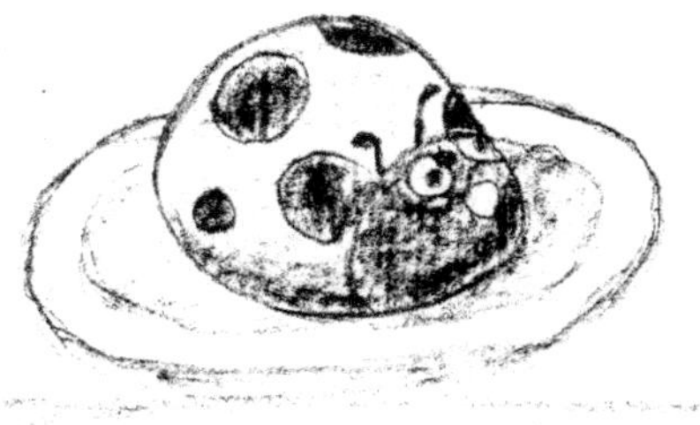

»Jawohl, das ist die richtige Portion für mich«, sagte Marc zufrieden.

»Ich hätte doch auch gerne so ein Marienkäferchen«, sagte Caroline.

»Sehr gerne«, antwortete Sally und verschwand nochmals in der Küche.

Es war schon bald Mitternacht, als Caroline anfing zu gähnen. »Marc, ich möchte dann gehen«, sagte sie.

»Ist schon okay, du musst ja schließlich morgen wieder arbeiten.«

»Morgen ist Samstag, da werde ich alles andere tun als arbeiten«, sagte Caroline. »Es war wirklich ein sehr schöner Abend und ich freue mich jetzt schon auf unser Wiedersehen.«

»Wir freuen uns auch«, sagte Sally und ging um den Tisch, um Caroline in ihre Arme zu schließen.

Auch Larry nahm sie in den Arm, was Marc nicht verwunderte. Marc dachte bei sich, dass er niemanden sonst kannte, der sich so liebevoll verabschiedete wie diese beiden Freunde. »Ich geh dann auch gleich schlafen und ihr habt es euch auch verdient«, verabschiedete Marc sich ebenfalls.

Als die beiden an Carolines Wagen angekommen waren, umarmten sie sich sehr innig.

»Ich liebe dich«, hauchte Caroline in Marcs Ohr.

»Ich liebe dich auch«, erwiderte Marc und strich ihr dabei über ihre Haare.

Caroline gab Marc noch einen Abschiedskuss und setzte sich in den Wagen. Sie ließ die Scheibe herunter und fragte: »Wann sehen wir uns wieder?«

»Am liebsten morgen«, antwortete Marc.

»Jetzt bist du dran, mich zu besuchen. Morgen geht es leider nicht, aber am Montag. Ich koche uns etwas Leckeres und dann können wir es uns so richtig gemütlich machen«, schwärmte Caroline.

»Ich muss nur mal sehen, wie ich in die Stadt komme. Vielleicht kann ich mir Larrys Wagen nochmals borgen«, sagte Marc.

»Am besten, wir telefonieren morgen gegen Abend. Also, bis morgen«, sagte Caroline und warf Marc noch einen Handkuss zu, bevor sie davonbrauste.

Marc machte sich auf zum Bauwagen. Ihn fröstelte leicht. Die Nächte waren nun doch schon etwas kühler. Leichter Nebel zog über den dunklen Weg hinweg.

Kapitel 22

Als sich Marc auf seine Matratze fallen ließ, bemerkte er, dass seine Gedanken wieder anfingen zu kreisen. Plötzlich war sie wieder da, diese Leere.

Es war ein wundervoller Abend gewesen und doch fühlte er sich wie gefangen in einem Hamsterrad. Er zog sich im Sitzen aus und rollte sich unter der Decke zusammen.

Ich muss auf andere Gedanken kommen, kam ihm in den Sinn.

Er ließ den Abend Revue passieren und bemerkte, dass sich seine Stimmung dabei etwas aufhellte. Ich bin verliebt, dachte er. So richtig verliebt.

»Danke, lieber Gott, dass ich Caroline nach so vielen Jahren wieder begegnet bin«, sagte er in die Dunkelheit der Nacht.

»Du bist der Meinung, das war gut so«, sagte auf einmal die schon vertraute Stimme.

»Da bist du ja wieder«, entgegnete Marc. »Ich dachte schon, du willst nicht mehr mit mir reden.«

»Keine Angst, du kannst mich immer und immer wieder hören. Ich bin schon immer da, nur hast du deine Ohren für mich verschlossen. Die meisten Menschen haben verlernt, auf mich zu hören.

In dem Moment, in dem ihr erwachsen werdet, konzentriert ihr euch auf das Äußere. Materielle Dinge bestimmen von da an euer Leben und Streben. Die Stimme eures Herzens verstummt, wie auch ihr Menschen verstummen würdet, wenn man euch nicht mehr zuhörte.«

»Warum bist du dann zu mir zurückgekommen?«, fragte Marc.

»Du hast in den vergangenen Monaten durch deine Zweifel, Sorgen und Ängste tiefer in dich hineingelauscht. Und dort findest du mich. Nicht ich bin zu dir zurückgekommen, sondern du hast zu mir zurückgefunden.«

»Warum bin ich in diese miese Lage geraten?«, fragte Marc weiter.

»Ich habe dir schon vor ein paar Tagen gesagt, dass du das selbst verursacht hast. Auch Sally hat versucht, dir das zu vermitteln. Schau doch einmal auf die Ereignisse der letzten Wochen.

All die Menschen, denen du begegnet bist, haben Fähigkeiten, die sie auszeichnen. Sie haben dir etwas zu sagen. Du musst nur genau hinhören. Du hast keinen Lebensplan mehr gehabt. Es ist wichtig zu wissen, was man will. Mach dir klar, was du wirklich willst und was dir wirklich wichtig ist.

Ich habe eine Frage an dich: Wenn du die Zeit zurückdrehen könntest, wo würdest du etwas am Verlauf deines bisherigen Lebens ändern wollen?«

»Ich würde sehr gerne die Entscheidung, in die Versicherungsbranche zu wechseln, rückgängig machen. Dort begann mein Leben aus den Fugen zu geraten«, sagte Marc.

»Was war denn der Grund, in die Versicherungsbranche zu wechseln?«

»Es war die Aussicht, richtig gut Geld zu verdienen. Man hat mir den Job in den Schulungen immer wieder schmackhaft gemacht. Heute muss ich sagen, dass ich mich habe blenden lassen. Ich war wohl nicht der richtige Kandidat für diese Aufgabe«, bemerkte Marc.

»Nichts ist grundsätzlich schlecht gewesen an dieser Entscheidung. Ist es aber dein tiefster, innigster Wunsch gewesen, Marc?«

»Ich befürchte nein. Ich wollte eigentlich immer schon in der Automobilbranche arbeiten. Als Kind hatte ich viele Spielzeugautos, mit denen ich stundenlang Rennen gefahren bin.

Ein orangefarbener Porsche Carrera RSR 3.0 war mein Lieblingsauto. Als ich den Führerschein hatte, habe ich mit meinen Kumpels immer an unseren Autos herumgeschraubt. Wir haben sie repariert, umlackiert und umgebaut. Das hat mir riesig viel Spaß bereitet. Leider habe ich diesen Traum niemals weiterverfolgt«, bedauerte Marc.

»Was hält dich davon ab, in der Automobilbranche tätig zu sein?«

»Ich habe keine Ausbildung im Automobilbereich, und so wie ich jetzt dastehe, will mich eh keiner einstellen.«

»Diese Einstellung entspringt deinem Verstand. Es ist dein Kopf, der deine Zukunft sabotiert. Lerne, auf dein Herz zu hören. Dort wirst du die richtige Antwort finden.«

»Also gut, ich gehe einmal in mich«, sagte Marc.

Nach einer längeren Pause kamen ihm plötzlich die Tränen. Es waren Tränen der Sehnsucht nach einem besseren Leben. All die vergeudeten Jahre ließen Marc verzweifeln.

»Marc, denk nicht an das, was du versäumt hast. Das ist vorbei und Geschichte. Du kannst die Zeit nicht mehr zurückdrehen. Denke dich einmal kurz in den Zeitraum deines Lebens, in dem du deutlich spürst, dass du den für dich falschen Weg gewählt hast.«

»Ich hätte, bevor ich Versicherungsmakler wurde, auf meine Frau hören sollen. Sie hat mir damals gesagt, dass der ortsansässige Autohändler einen Automobilverkäufer sucht. Obwohl ich zwar sehr gut mit der Fahrzeugtechnik vertraut war, habe ich es mir nicht zugetraut, dort anzufragen. Ich habe oft in einer benachbarten Werkstatt ausgeholfen, wenn Not am Mann war. Aber mir hat das Grundlagenwissen gefehlt und das hat mich bewogen, den Job bei der Versicherung anzufangen«, erzählte Marc.

»Und in der Versicherungsbranche hast du das notwendige Grundlagenwissen gehabt?«

»Nein, muss ich gestehen. Ich war der totale Laie auf dem Gebiet.«

»Aha!«

»Ich habe mich nie um schriftliche Dinge gekümmert. Auch mit Verträgen habe ich immer meine Kämpfe ausgefochten.«

»Marc, mach die Augen auf. Du hast dir die Antwort gerade selbst gegeben.«

»Wie, ich habe mir die Antwort gerade selbst gegeben?«, fragte Marc erstaunt.

»Du hättest dich genauso gut für den Job entscheiden können, der dir Spaß gemacht hätte. Entschieden hast du dich aber für das Geld, also für die materiellen Gesichtspunkte.«

»Du hast wohl recht«, stimmte Marc zu. »Jetzt fällt es mir wie Schuppen von den Augen. Ich habe eine riesige Chance nicht wahrgenommen und mein Traum ist damit gestorben. – Ich bin ein solcher Idiot. Ich bin ein Versager, wie es keinen zweiten mehr gibt«, stammelte er.

»Glaube mir, Marc, du bist nicht der Einzige. Ein großer Teil der Menschheit verfällt dieser Täuschung und sucht das Glück im Wohl-

stand. Manche Menschen sind damit ein Leben lang zufrieden. Viele aber sind ständig auf der Suche nach ihrer eigentlichen Berufung. Sie suchen sie im Außen, doch da werden sie nie fündig. Die Berufung entsteht im Herzen. Wer darauf nicht hört, muss unter Umständen mit Schmerzen leben, manchmal entstehen daraus richtig schwere Krankheiten.«

»Aber was kann ich jetzt tun?«, fragte Marc.

»Denken wir uns einmal die Situation weiter. Nehmen wir an, du hättest dich damals für die Automobilbranche entschieden. Das hätte vielleicht bedeutet, dass du den Job richtig gerne gemacht hättest. Das hätte möglicherweise dazu geführt, dass du richtig erfolgreich bist, und du hättest weniger finanzielle Probleme bekommen. Du wärst nicht so oft aus Frust in die Kneipe gegangen. Das bedeutet wiederum, dass du etwas mehr Zeit für die Familie gehabt hättest. Deine Frau wäre glücklicher und stolzer gewesen und hätte dich möglicherweise nicht verlassen. Sehe ich das richtig so, Marc?«

Marc fing bitterlich an zu weinen. Er schluchzte vor Schmerz und konnte kaum noch atmen. Sein Brustkorb schien zu bersten und Wut stieg in ihm hoch. »Ja, du hast so recht«, schrie er in die Nacht hinein. »Warum nur hast du das alles zugelassen? Warum hast du mir nicht geholfen, die richtige Entscheidung zu treffen? Warum habe ich all diesen Schmerz der letzten Jahre verkraften müssen? Sag mir das!«

»Damit du lernst, wieder nach innen zu lauschen. Das ist die einzig wahre Antwort, die ich dir geben kann.«

»Und was mache ich nun?«, fragte Marc.

»Ihr Menschen seid als freie Wesen geboren. Wenn ich dir die Antwort geben würde, wärst du nicht mehr frei. Dann hätte ich für dich entschieden und das ist nicht das, was die Schöpfung vorgesehen hat. Jeder Mensch ist seines Glückes Schmied. Und so soll es sein für alle Zeiten. Beginne, nach innen zu lauschen. Fange an zu forschen, und zwar tief in deinem Herzen. Wenn du die richtige Antwort verspürst, schau

nach außen. Um dich herum wirst du Hinweise finden und Menschen treffen, die dich auf deinem Weg unterstützen. Finde zurück zu deinem tiefsten Glauben. Dort steckt die universelle Energie, die alles möglich macht. Wirklich alles!«

»Kann es auch geschehen, dass ich meine geliebten Kinder wiedersehe?«, fragte Marc.

»Alles ist möglich, wenn du nur glaubst! Wenn dir das wirklich wichtig ist, wirst du einen Weg der Heilung finden. Fang an, jetzt ist der richtige Zeitpunkt. Und nun lasse ich dich schlafen.«

»Aber ich habe noch so viele Fragen«, sagte Marc.

»Alles zu seiner Zeit.«

Kapitel 23

Als Marc von der Sonne geblendet aufwachte, war er wie gerädert. Sein Kopf dröhnte, seine Ohren sausten und seine Augen waren dick geschwollen. Als er etwas wacher war, kamen ihm die nächtlichen Worte in den Sinn. Er wusste nicht, ob er dankbar oder wütend sein sollte.

Schließlich beschloss er, nach draußen zu gehen, um etwas frische Luft zu schnappen. Als er sich auf die Stufen seines Bauwagens setzte, bemerkte er, dass ein schickes rotes Auto mit offener Motorhaube vor seinem Grundstück stand. Er beschloss nachzusehen, was da los war. Der Fahrer beugte sich tief über den Motorraum und suchte offensichtlich nach der Ursache der Panne.

»Kann ich Ihnen helfen?«, fragte Marc.

»Ich weiß nicht«, antwortete der Fahrer. »Ich hatte den Wagen in der Waschanlage und seitdem läuft er nicht mehr rund. Jetzt springt er überhaupt nicht mehr an.«

Marc prüfte mit einem kurzen Blick über die Motoranlage, ob irgendwo eine Verbindung fehlte oder sich ein Stecker gelöst hatte. Er konnte aber nichts erkennen.

»Sie sagten, Sie hatten den Wagen in der Waschanlage. Dann kann es sein, dass Wasser in den Zündverteiler eingedrungen ist«, überlegte Marc. Er löste die Klammern und öffnete den Deckel der Zündverteilerkappe. Tatsächlich war dort Feuchtigkeit zu sehen. »Hätten Sie vielleicht ein Papier- oder Stofftuch für mich?«, fragte er den Fahrer. Als er die Anlage ausgetupft hatte, knipste er den Deckel wieder fest. »Versuchen Sie mal, ob der Wagen jetzt anspringt.«

Der Mann startete den Motor. Nach kurzer Zeit sprang er wirklich an. »Sind Sie Fahrzeugmechaniker?«, fragte er, als er wieder aus dem Wagen ausstieg.

»Nein«, sagte Marc, »aber ein wenig kenne ich mich aus.«

»Was bin ich Ihnen schuldig?«, wollte der Mann wissen.

»Ist schon gut«, sagte Marc. »Dafür möchte ich nichts. Ich habe Ihnen gerne geholfen.«

»Also, vielen Dank«, sagte der Mann und wollte sich gerade umdrehen. »Wohnen Sie hier in dem Bauwagen?«, wollte er noch wissen.

»Ja«, antwortete Marc, »das ist mein Zuhause.«

»Aha, also machen Sie es gut und danke nochmals«, sagte der Mann freundlich, als er sich in den Wagen setzte und davonfuhr.

Marc beschloss, ein wenig spazieren zu gehen. Als er an seinem Gartentor links abbog, wurde ihm zum ersten Mal bewusst, in was für einer schönen Umgebung er wohnte. Nach etwa zweihundert Metern drehte er sich um und schaute auf den Weg zurück, den er gerade gegangen war. Er sah den schon etwas baufälligen Zaun auf der rechten Seite. Die Bäume schienen ein schattiges Spalier zu bilden, an dessen Ende der Bauwagen in der Sonne erstrahlte. Das ist ja wie das sprichwörtliche Licht am Ende des Tunnels, dachte er sich.

»Das Licht am Ende des Tunnels, ich kann es wieder sehen!«, schrie Marc lauthals heraus. Er erschrak, weil sein Schrei ein Dutzend Vögel aufgeschreckt hatte, die mit lautem Gezwitscher davonflogen.

»Entschuldigung«, sagte Marc grinsend und setzte seinen Spaziergang fort.

Er musste immer wieder an die Worte der geheimnisvollen Stimme denken. Ist es Gott, der zu mir spricht, fragte er sich. Habe ich wirklich mein Schicksal selbst herbeigeführt? Wenn das Leben wirklich so funktioniert, dann ist es ja wohl möglich, es ab dem jetzigen Zeitpunkt zu verändern. Das klingt zu schön, um wahr zu sein, dachte er, während er sich auf einen umgesägten Baumstamm setzte.

Er lauschte in die Natur und fing an, sein Leben zu überdenken. All die schrecklichen Jahre gingen ihm durch den Kopf. Er machte sich Vorwürfe und begann sich zu hassen. Wut stieg in ihm hoch. Er sprang auf und trat mit dem Fuß gegen den Baumstamm. Mit einem großen Ast, der am Boden lag, begann er auf die Büsche einzuschlagen. Die Vögel flogen ängstlich davon. Immer wieder schlug er mit dem Ast zu. Sein nächstes Ziel war ein Straßenschild, das er vollkommen demolierte. Als er gerade im Begriff war, ein an der Straße abgestelltes Fahrrad zu zertrümmern, hörte er die Worte:

»Alles, was du jetzt machst, wird deine Zukunft beeinflussen.«

Marc stoppte und ließ den ramponierten Ast fallen.

»Ratsam wäre es, den Schalter in deinem Kopf von Wut auf Glück umzustellen. Versuch es. Es ist ganz einfach.«

»Du hast leicht reden. Wie soll ich das denn tun?«, fragte Marc, der verschwitzt und erschöpft zurück auf den Baumstamm sank und versuchte, sich zu beruhigen.

»Okay, versuchen wir es damit«, fuhr die Stimme fort. »Stell dir vor, wie du an einem Sommertag auf ein Haus zugehst. Die Haustür fliegt auf und zwei Kinder stürmen auf dich zu. Du erkennst Rebecca und Tim. Sie rufen: ›Papi, du bist zurück!‹, springen an dir hoch und reißen dich zu Boden. Überglücklich wälzt ihr euch hin und her. Tim

flüstert dir ins Ohr: ›Papi, ich habe dich so sehr vermisst.‹ Und Rebecca haucht dir ins andere Ohr: ›Papi, ich liebe dich.‹ – Ist das nicht herrlich?«, fragte die Stimme.

Marc krümmte sich vor Sehnsucht nach seinen Kindern. Er konnte seine Tränen nicht mehr zurückhalten. Es waren Tränen unendlichen Glücks, die sein Gesicht überströmten. Laut weinend rief er: »Danke Gott, für dieses wundervolle Geschenk. Danke, dass ich das erleben darf.«

»Bewahre dir diesen Augenblick des Glückes«, sagte die Stimme. »Lass dieses Glücksgefühl und diese Sehnsucht nie mehr los. Du wirst dort ankommen, wenn du daran glaubst. Denk aber daran, den Zeichen um dich herum Beachtung zu schenken. Sie werden Stationen und Prüfungen sein auf deinem Weg zu einem glücklicheren Leben.«

Marc war überwältigt. Er rieb sich mit seinem Ärmel über das von Schweiß und Tränen feuchte Gesicht. Vergessen war seine Wutattacke.

Ja, das ist gut, dachte er und stand auf, um noch ein paar Schritte zu gehen. Mit jedem Schritt hatte er das Gefühl, sich mehr mit der Erde zu verbinden.

Dann schlug er den Weg zum »Heavenly Hell« ein. Er wollte Sally kurz Bescheid geben, dass er am Abend nicht zum Essen käme. Danach zog er sich in seinen Bauwagen zurück, um zu schlafen.

Kapitel 24

Marc schreckte hoch aus dem Schlaf. Was war das? Er meinte, eine Autohupe zu hören, und kroch an sein verschmutztes Fenster. Als er sich am Fenstersims hochzog, hupte es wieder. Marc erkannte einen schwarzen Sportwagen, der vor seinem Gartentor stand. Hastig griff er nach seiner Taschenuhr und warf einen Blick auf die Zeiger. Sieben Uhr und schon ein so ungeduldiger Besucher, dachte er sich.

Er zog sich an und ging nach draußen. Als er dem Wagen näher kam, öffnete sich die Fahrertür. Ein gut gekleideter Mann stieg aus und rief: »Wohnen Sie hier?«

Marc schaute den etwa fünfzig Jahre alten Mann verdutzt an. »Ja, ich wohne hier.«

»Mein Name ist Dan Russel«, stellte sich der Mann vor und streckte Marc seine Hand entgegen.

»Ich bin Marc Thomson. Wie kann ich Ihnen helfen?«

»Die Frage gefällt mir«, sagte der Mann. »Ich hatte gestern ein Gespräch mit einem guten Freund und Geschäftspartner. Er sagte mir, dass er einen sehr interessanten Mann kennengelernt habe, den ich unbedingt auch kennenlernen solle.«

»Wer ist denn dieser Freund und Geschäftspartner?«, fragte Marc neugierig.

Der Mann drehte sich um und winkte in Richtung Wagen. Die Beifahrertür ging auf und Marc erkannte den Mann, dem er geholfen hatte, das Auto wieder flottzumachen.

»Seien Sie gegrüßt, lieber Helfer«, sagte der Mann, während er auf Marc zuging und ihm die Hand reichte. »Mein Name ist Gille Millmore und es freut mich, Sie wiederzusehen.«

»Gille Millmore«, wiederholte Marc, »... der Gille Millmore, der den größten Mietwagenverleih in ganz Tennessee besitzt?«

»Genau der«, antwortete Marcs Gegenüber.

Erstaunt fragte Marc: »Was kann ich für Sie tun?«

»Was Sie zuerst für mich tun könnten, ist, dass Sie mir Ihren Namen nennen«, sagte der am Ort sehr angesehene Unternehmer.

»Ooh, wwie uunfffreundllich von mmir. Mmein Name iiist Mmmarc Tthomson«, stotterte er.

»Sehr erfreut«, sagte Gille. »Nun möchten Sie sehr wahrscheinlich den Grund unseres Besuchs erfahren, Marc.«

»Oh ja«, antwortete Marc neugierig.

»Wir möchten uns gern in Ruhe etwas mit Ihnen unterhalten. Wie wäre es mit einer Tasse Kaffee im ›Heavenly Hell‹«, schlug Dan Russel vor.

»Sehr gute Idee«, sagte Gille.

»Also dann los, lassen Sie uns keine Zeit verlieren.«

Sie gingen zum Wagen, als Gille fragte: »Marc, können Sie Auto fahren und haben Sie einen gültigen Führerschein?«

»Aber ja«, sagte Marc.

Dan streckte ihm die Wagenschlüssel entgegen. »Dann zeigen Sie mal, was Sie können«, forderte er Marc auf und stieg hinten ein.

Gille nahm auf dem Beifahrersitz Platz und somit war klar, dass Marc den unbekannten Wagen steuern sollte. Gott sei Dank war er neulich mit Sallys Wagen gefahren. Ganz ohne Übung hätte diese Fahrt hier leicht peinlich werden können.

Als Marc den Schlüssel umdrehte, heulte der PS-starke Chevrolet Camaro V6 auf. Marc spürte das Vibrieren des Motors und war sichtlich begeistert. Eine Fahrt mit einem solchen Boliden hatte er sich schon immer gewünscht.

Als die drei nach einer kurzen Stadtrunde im »Heavenly Hell« ankamen, wurden sie von Larry und Sally freundlich begrüßt. Sie bestellten Kaffee und nahmen in einer ruhigen Ecke Platz.

Als sie mit dem Kaffee versorgt waren, begann Gille: »Marc, ich bin ein erfolgreicher Geschäftsmann und besitze seit zwanzig Jahren eine sehr erfolgreiche Autovermietung. Dan ist meine rechte Hand und wickelt für mich die betriebswirtschaftlichen Dinge ab. Er ist auch unser Salesmanager und führt ein Team von acht Verkäufern. Leider hat er keine Ahnung von Autos, aber in den notwendigen Dingen der Betriebswirtschaft und des Marketings ist er spitze.«

Dan lächelte über die Worte seines Chefs.

Gille fuhr fort: »Ich war nicht immer so erfolgreich, müssen Sie wissen. Viele Jahre lief es sehr gut bei mir. Ich war in der Baubranche tätig und hatte eine eigene Firma gegründet. Viele Aufträge bescherten mir ein sehr gutes Einkommen. Leider habe ich damals auf die falschen Pferde gesetzt. Ich hatte einen Finanzberater, der sich sehr intensiv mit dem Aktienmarkt befasste. Eines Tages rief er mich an und sagte, er habe ein sehr lukratives Geschäftsmodell für mich. Ich ließ mich auf ein Geschäft mit sehr riskanten Spekulationen ein. Tatsächlich lief es anfangs sehr gut und das Geld floss reichlich. Ich bildete mir ein, dieses wäre das bessere Geschäft, und habe mein Baugeschäft vernachlässigt, Termine nicht eingehalten und damit meine Kunden verärgert. Meine besten Mitarbeiter liefen davon. Das war mir aber egal, da ja der finanzielle Erfolg meine Verhaltensweise bestätigte.

Eines Tages stand dann die Staatsanwaltschaft vor meiner Tür und stellte meine Firma förmlich auf den Kopf. Akten und Geschäftsbücher wurden beschlagnahmt und ich kam in Untersuchungshaft. Mein Finanzberater wurde wegen Betrugs inhaftiert und ich kam mit einem blauen Auge und einer Bewährungsstrafe davon. Ich hatte eine sehr hohe Summe zu bezahlen, was dazu führte, dass meine Baufirma Insolvenz anmelden musste. Meine Familie zerbrach unter diesen schrecklichen Gegebenheiten und letztendlich wurden mir mein Haus und mein Anwesen auch noch genommen. Mit nichts stand ich plötzlich da.

Viele Jahre vergingen, bis ich wieder Fuß fassen konnte. Damals gab mir ein Mann eine zweite Chance. Er stellte mich als Autowäscher ein. Es war der Gründer meiner jetzigen Autovermietung, Gott sei ihm gnädig. Da ich sehr zuverlässig und fleißig war, beförderte er mich nach drei Jahren zum Geschäftsführer. Als er in Ruhestand ging, überschrieb er mir die Firma. Er hatte selbst keine Angehörigen und somit auch keinen Nachfolger. Zwei Jahre später verstarb mein ehemaliger Chef. Er war der Einzige, der erkannte, welche Fähigkeiten in mir steckten.

Und dies ist nun die Überleitung zu Ihnen, Marc. Ich habe Dan gestern von meiner Autopanne berichtet und habe Sie in den höchsten Tönen gelobt. Auch habe ich von Ihrer ärmlichen Behausung erzählt, die vermuten lässt, dass Sie in Schwierigkeiten stecken. Das machte Dan neugierig und er wollte Sie unbedingt persönlich kennenlernen. Nun sitzen wir zusammen und Sie wissen immer noch nicht, was wir von Ihnen wollen, oder?«

»Nicht wirklich«, antwortete Marc und nahm einen Schluck Kaffee.

»Also, ich will Sie nicht länger auf die Folter spannen«, fuhr Gille fort. »Wir verleihen unsere Wagen in Tennessee und auch erfolgreich in benachbarte Staaten. Oftmals müssen die Wagen zurückgeholt werden und das ist nun meine Frage an Sie: Könnten Sie sich vorstellen, für uns zu arbeiten und diese äußerst lukrative Aufgabe zu übernehmen? Sie würden viel herumkommen und hätten die Möglichkeit, regelmäßig mit Autos zu fahren, die sich nur die oberen Zehntausend leisten können.«

Marc verschlug es zuerst vollkommen die Sprache, dann wandte er ein: »Aber Sie kennen mich ja gar nicht, und ob ich mich wirklich mit Autos auskenne, können Sie nach der kleinen Reparatur von gestern ja gar nicht beurteilen.«

»Ich hatte das Gefühl, dass Sie die Arbeit mit Autos mögen. Und dass Sie dafür nichts verlangt haben, ehrt Sie sehr«, entgegnete Dan.

Gille ergriff nun das Wort: »Marc, glauben Sie mir, ich habe mir in all den Jahren eine sehr gute Menschenkenntnis angeeignet. Ich muss nicht wissen, was in Ihrem Leben gut oder schlecht gelaufen ist. Ich erkenne in Ihnen ein sehr großes Potenzial und Sie machen mir wirklich einen ehrlichen Eindruck. Deshalb glaube ich, Sie sind der richtige Mann für uns, und es würde mich sehr freuen, wenn Sie unser Angebot überdenken.«

»Ich bin noch immer sprachlos«, sagte Marc etwas verlegen. »Ab wann sollte ich dann bei Ihnen beginnen und wie würden die Konditionen aussehen?«

»Sie bekommen am Freitag, also in vier Tagen, den ersten Auftrag von uns. Was das Gehalt betrifft, würde ich vorschlagen, dass wir mit 2.500 Dollar monatlich beginnen.«

Marc fiel die Tasse aus der Hand.

»Ist mein Angebot zu niedrig, dass Sie so erschrocken sind?«, fragte Gille. »Dazu bekommen Sie noch drei Dollar Spesen pro Tag, und falls eine Übernachtung notwendig ist, übernehmen wir natürlich auch dafür die Kosten. Ach, und Urlaub haben Sie natürlich auch: 25 Tage im Jahr. Ist das für Sie okay?«

»Aber ja«, sagte Marc, »das ist vollkommen okay.«

»Ich erwarte in den nächsten zwei Tagen eine Antwort von Ihnen, da wir für Ende der Woche planen müssen«, fuhr Gille fort.

»Ich nehme Ihr Angebot an«, sagte Marc mit Bestimmtheit.

»Das freut mich sehr, herzlich willkommen in unserem Team«, sagte Gille.

»Danke, Marc«, sagte Dan, »ich wusste, dass mich mein Gefühl nicht täuscht. Und wenn Sie wollen, kommen Sie morgen bei uns vorbei. Ich zeige Ihnen unser Unternehmen und stelle Ihnen Ihre neuen Kollegen vor.«

»Sehr gerne«, sagte Marc und verabschiedete die beiden mit einem festen Händedruck.

Als seine neuen Chefs das Restaurant verlassen hatten, sah er, dass neugierige Blicke ihn beobachteten.

»Larry, Sally, macht eine Flasche Sekt auf!«, rief Marc quer durchs Restaurant.

»Aber bitte alkoholfrei, da ich für meine neue Arbeitsstelle meinen Führerschein dringend benötige.«

Sally ließ den Korken knallen und Larry sorgte für Gläser.

»Nun erzähl mal«, sagte Sally, während sie einschenkte.

»Bevor ich anfange zu erzählen, stoßen wir erst mal auf den neugeborenen Oberklasse-Chauffeur an«, prahlte Marc übermütig.

»Also dann, prost auf unseren Gewinner des Tages, Marc Thomson«, sagte Sally, während sie ihr Glas den anderen entgegenstreckte.

»Ihr werdet es nicht glauben, ich habe gerade einem Job zugesagt. Es fing damit an, dass gestern ein Wagen direkt vor meiner Einfahrt mit einer Panne stehen geblieben ist …« Marc erzählte aufgeregt die ganze Geschichte. »Stellt euch einmal vor, ich hätte den Wagen gesehen und dem Fahrer nicht meine Hilfe angeboten. Dann wäre der Tag auch zu Ende gegangen, aber ich wäre weiterhin ohne Job. Und ich hätte die Chance für einen Neuanfang verpasst.«

»Es freut uns wirklich, Marc, dass du eine neue Aufgabe gefunden hast«, sagte Sally. »Ich befürchte aber, dass ich in Zukunft wieder mehr Arbeit in der Küche haben werde. Wer spült mir nun das viele Geschirr, das die vielen hungrigen Mäuler hinterlassen?«, fragte sie in Larrys Richtung.

»Darauf habe ich auch keine Antwort, Sally«, antwortete Larry gespielt hilflos.

Kapitel 25

Abends gegen sechs Uhr machte sich Marc auf zum »Heavenly Hell«. Er wollte mit Caroline telefonieren und ihr die Neuigkeit berichten. Er hoffte, sie am Abend treffen zu können, und war etwas enttäuscht, als er erfuhr, dass sie einen geschäftlichen Termin hatte. Es gab so viel zu erzählen und nun hatte sie keine Zeit für ihn.

»Lass uns morgen darüber sprechen«, sagte Caroline. »Hast du morgen Abend die Möglichkeit, zu mir zu kommen? Ich würde gerne mein Versprechen einlösen und für uns kochen.«

»Warte kurz, ich frage Larry, ob ich seinen Wagen haben kann.«

Marc legte den Hörer beiseite, und als er zurückkam, hatte er eine gute Nachricht: »Geht klar, Caroline. Ich bin dann gegen sechs Uhr bei dir.«

»Bis morgen, mein Liebster«, waren Carolines letzte Worte, bevor sie auflegte.

Marc half Sally in der Küche, bevor er sich seinem Abendessen widmete. Wie üblich legte sich Sally auf das bequeme Sofa.

»Ja, Sally«, sagte Marc, »wer weiß, wie oft ich noch Zeit habe, dein leckeres Essen zu genießen?«

»Jetzt gehst du morgen erst mal zur Autovermietung und schaust dir alles an. Wir werden sehen, wie sich das Ganze entwickelt.«

»Du hast recht, liebe Sally, morgen wissen wir mehr«, sagte Marc, bevor er sich von Sally und Larry verabschiedete.

Am nächsten Morgen wachte Marc früh auf. Er war neugierig und aufgeregt, was ihn heute erwarten würde. Um zehn Uhr betrat er das Geschäft von Gille Millmore, das in eineinhalb Kilometer Entfernung am anderen Ende von Marion lag.

Eine nette Dame an der Infotheke begrüßte ihn. »Sie sind bestimmt Marc Thomson«, sagte sie, während sie auf ein Willkommensschild mit »Welcome Mr. Marc Thomson« zeigte.

»Ja, der bin ich«, antwortete Marc erstaunt.

»Sie möchten zu Mr. Millmore?«, fragte die nette Dame weiter. »Er erwartet Sie bereits, Marc.«

Sie zeigte auf einen Gang, der auf der rechten Seite verglast war. Von dort konnte man auf einen mit Glas überdachten Innenhof sehen. Tropische Pflanzen säumten einen mit weißen Kieselsteinen bedeckten Weg. Als Marc den Gang entlangging, beäugte er die Türschilder. Ein goldenes Schild neben einer nussbaumfarbenen Tür verriet Marc, dass er richtig war:

Gille Millmore
Company Owner – Headquarter Manager
Millmore – cars and more

Marc war beeindruckt, er zögerte. Das sanfte Klopfen, zu dem er sich schließlich durchrang, dürfte drinnen kaum zu hören gewesen sein.

»Wer auch immer es ist, dem ist gestattet einzutreten«, ertönte es aus dem Büro.

Marc öffnete vorsichtig die Tür.

»Marc, treten Sie ein«, sagte Gille. »Nehmen Sie Platz!« Er wies seinem Besucher mit einer Handbewegung einen braunen Ledersessel zu.

Gille saß auf einem riesigen Bürostuhl, ebenfalls aus braunem Leder. Sein Schreibtisch aus Nussbaumholz war von sehr großzügigem Format. Hinter ihm hing das Porträt eines älteren Herrn in einem vergoldeten Rahmen.

»Das ist Ronald Klarc«, erklärte Gille, als er bemerkte, dass Marc das Bild bewunderte. »Er ist der Gründer dieser Firma, Gott habe ihn selig. Ihm habe ich alles hier zu verdanken. – Ich rufe Dan. Er wird Sie durch unsere Firma führen und Ihnen die wichtigsten Dinge erklären.« Gille drückte eine Kurzwahltaste an der Telefonanlage und bat Dan zu sich.

Prompt ging die Tür auf und Dan begrüßte Marc mit einem festen Händedruck. »Schön, Marc, dass Sie zu uns gefunden haben«, sagte er. »Ich zeige Ihnen unser Unternehmen und stelle Sie Ihren neuen Kollegen vor. Danach kommen wir wieder zurück und besprechen die noch offenen Punkte.«

Der Rundgang endete vor einer Tür mit der Aufschrift »Ankleidezimmer«.

»Nun bekommen Sie noch Ihre Arbeitskleidung«, sagte Dan und öffnete die Tür. Die nette Dame vom Empfang betrat ebenfalls den Raum.

»Darf ich vorstellen, das ist Helen Green, unsere gute Seele des Hauses. Helen wird Sie passend zu Ihrem Job einkleiden«, sagte Dan, bevor er den Raum verließ.

Helen musterte Marc von oben bis unten und reichte ihm dann einen schwarzen Anzug, ein weißes Hemd und eine blau gestreifte Krawatte. »Wenn ich mich nicht täusche, müsste das die richtige Größe sein. Dort ist eine Umkleidekabine, in der Sie sich umziehen können.«

Marc verschwand hinter dem Vorhang der Kabine.

»Passt ja wie angegossen. Sie machen eine sehr gute Figur in diesem Anzug. Hier ist ein Spiegel, in dem Sie sich betrachten können.«

Das bin ich, schoss es Marc durch den Kopf. Ich glaube, ich träume.

»Gefällt es Ihnen nicht?«, fragte Helen. »Sie schauen so skeptisch drein.«

»Oh doch, es ist wundervoll«, antwortete Marc.

»Die Ausstattung gebe ich Ihnen zweifach. Nehmen Sie bitte Ihre private Kleidung mit, wir gehen wieder in Gilles Büro«, sagte Helen.

Sie klopfte energisch an die Tür.

»Wer auch immer es ist, dem ist gestattet einzutreten«, ertönte es wiederum aus dem Büro.

Marc trat verlegen ein und wurde von Gille und Dan mit Beifall begrüßt.

»Was für ein hübscher junger Mann, nicht wahr, Helen?«, bemerkte Gille.

Helen nickte lächelnd, während sie die Tür hinter sich zuzog.

»Setzen Sie sich zu uns, Marc«, bat Gille. »Dan wird Ihnen Ihre erste Route erklären.«

»Am Freitag fahren Sie mit dem roten Chevrolet, den Herr Millmore bei Ihrem ersten Treffen gefahren hat, nach Nashville. Dort stellen Sie den Wagen in unserer Filiale ab und bringen einen schwarzen Geländewagen Hummer H1 mit hierher. – Unser Bürgermeister möchte den Hummer für vier Tage ausleihen. Offenbar kommt ein befreundeter Politiker zu ihm und er möchte ihm unsere schöne Gegend zeigen. Aber das haben Sie nicht von mir«, betonte Dan mit einem Zwinkern.

»Marc, wir erwarten äußerste Diskretion, da unsere Kunden überwiegend aus der High Society stammen«, bemerkte Gille.

Marc nickte zustimmend.

»Hier haben Sie eine Liste, auf der alles vermerkt ist. Unsere Kollegen in Nashville wissen Bescheid und haben den Hummer, wenn Sie kommen, schon vorbereitet.«

Marc nahm das Schriftstück an sich und warf einen Blick darauf. »Okay, damit komme ich zurecht.«

»Schön«, sagte Dan, »dann sehen wir uns am Montag um acht Uhr.«

»Ach, beinahe hätte ich noch etwas sehr Wichtiges vergessen«, rief Gille Marc hinterher. »Ich habe vorhin mit Ihrem Freund Larry telefoniert und mit ihm vereinbart, dass Sie vorübergehend, bis Sie eine Wohnung gefunden haben, bei ihm ein Motelzimmer beziehen. Natürlich übernehmen wir die Kosten. Sprechen Sie es mit Larry ab, denn ich kann mich nicht um alles kümmern.« Gille verabschiedete sich mit einer kurzen Handbewegung.

Marc gab Dan die Hand: »Also, bis Montag, und ich freue mich auf meinen ersten Arbeitstag.«

Er ging beschwingt durch die Vorhalle zum Ausgang. In seinem Bauwagen angekommen, musste Marc sich schnell umziehen. Der Anzug wirkte hier völlig deplatziert. Vorsichtig ordnete er seine neue Dienstkleidung auf einen Kleiderbügel und suchte einen Haken, an dem er den Anzug aufhängen konnte. Völlig überwältigt setzte er sich in seine Lieblingsecke und atmete tief durch.

Ich muss, bevor ich arbeiten gehe, noch einmal meine Freunde besuchen. Henry und Margret, Sofia, Kevin und seine Großeltern, und an Jasons Kraftplatz wollte ich auch schon lange mal vorbeischauen.

Als Marc die Auftragsliste von Dan noch einmal zur Hand nahm, um alle wichtigen Angaben in Ruhe nachzulesen, blieb sein Blick an der Zieladresse hängen. Er sollte den roten Chevrolet in Nashville abliefern.

Nashville? Warum fiel ihm das jetzt erst auf? Dort wohnten doch seine Schwiegereltern, stellte er mit Erschrecken fest.

Oh mein Gott, was soll das bedeuten?, fragte er sich. Was führt mich jetzt gerade an diesen Ort? Sollte ich vielleicht meine Schwiegereltern besuchen? Susan ist bestimmt mit den Kindern zu ihren Eltern gezogen. Schweiß machte sich auf Marcs Stirn breit.

Plötzlich kam ihm Caroline in den Sinn. Erschrocken schaute er auf seine Taschenuhr, da er fürchtete, schon viel zu spät dran zu sein. Es war aber erst drei Uhr. Beruhigt lehnte er sich zurück. Er hatte gar nicht bemerkt, dass er so müde war, und schon zwei Minuten später war er eingeschlafen.

Nach einer Stunde schlug er die Augen auf. Die Taschenuhr hatte er noch in der Hand. Oh, ich muss mich langsam auf den Weg machen, dachte er. Bis ich geduscht und angezogen bin, vergeht bestimmt eine halbe Stunde. Ich wollte Larry und Sally auch noch von den Ereignissen des Tages berichten und dann muss ich mit dem Wagen in die Stadt fahren.

Marc stand auf, packte seine Kleider, duschte, erzählte seinen Freunden vom ereignisreichen Tag, setzte sich in Larrys Wagen und fuhr los. Pünktlich um sechs Uhr kam er am Haus der alten Dame an, in dem Caroline wohnte.

Die Begrüßung war sehr herzlich und Caroline zog Marc am Hemdkragen in Richtung Wohnzimmer. Kerzenschein, leise Musik und ein wundervoller Duft erwarteten Marc dort.

»Nimm Platz«, sagte Caroline. »Das Essen ist bereits fertig. Was möchtest du trinken? Ich habe einen guten Rotwein, der sehr gut zu Lasagne passt.«

»Oh ja, gerne«, sagte Marc. »Woher weißt du denn, dass Lasagne eine meiner Lieblingsspeisen ist?«

»Ich kann mich an eine Zeit vor vielen Jahren erinnern. Es muss in einem Baumhaus gewesen sein, in dem ich mit einem guten Freund Portion für Portion verdrückt habe«, sagte Caroline lachend.

»Daran kannst du dich noch erinnern?«, fragte Marc. »Ich hätte das nicht mehr gewusst. Ach ja, hat uns deine Mutter die Lasagne nicht immer in Brotboxen mitgegeben?«

»Du hast immer eine grüne bekommen und ich eine gelbe«, antwortete Caroline.

Marc öffnete die Rotweinflasche und füllte vorsichtig die edlen Gläser.

»So, nun lass es dir schmecken, und erzähl mal, was sich heute so Wichtiges zugetragen hat«, sagte Caroline neugierig.

Marc legte sich die Serviette auf den Schoß und begann zu essen.

Er wusste nicht so recht, wie er anfangen sollte. Dann erzählte er Caroline zögernd von dem roten Auto, das vor seinem Grundstück liegen geblieben war. Vom Besuch des großen Gille Millmore, seinem Jobangebot und vom Vorstellungstermin bei »Millmore – cars and more«. Auch seine neue Arbeitskleidung und seine vorübergehende Unterkunft ließ Marc nicht unerwähnt. »Und am Freitag geht es los mit der ersten Fahrt nach Nashville.«

»Marc, das finde ich wirklich super, herzlichen Glückwunsch!«, sagte Caroline voller Freude und hob ihr Glas. »Erstaunlich, was sich in den letzten paar Stunden alles getan hat.«

Was Marc nicht erwähnte, war, dass seine Schwiegereltern und möglicherweise seine Familie in Nashville wohnten. Er wurde still und in sich gekehrt bei dem Gedanken.

Aber Carolines Worte holten ihn wieder zurück. »Marc, du bist auf einmal so still, ist alles in Ordnung?«, fragte sie.

»Aber ja doch, es ist alles in Ordnung Caroline. Ich kann es nur selbst noch nicht so richtig glauben, was sich ereignet hat. Und das in so kurzer Zeit. Wenn ich ein paar Wochen zurückdenke, war da nur ein sehr trauriger, dem Leben schon fast entronnener Mann. Das Einzige war ein winzig kleiner Funke der Hoffnung. Ein kleiner Funke, der sich kurz vor dem Erlöschen mit ein wenig mehr Wärme und Licht füllte. Nun erstrahlt der kleine Funken wieder und das fühlt sich sehr gut an.«

»Das klingt schön, Marc. Nun lass es uns etwas bequemer machen«, sagte Caroline.

Sie reichte Marc die Hand und führte ihn zum Sofa. Dort setzte sie sich auf das farbige, weiche Polster und zog Marc zu sich hinunter. Beide schmiegten sich aneinander und fingen an, sich zärtlich zu liebkosen.

Die leise Musik und der Schein des dazu tanzenden Kerzenlichts umhüllten die beiden. Ein inniger Kuss, der nicht zu enden schien, und das immer intensiver werdende Streicheln erzeugte in den beiden eine unbändige Lust. Caroline zog Marcs Hemd von seinem Körper, ohne es aufzuknöpfen. Für Carolines Bluse nahm sich Marc etwas mehr Zeit. Knopf für Knopf wuchs die Lust auf mehr. Sein Atem war tief und sein Puls fing an zu rasen. Hastig schob er die beiden Hälften der Bluse auf die Seite. Er küsste Caroline zärtlich am Hals und schob sich dabei langsam in Richtung des rosafarbenen Dessous, das mit feinen Spitzen umsäumt war.

Caroline umfasste Marcs Kopf und zog ihn fest an ihre Brüste. Mit ihren schlanken Beinen umschlang sie Marc und drückte seinen Unterkörper an sich heran.

Immer hastiger wurden die Bewegungen und die Lust, bis Marc plötzlich innehielt. »Caroline, sei mir bitte nicht böse, aber ich kann nicht«, kam über seine Lippen …

Kapitel 26

Marc verkroch sich vor Scham in seinen Bauwagen. Wieder kamen in ihm tausend Fragen auf. Quälend warf er sich hin und her. Was soll denn Caroline von mir denken?, kam ihm in den Sinn. Ich bin ein Idiot sie so zu enttäuschen.

Marc kam in Nashville um 10:30 Uhr an. Und beschloss sich später in der Filiale vorzustellen. Er bemerkte, als er so durch die Straßen fuhr, dass Nashville ein sehr schönes Städtchen war.

Er hatte die Adresse seiner Schwiegereltern eingesteckt. Er zog sie aus seiner Hemdtasche und warf einen Blick darauf. Sollte er vielleicht vorher dort anrufen?, dachte er sich. Nein, lieber nicht, ansonsten könnte Susan die Kinder schnappen und sich mit ihnen aus dem Staub machen. Wer weiß, vielleicht wohnen sie ja gar nicht bei den Schwiegereltern, dachte er weiter. Er beschloss einfach mal dort vorbeizufahren, um zu schauen, ob er irgendjemanden entdeckte. Als er in die Nähe der notierten Adresse kam, bekam er Herzklopfen. Sein Puls stieg rasant an und ihm wurde plötzlich innerlich sehr warm. An einige Straßen und Häuer erinnerte er sich noch flüchtig. Er bemerkte aber auch, dass sich sehr viel verändert hatte. Schließlich war es auch schon einige Jahre her, als er das letzte Mal hier war. Da vorne müsste es sein, dachte Marc, als er nach links in eine Seitenstraße einbog. Langsam fuhr er an das Anwesen heran und er hatte große Mühe, seine Zweifel zu besiegen. Als er die Hofeinfahrt passierte, sah er ein Kinderfahrrad vor der Veranda stehen. Daneben lagen, soweit er es erkennen konnte, schwarzgrüne Inlineskates und zwei Helme. Die Kinder wohnen hier, schoss es Marc in den Kopf. Ist es vielleicht so, wie die Stimme ihm gesagt hat? Kommen die Kinder gleich auf ihn zugerannt und

Susan kommt hinterher, um ihn zu umarmen?, fragte er sich. Er stieg aus dem Wagen aus und lief langsam auf das wunderschöne Haus zu. Als er die Hälfte der Strecke hinter sich hatte, packten ihn plötzlich Zweifel. Er blieb stehen und betrachtete das Fahrrad und die Skates, die direkt vor ihm lagen. Seinen Herzschlag spürte er bis in seine Halsschlagader und sein Brustkorb verkrampfte sich, sodass er kaum noch Luft bekam. Das halte ich nicht aus, dachte er und beschloss zurück zum Wagen zu gehen, um nochmals durchzuschnaufen und klare Gedanken zu fassen. Als er zwei Schritte in Richtung Wagen gelaufen war, hörte er, dass sich die Haustüre öffnete. »Marc Thomson«, sagte eine Stimme, die Marc sofort erkannte. Er drehte sich um und sah, wie eine unklare Gestalt hinter der Fliegenschutztüre stand. Die Tür ging auf und Marc erblickte seine Schwiegermutter Bettina, die von allen nur liebevoll Betty genannt wurde. Sie schaute ihn an, breitete ihre Arme aus und ging auf Marc zu. Dieser hatte niemals mit so einer Reaktion gerechnet. Sie umarmte ihn so sehr, dass Marc, der eh schon an Luftmangel litt, beinahe überhaupt nicht mehr durchatmen konnte. »Betty«, sagte er. »Ich bin von dieser Begrüßung vollkommen überwältigt.« Betty lockerte die Umarmung, schaute Marc mit Tränen in den Augen an und strich ihm über die Wange.

Als Marc wieder klare Worte finden konnte, fragte er: »Betty, sind die Kinder und Susan bei euch. Wohnen sie hier?« Betty antwortete: »Ja, sie wohnen bei uns und wo du Susan finden kannst, das zeige ich dir gleich. Opa ist in die Bibliothek gefahren. Dort vergräbt er sich beinahe täglich hinter einem Stapel Bücher. Ich hole kurz meine Jacke und dann fahren wir zu Susan. Die Kinder kommen in ca. zwei Stunden von der Schule heim.« Sie drehte sich um und lief die drei Stufen der Veranda hinauf. Marc konnte sein Glück kaum fassen. Er fragte sich, warum Betty ihn so überschwänglich begrüßt hatte. Das war er nicht gewohnt, da Betty ansonsten meist eher abweisend und beinahe unterkühlt zu ihm war. Als Betty aus dem Haus trat, schloss sie die Haustüre ab und ging auf Marc zu. »Fahren wir«, sagte sie mit einer zittrigen Stimme. »Gerne«, antwortete Marc und beide gingen auf den roten Wagen zu. Plötzlich blieb Marc stehen.

»Ich habe nicht mal ein Geschenk für Susan dabei«, sagte er verlegen. »Das haben wir gleich«, sagte Betty und ging auf ein Blumenbeet zu, in dem wunderschöne Blumen wuchsen. Sie zauberte liebevoll einen wunderschönen Strauß und gab diesen Marc in die Hand. »Das wird Susan freuen«, sagte sie mit einer leicht traurigen Stimme. Beide stiegen in den Wagen ein und Betty zeigte Marc die Richtung, in die er fahren sollte. Als sie eine Weile unterwegs waren, kamen sie an einem wundervoll gepflegten Anwesen vorbei. Umsäumt von einer prachtvollen Mauer und wunderschön angelegten Wegen. »Halte bitte da vorne«, sagte Betty. Sie stieg aus und winkte Marc mit einer Handbewegung herbei. Marc wurde es warm und er fing an zu zittern. Gleich wird er seine Susan wiedersehen, kam es ihm in den Sinn. Sie liefen einen Weg entlang, der zu einem großen eisernen Tor führte. Plötzlich erkannte Marc, dass es sich hierbei um einen Friedhof handelte. Na klar, das passte zusammen. Susan hatte immer davon geträumt Gartenanlagen zu pflegen. Sie war sehr kreativ und naturverbunden und hatte wirklich einen grünen Daumen, wenn es um Pflanzen ging. Freude stieg in ihm auf. Sie hatte es geschafft, ihren Traum zu verwirklichen, dachte er. Betty steuerte auf ein Gebäude zu, das von Weitem aussah wie ein kleiner Blumenladen. Marc konnte seine Freude nicht mehr verbergen. »Gleich treffe ich meine Susan«, jauchzte er vor Glück und schaute sich um, ob er sie nicht schon irgendwo entdecken konnte.

Urplötzlich blieb Betty stehen und drehte sich zu einem Grab um. Marc erstarrte vor Schock und Schmerz.

Auf dem Grabstein stand:

Susan Thomson, geborene Hill
*** 25. 06. 1972 – † 15. 12. 2007**

GOTT HAB SIE SELIG!

»Nein, das glaube ich jetzt nicht«, schrie Marc heraus. »Betty, sag mir bitte, dass das nicht stimmt.«

Betty schaute Marc mit Tränen in den Augen an. »Doch Marc, leider ist es die schreckliche Wahrheit«, sagte sie mit schluchzender Stimme. Marc kniete nieder und fasste die Umfriedung des Grabes an. Ihm blieb die Luft weg und sein Herz drohte zu bersten. Ein Weinkrampf brachte ihn zur völligen Erschöpfung. »Susan warum, warum, warum, warum?«, stammelte er mit letztem Atem. Betty trat an Marc heran und streichelte ihm übers Haar. »Ich lasse dich kurz mit Susan allein und hole eine Vase für den Strauß«, sagte sie mit trauriger Stimme und schritt davon.

Marc schossen die Bilder von früher durch den Kopf, als sie noch glücklich vereint waren. Dies bereitete ihm noch mehr Schmerz. Warum hast du mich verlassen, schluchzte er wütend. Nun hast du mich zweimal verlassen und ich wollte dich noch so viel fragen. Du kannst mich doch nicht mit so vielen Fragen zurücklassen. Warum, warum, warum?, schluchzte er erneut, als er Schritte hörte. Betty kam zurück und gab Marc die Vase mit dem Strauß in die Hand. »Marc, ich weiß, es tut weh«, sagte sie einfühlsam. »Wir können es auch noch nicht fassen. Der Schmerz ist derart groß und die Leere, die uns umgibt, ist schrecklich.« »Was ist passiert?«, fragte Marc.

»Es war ein Unfall«, sagte Betty. »Susan ging jeden Tag zu Fuß zur Arbeit. Eines Tages passierte es dann. Sie wollte am

Einkaufszentrum über den Zebrastreifen gehen. Dabei wurde sie von einem Auto erfasst. Der Fahrer, ein 18-jähriger Fahranfänger, war betrunken und stand unter Drogen. Nach Aussagen der beiden jugendlichen Mitfahrer hatten sie die Nacht durchgefeiert. Das Gerichtsverfahren läuft noch und wird sich wohl noch einige Zeit hinziehen. Für Susan kam jede Hilfe zu spät und ein schwacher Trost für uns war, dass sie offenbar nicht leiden musste. Es war ein großer Schock für Rob und mich, und wenn wir die Kinder nicht gehabt hätten, weiß ich nicht, wie wir es verkraftet hätten. So, das war die traurige Geschichte«, sagte Betty. »Ich denke, wir fahren zurück. Die Kinder müssten jeden Moment von der Schule heimkommen und sie würden sich bestimmt sehr freuen, dich zu sehen.« Marc nickte, stellte die Vase mit dem Strauß an eine freie Ecke des Grabes, wischte sich die Tränen aus dem Gesicht und stand auf. »Du hast wohl recht Betty, ich freue mich auf die Kinder und kann es nicht mehr erwarten sie in meine Arme zu schließen«, sagte Marc. Er drehte sich nochmals zum Grab um und sagte leise: »Mach's gut liebe Susan, ich komme bald wieder.« Es trieb ihm erneut die Tränen ins Gesicht und ein leises Schluchzen kam ihm über die Lippen.

Betty reichte ihm ein Papiertaschentuch und strich ihm mit zarter Hand über die Wange.

Als sie in Richtung Ausgang liefen, hakte sich Betty bei Marc ein.

Am Wagen angekommen drehte sich Marc nochmals um und blickte sehnsüchtig in Richtung Friedhof. Er öffnete Betty die Wagentüre und sagte: »Danke Betty, dass du mich so herzlich aufgenommen hast.«

Sie fuhren langsam an den Mauern des Friedhofes vorbei, ohne ein weiteres Wort zu verlieren.

Kapitel 27

Als sie wieder am Haus ankamen, entdeckte Marc seinen Schwiegervater Rob auf der Veranda sitzen. Wie wird er auf meinen Besuch reagieren?, fragte sich Marc, als er sich der Veranda näherte. Rob stand auf, ging auf Marc zu und streckte ihm die Hand entgegen. Marc verspürte beim Händedruck, dass Rob sehr zurückhaltend war. Eine leichte Berührung der Hände und ein kurzes »Hallo Marc« und schon drehte sich Rob in Richtung Betty. »Hallo Betty«, sagte er und drückte ihr einen Kuss auf die Wange.

Betty zog Rob am Ärmel in Richtung Haustüre und sagte zu Marc, dass sie gleich wieder da seien. Da stand er nun und verstand die Welt nicht mehr. Alles hatte er sich ausgemalt, nur das nicht. Susan war nicht mehr am Leben und das schmerzte ihn sehr. Er setzte sich auf die oberste Stufe der Veranda und stützte seinen Kopf in die Hände, wurde immer trauriger und konnte seine Tränen nicht mehr zurückhalten. Er bemerkte nicht, dass sich ein Schulbus näherte und vor der nächsten Kreuzung stehen blieb. Die Türen gingen auf und eine Schar kreischender Kinder stieg aus. In alle Richtungen liefen die Schüler davon, bis auf ein Mädchen und ein Junge, die auf das Haus zusteuerten, vor dem Marc saß und weinte. »Was ist mit Ihnen?«, fragte eine junge weibliche Stimme in Richtung Marc. Er erschrak und wischte sich schnell die Tränen vom Gesicht. Als er wieder klar sehen konnte, erblickte er seine beiden Kinder Rebecca und Tim. Wie gefesselt saß er da und konnte seinem verschwommenen Blick nicht trauen. »Ich, ich habe nur eine Fliege im Auge«, sagte Marc verlegen. Rebecca antwortete ihm: »Meine Oma hat eine supergroße Lupe im Haus. Kommen Sie mit, unsere Oma wird Ihnen helfen.«

Rebecca machte die Türe auf und rief ihrer Oma zu: »Oma, hier ist ein Mann, der deine Hilfe benötigt. Wo hast du denn deine Lupe?«, fragte sie. Im Wohnzimmer auf dem Schreibtisch war die Antwort.

Bevor es noch peinlicher wurde für Marc, sagte er zu Rebecca: »Es ist schon gut, die Fliege ist weg. Aber vielen Dank für deine Mühe.« »Oma, kennst du diesen Mann?«, fragte Tim. Betty schaute Marc an und verstand sofort aus Marcs Gesicht zu lesen. »Dieser Herr ist ein alter Bekannter«, antwortete sie. Marc war erleichtert und nickte Betty zu.

»Betty«, sagte Marc. »Ich gehe dann mal wieder, da ich das Fahrzeug in meinem Unternehmen abgeben muss. Den Kaffee trinken wir ein anderes Mal, weil ich das mit Susan erst mal verkraften muss. Ich melde mich bei euch«, sagte Marc und verließ das Haus fluchtartig. Als er in den Wagen einstieg, überkam ihn ein Gefühl der Machtlosigkeit. Er fuhr los und seine erste Station war nicht die Filiale, sondern eine Tankstelle, in der er sich ein paar Dosen Bier kaufte. Auf seiner Strecke entdeckte Marc ein kleines Wäldchen und er beschloss ein wenig spazieren zu gehen. Als er ausstieg, nahm er zwei Dosen Bier und steckte diese in die Seitentaschen seiner Hose. Die Sonne schien durch die Baumwipfel und es war sehr lau für diese Jahreszeit. Als Marc ca. 15 Minuten gelaufen war, entdeckte er eine Bank am Wegesrand und setzte sich hin. Er befand sich auf einer kleinen Lichtung, und als er sich umsah, entdeckte er in einer Eiche ein Eichhörnchen, das ihn beobachtete. Es war anscheinend sehr aufgeregt und stieß knackende Töne von sich. Marc hatte das Gefühl mit dem Eichhörnchen reden zu müssen. »Na mein kleines«, sagte er. »Bist du auch so einsam wie ich?« Das Eichhörnchen hörte auf zu knacken und es schien so, als ob es Marc zuhören möchte. Marc entdeckte einen Baum, an dem sich trockene Kletterpflanzen rankten. Plötzlich erinnerte er sich, dass er als Jugendlicher mit seinen Kumpels immer solche Pflanzen geraucht hatte.

Er stand auf und brach sich ein ca. 10 Zentimeter langes Stück davon ab. Da er aus Gewohnheit immer Streichhölzer einstecken hatte, kramte er in seiner Seitentasche der Hose danach. Er steckte sich das Hölzchen in den Mund und steckte es an. Wieder auf der Bank angekommen nahm er eine Bierdose und öffnete diese. Durch das zischende Geräusch erschrocken hüpfte das Eichhörnchen einen Ast weiter, blieb jedoch dort sitzen und beobachtete Marc weiter. Da saß er nun, zog an seiner Naturzigarette und ließ sich das Bier schmecken. Er bemerkte, wie ihm das guttat. Seine traurige Stimmung erhellte sich von Schluck zu Schluck. Der Alkohol schien ihm von den Problemen zu befreien, und als die erste Dose leer war, zögerte er nicht, sich die zweite aufzumachen. Er lauschte dem Wind, der sich in den Bäumen als Rauschen bemerkbar machte, den Vögeln, die ihren Gesang verbreiteten, und dem Rascheln der Mäuse hinter seiner Bank. Marc fühlte sich auf einmal so leicht und befreit, als gäbe es nichts anderes als diese Situation in der Gegenwart, in der er sich sehr wohl fühlte. Obwohl ihm das Rauchen im Mund brannte und er des Öfteren husten musste, holte er sich ein neues Stück Holz und steckte auch dieses an. Da die Pflanze innen hohl war, klappte es mit dem Rauchen ganz gut. Marc stieß den Rauch intervallmäßig aus und bemerkte, dass es noch klappte kleine Ringe damit zu formen. Seine Zunge wurde langsam pelzig und in seinem Rachen verspürte er ein Kratzen, das ihm dazu brachte, die Zigarette auf der Bank auszudrücken. Als er sein Bier leer hatte, stellte er die leeren Dosen unter die Bank in dem Gedanken, dass diese schon irgendjemand aufräumen würde. Dann machte er sich auf den Weg zu seinem Wagen, und als er in diesem Platz nahm, machte er sich eine weitere Dose auf.

Er genoss das Gefühl, befreit zu sein von allen Erlebnissen, die ihn in den letzten Jahren gequält hatten. Er lehnte sich zurück, machte das Radio an und lauschte der Musik des Senders. Die Dose war noch nicht leer, als er auf die Uhr schaute und erschrak. Es war schon beinahe 16.00 Uhr und die Filiale machte um 18.00 Uhr zu. Marc startete den teuren Wagen und parkte rückwärts aus. Er bemerkte dabei nicht, dass sich schräg hinter ihm ein Baumstumpf befand. Plötzlich krachte es sehr heftig und der rote Chevrolet blieb auf einem Schlag stehen. »Verdammt«, war Marcs erstes Wort, als er realisierte, dass er gerade den Baumstumpf gerammt hatte. Er stieg zitternd aus, lief um den Wagen herum und betrachtete den Schaden. Die Stoßstange war eingedrückt und das rechte Rücklicht war gesplittert. Auch der Lack hatte Kratzer und blätterte an verschiedenen Stellen ab. Geschockt fragte sich Marc, wie er aus dieser Nummer wohl schadlos herauskomme. Am besten ich sage, dass ich irgendwo geparkt habe und als ich zurückkam, entdeckte ich den Schaden. Zuversichtlich, aber verärgert setzte Marc sich ans Steuer und begab sich auf den Weg in Richtung Firmenzentrale. Um 17.30 Uhr kam er dort an und parkte den Wagen auf dem Firmenparkplatz. Er sah sich kurz um und entdeckte den gläsernen, prunkvollen Haupteingang, auf den er langsam zuging. Bevor er diesen betrat, steckte er sich noch einen Kaugummi in den Mund, um seine Alkoholausdünstung zu überdecken. Am Empfang saß eine hübsche Dame, die gerade telefonierte. Als sie Marc entdeckte, beendete sie das Gespräch mit einem freundlichen Abschiedsgruß. Marc ging an den Schalter und streckte der Dame die Hand entgegen. Sie sagte: »Sie müssen Marc, unser neuer Kollege, sein.« Er nickte und stellte sich vor. »Mein Name ist Jessika Turner und ich darf Sie herzlich begrüßen Marc. Hatten Sie eine gute Anreise?«, fragte sie lächelnd. Marc zögerte und wurde dabei leicht rot im Gesicht. »Die Anreise war gut, jedoch ist mir auf einem Parkplatz jemand auf den Wagen aufgefahren«, sagte er. »Das ist weniger schön«, antwortete Frau Turner und griff zum Telefonhörer. »Hallo Peter, Marc ist mit dem Wagen da, jedoch hat er einen Schaden zu melden. Kommst du mal schnell vorbei, um diesen zu begutachten«, fragte sie ins Telefon und legte auf. Sie sagte: »Unser Meister kommt gleich mal vorbei und geht mit Ihnen an den Wagen. Sie können sich kurz dort hinsetzen«, während sie auf eine bequeme Sitzecke deutete.

Marc setzte sich und nahm eine Autozeitschrift in die Hand. Nach ein paar Minuten kam ein gut gekleideter Mann auf Marc zugelaufen und stellte sich mit Peter vor. »Sie haben einen Schaden am Auto«, fragte er. »Ja, mir ist jemand auf einen Parkplatz hinten reingefahren«, antwortete Marc.

»Dann gehen wir mal raus und schauen uns den Schaden an«, sagte Peter und lief voraus Richtung Parkplatz. Er lief um den Wagen herum und schaute den Schaden an. »Was ist passiert«, fragte er Marc in ca. 50 Zentimeter Abstand. Bevor Marc antworten konnte, fragte Peter: »Ich rieche Alkohol, haben Sie getrunken Marc? Und wenn ich den Schaden sehe, glaube ich nicht an einen Auffahrunfall. In der Kante der Stoßstange hängen Gräser und ein kleines Stück Rinde sagt mir, dass sie an einem Baum hängen geblieben sind. Ist das richtig?«, fragte Peter mit einem ernsten Gesichtsausdruck. Marc wurde verlegen und wich einen Schritt zurück, da er seine Bierfahne verbergen wollte. Bevor er wieder antworten konnte, drehte sich Peter um und lief in Richtung Empfang. Marc folgte ihm mit einem unwohlen Gefühl im Bauch. Dort angekommen nahm Peter den Telefonhörer in die Hand und wählte eine Kurzwahlnummer.

»Hallo Mr. Millmore«, waren seine ersten Worte. »Sie haben mir einen neuen Kollegen geschickt, der besoffen Auto fährt, einen Baum rammt und mir dann erzählen möchte, dass er auf einem Parkplatz gerammt wurde. Was sagen Sie dazu?«, fragte er ins Telefon. Nach einer kurzen Pause streckte er Marc den Hörer entgegen. Marc ging hin und meldete sich. Noch bevor er sich äußern konnte, sagte ihm Herr Millmore, dass er sich ein Zimmer nehmen und seinen Rausch ausschlafen solle. Am frühen Morgen solle er dann mit dem beschädigten Wagen zurückfahren, um diesen in der Werkstatt abzugeben. »Den Hummer, den Sie mitbringen sollten, kann ich Ihnen nicht anvertrauen und muss nun diesbezüglich eine andere Lösung finden. Sie sind gefeuert und für die geleistete Arbeit bekommen Sie abschließend einen Scheck.« Er verstummte mit den Worten »gute Besserung« und legte auf.

Marc erstarrte vor Verlegenheit und gab Peter den Hörer zurück. Dieser zeigte mit dem Finger Richtung Ausgang und wandte sich dann von Marc ab.

Marc verließ das Gebäude und schaute sich auf der Straße um, in welche Richtung er jetzt am besten laufen würde. Sein Gefühl sagte ihm, dass links die bessere Wahl wäre und diesem Gefühl folgte er auch nach kurzem Zögern.

Als er ca. 10 Minuten gelaufen war, kam er an eine Gaststätte, an der auf einem Schild »Zimmer frei« stand. Er betrat diese mit einem unwohlen Gefühl und klingelte an der Rezeption. Eine alte Frau kam aus einem Raum, was wohl die Küche war. Sie sagte, dass ein Einzelzimmer frei sei, schnappte sich den Zimmerschlüssel und ging eine schmale Treppe hinauf. Marc folgte ihr in knappem Abstand, und als die Wirtin die Türe aufschloss, kam Marc ein etwas modriger Geruch entgegen. Das Zimmer war sehr dunkel und einfach eingerichtet und eine Nasszelle gab es nicht. »Dusche und Toilette sind auf dem Flur«, sagte die nette Dame und wünschte noch eine gute Nacht. Marc ließ sich auf das knarrende Bett fallen und hungrig, wie er war, schlief er sofort ein. Und dies in seinen schicken Klamotten.

Kapitel 28

Als Marc am nächsten Morgen früh aufwachte, schmerzten ihm sämtliche Knochen. Er musste dringend auf die Toilette und stolperte dabei noch über die Türschwelle. Wieder gefangen schaute er den Gang entlang und sah am Ende ein Türschild mit »Toilette/Dusche Herren«. Er betrat den Raum und war etwas geschockt über die Ausstattung. Die Toilettenspülung funktionierte noch mit Kettenzug und die Dusche war ohne Duschvorhang versehen. Marc verrichtete sein Bedürfnis sehr eilig, da er sich etwas ekelte. Ohne zu duschen und ohne Zähne zu putzen, zahlte er an der kleinen, etwas chaotisch ausgestatteten Rezeption und war bemüht die Gaststätte so schnell wie möglich zu verlassen. Die Wirtin war sehr nett, aber Marc konnte dort nicht einmal frühstücken, da er Bedenken bezüglich der Hygiene hatte. 10 Minuten später kam er an dem verbeulten Wagen an und stieg ein, ohne sich nochmals in der Filiale zu melden. Dies ließ sein Stolz nicht zu und er wollte sich nicht auf dumme Blicke oder Gespräche einlassen.

Als er schon eine ganze Weile unterwegs war, verloren sich seine Gedanken in dem Geschehenen. Gewissensbisse plagten ihn und er fragte sich, was dies alles zu bedeuten hatte. Wieder einmal hatte er alles verloren. Der Unterschied zum früheren Denken war aber dieser, dass er es einsah selbst die Fehler gemacht zu haben. Noch vor einigen Monaten hätte er versucht sich rauszureden und die Schuld auf alle anderen zu schieben. Dies hatte er unbewusst gelernt und dies war schon ein großer Fortschritt für Marc.

Er hatte noch ca. eine Stunde zu fahren, als ihm einfiel, dass er seit dem Vortag nichts mehr gegessen hatte. Am Wegesrand befand sich eine Tankstelle mit angeschlossener Kneipe. Marc ging auf die Bremse und bog nach rechts auf den Parkplatz ein. Vor dem Tankstellenshop standen einige junge Leute und tranken Bier. Als einer davon Marc sah, winkte er ihn zu sich heran. »Hey Kumpel«, sagte dieser, »du schaust sehr unglücklich aus. Trink ein Fläschchen Bier mit, dann geht es dir wieder besser.« Marc war überrascht und wollte dem jungen Mann eine Absage erteilen, aber dieser war schneller mit dem Öffnen der Bierflasche. Marc zögerte kurz und schnappte dann nach der Flasche. Die jungen Leute streckten ihm die Bierflaschen zum Anstoßen entgegen und einer davon bot Marc eine Zigarillo an. Zuerst wollte Marc ablehnen, dann dachte er, was solls, ist jetzt eh alles egal. Marc zog genüsslich an der qualmenden Stange und er versuchte sich gleich einmal mit einem tiefen Lungenzug. Das hätte er mal bleiben lassen sollen. Als er wieder ausatmete, musste er so stark husten, dass ihm beinahe die Bierflasche aus der Hand gefallen wäre. Die Jungs fingen herzhaft an zu lachen und einer klopfte Marc auf die Schulter mit den Worten: »Na Kleiner, das wird schon wieder.«

Daraufhin musste Marc mitlachen und er fühlte sich plötzlich sehr geborgen und sorglos. Nach dem Bier verabschiedete er sich von der Clique und ging in die Kneipe, um etwas zu essen. Ein Burger mit Pommes erfüllte vollkommen seinen Wunsch etwas im Bauch zu haben. Nach seinem Mahl wollte er wieder weiterfahren, als er an einem Kühlschrank mit gekühlten Getränken vorbeilief. Zwei Dosen Bier nehme ich mit, dachte er, öffnete die gläserne Türe des Kühlschrankes und nahm sich zwei Bierdosen heraus. An der Kasse angekommen, sah Marc ein Angebot über eine neue Sorte von Zigarillos. Da hätte ich gerne zwei Stück davon, sagte er zum Kassierer. Als er wieder im Auto saß, machte er mit einem Zischen eine Dose Bier auf und setzte diese hastig an. Er stellte diese in den Getränkehalter der Mittelkonsole und fuhr los. Nach ein paar Kilometern sah er in der Ferne das Blaulicht eines Rettungswagens. Er ging vom Gas und kurze Zeit später stockte der Verkehr. Die Straße war abgesperrt und es liefen einige Leute aufgeregt umher. Marc stieg aus dem Wagen und versuchte etwas zu erkennen. Er sah viele Trümmerteile herumliegen und in einiger Entfernung erkannte er zwei Autos, die sehr beschädigt aussahen. Marc lief zu einer Gruppe Menschen, die gerade von der Unfallstelle zurückkamen. Diese erzählten ihm, dass offensichtlich ein betrunkener Fahrer den Unfall verursacht habe und im zweiten Unfallwagen Eltern mit ihren Kindern eingeklemmt waren. »Die Feuerwehr schneidet gerade das Dach auf, um die Verletzten bergen zu können«, sagte ein Passant mit zittriger Stimme. Marc wurde es übel und er lief sofort zu seinem Wagen. Dort angekommen öffnete er die Türe und schnappte sich das angefangene Bier aus der Mittelkonsole. Schnell noch einen Schluck, schoss es ihm durch den Kopf. Nein, wehrte er sich gegen seine Gedanken und warf die Bierdose in den Straßengraben. Auch die zweite noch verschlossene Dose holte er aus dem Handschuhfach und warf sie ebenfalls weg. Ich möchte nicht schuld an einem Verkehrsunfall sein, dachte er sich und war schon ein bisschen stolz auf seine Entscheidung. Als der Verkehr wieder rollte, sah Marc die zertrümmerten Fahrzeuge am Straßenrand. Ein schmerzhaftes Gefühl breitete sich in ihm aus. Was bin ich doch für ein Idiot?, dachte er vor sich hin, während es im Schritttempo weiterging. Nach ein paar Minuten lief der Verkehr wieder normal und Marc kam zügig voran.

Als Marc das Firmengelände befuhr, steuerte er gleich den Hinterhof an, da sich dort die firmeneigene Werkstatt befand.

Dan hatte ihn schon gesehen und ging auf Marc zu, als dieser den Wagen parkte. »Was machen Sie für Sachen Marc?«, fragte Dan. »Mr. Millmore ist sehr enttäuscht von Ihnen«, fuhr er fort. »Er möchte Sie nicht sehen und lässt Ihnen ausrichten, dass Sie froh sein können, dass er Ihnen den Schaden nicht in Rechnung stellt. Auch ist es sehr gütig von ihm, Ihnen noch einen Gehaltsscheck auszustellen.

Nun verlassen Sie bitte das Firmengelände und überlegen Sie einmal, welch große Chance Sie vertan haben.« Dan drehte sich um und lief davon, ohne dass Marc überhaupt ein Wort sagen konnte.

Er war sichtlich geschockt und konnte noch gar nicht realisieren, was ihm widerfahren war. Als er so die Straßen entlangschlenderte, kam ihm in den Sinn, dass er somit auch sein Zimmer im Motel verloren hatte. Er verspürte plötzlich einen sehr großen Drang nach Alkohol und begab sich, ohne zu überlegen, in den Supermarkt auf der gegenüberliegenden Straßenseite. Ein Brot, eine Dose eingemachte Würste und zwei Flaschen Wodka waren seine Ausbeute.

An der Kasse schaute sich Marc etwas verschämt um. Hoffentlich kennt mich hier keiner, war sein Gedanke. Schnell packte er seinen Einkauf in die Einkaufstüte und verließ den Laden zügig. Wo gehe ich jetzt hin?, fragte er sich. Zu Sally und Larry gehe ich nicht, in mein ehemaliges Motelzimmer kann ich nicht, da die beiden sonst mitbekommen, dass ich wieder da bin. Also bleibt mir nur mein Bauwagen, dachte er sich, während er die Richtung dorthin einschlug.

Verschwitzt am Bauwagen angekommen musste er die Türe zuerst einmal von Spinnweben befreien. Er öffnete diese und ein modriger Geruch stieg ihm in die Nase. War wohl längere Zeit niemand hier, sagte er schmunzelnd vor sich hin. Er ließ die Türe offen stehen und öffnete das Fenster welches sich an der Rückseite des Bauwagens befand. Marc blickte sich um und setzte sich im Schneidersitz auf die Matratze am Boden. Aus seiner Tüte kramte er das Brot und das Glas mit den Würstchen. Mit letzter Kraft schaffte er es, den Schraubdeckel zu öffnen. Das Brot schnitt er mit seinem Taschenmesser, das am Boden lag, auf. Er fischte mit den Fingern eine Wurst aus dem Glas und biss ein großes Stück davon ab. Das Brot war etwas zäh und trocken, jedoch störte das Marc nicht, denn er hatte sehr großen Hunger. Nachdem er drei Würste und zwei Scheiben Brot verschlungen hatte, bemerkte er, dass er Durst bekam. Eigentlich wollte ich doch noch eine Flasche Wasser kaufen, fiel ihm ein. Naja, dann muss es halt der Wodka tun, dachte er sich. Er schraubte die Flasche auf und nahm einen großen Schluck davon. Mit verzerrtem Gesicht schluckte er und musste wegen der Stärke des Alkohols husten. Beinahe wäre sein Essen wieder hochgekommen, aber Marc war abgehärtet und sein Körper hatte diese Erfahrung schon des Öfteren verkraftet. Er lehnte sich an die Wand und starrte vor sich hin. Sein Gehirn war wie abgeschaltet und er bemerkte, wie er langsam müde wurde. Immer wieder zwang er sich die Flasche anzusetzen, während er mit dem Schlaf kämpfte.

»So, da bist du ja wieder Marc«, sagte auf einmal die Stimme, die Marc schon so oft vor den Kopf geschlagen hatte.

Marc zuckte zusammen und urplötzlich war er wieder hellwach.

»Du jetzt auch noch«, entgegnete Marc. »Lass mich schlafen.«

»Du willst schlafen und um dich herum bricht wieder einmal alles zusammen.«

»Was willst du von mir?«, fragte Marc genervt.

»Möchtest du nicht eigentlich was von mir?«

»Was soll ich schon von dir wollen. Du kannst ja nicht einmal auf mich aufpassen. Du lässt Dinge geschehen, die ich gar nicht möchte, und dann machst du mich so komisch an?«

»Die Dinge lässt du geschehen, nicht ich. Immer wieder verursacht dein Verstandesdenken genau die Handlungen, die dir nicht guttun und kontraproduktiv sind.«

»Du stellst dir das alles so leicht vor. Ich handle so, wie ich denke es richtig zu machen.«

»Genau dies ist dein Problem. Du handelst nach deinem Denken und nicht nach deinen Gefühlen. Das Denken findet in deinem Verstand statt und dort sind all deine Erfahrungen gespeichert. Alle deine oberflächlichen und weltlichen Erfahrungen, die dich zwar handeln lassen, aber wie gesagt, oberflächlich und weltlich. Deine Erfahrungen der letzten Jahre wiederholen sich immer wieder, da du nie gelernt hast auf dein Inneres zu hören. Dir hat in deinem bisherigen Leben niemand gesagt, dass es noch etwas Anderes als deinen Verstand gibt. Der Verstand ist wichtig für rationale Entscheidungen und es ist gut, dass es diesen gibt. Jedoch um für dich positive Veränderungen zu bewirken, musst du lernen auf dein Inneres zu hören.«

»Was bedeutet das auf das Innere zu hören? Was ist das Innere?«

»Das Innere ist dein inneres Kind oder über Jahrtausende gesehen deine Seele, die seit ewigen Zeiten Erfahrungen sammeln möchte. Dein inneres Kind ist der kleine Marc, der in dieses Leben geboren wurde, um Liebe, Freude, Glück und letztendlich Selbstverwirklichung zu erfahren. Die Seele nutzt deinen Körper oder besser gesagt deine Hülle, um sich weiterzuentwickeln.«

»Das verstehe ich alles nicht. Inneres Kind, Seele, Selbstverwirklichung. Muss ich das alles wissen, um ein gutes Leben zu haben? Kann ich nicht einfach nur leben?«

»Einfach nur leben tust du doch. Schau, wo es dich hinführt. Deine Unzufriedenheit wird dich zermürben und sie wird dich krankmachen. Du wirst von Arzt zu Arzt rennen und im Körper nach Symptomen suchen. Alle, die mitsuchen, haben einen Nutzen davon, nur nicht du. Medizin ist in vielen Bereichen sinnvoll und zuerst einmal notwendig. Wenn du aber nicht auf deine Gefühle achtest und nicht auf dein inneres Kind hörst, wird nur die Ursache behandelt und nicht die Quelle allen Übels. Mach dir dieses einmal bewusst. Suche im Innern und nicht im Außen. Im Außen wirst du fremdgesteuert, im Innern gelenkt. Gelenkt

von deiner Sehnsucht nach dem wirklichen Leben. Das Leben leben sollte das Ziel sein und nicht dein Leben zu opfern für andere. Dafür bist du viel zu schade und am Ende deines Lebens fragst du dich, was nun der wirkliche Sinn war hier auf dieser Erde zu sein. Dann hat deine Seele in ihrer nächsten Hülle eben die Chance den Sinn des Lebens zu erfahren. Dann warst du nur eine Hülle zur Überbrückung zur nächsten Hülle. Den Sinn des Lebens erkennt vielleicht dann dein Nachfolger«.

»Puh, das ist aber heftig und verstehen tue ich es immer noch nicht richtig.«

»Das ist nicht schlimm Marc. Schlaf jetzt und ruhe dich aus. Morgen wirst du Erfahrungen machen, die dich weiterbringen.«

»Ich habe noch so viele Fragen und ich möchte, dass du mir diese beantwortest.«

»Alles zu seiner Zeit!«

Marc war platt und schlief sofort ein. Er träumte intensiv und in diesen Träumen kamen Dinge hoch aus seiner Kindheit, an die er jahrelang nicht mehr gedacht hatte.

Kapitel 29

Marc wachte auf mit dem Gedanken, wo bekomme ich heute Alkohol her. Dies erschreckte ihn so sehr, dass er anfing zu weinen. Seine Stimmung schlug sofort um in ein schlechtes Gewissen. Was ist los mit mir?, dachte er, als er zu seiner Beruhigung die halbe Flasche Wodka sah, die vor ihm auf dem Boden stand. Er wischte sich die Tränen ab und versuchte aufzustehen. Ihm tat alles weh und er ekelte sich vor seinem Geschmack im Mund. Auch konnte er kaum aus den geschwollenen Augen schauen und sein Hals kratzte, als ob er eine ganze Schachtel Zigaretten geraucht hätte. Als ihm der Gedanke kam, erinnerte er sich an die Zigarillos, die er gekauft hatte. Er kramte in seiner Hosentasche und tatsächlich waren da zwei Päckchen. Immer noch sitzend steckte er sich eine Zigarillo an und was soll es, die Wodkaflasche musste auch gleich angesetzt werden. Was ein Frühstück, dachte er sich und lehnte sich wieder bequem an die Wand. Es scheint eh alles egal und ob ich heute verrecke oder morgen, spielt doch keine Rolle, waren seine Gedanken. Mein Leben von heute auf morgen umzukrempeln ist mir viel zu anstrengend. Da ist es ein Vielfaches einfacher so zu bleiben, wie ich bin. So nahm er einen Schluck nach dem anderen und seine folgende Zigarillo brannte er an der verrauchten wieder an. Dass es ihm kühl war, störte nicht weiter. Die Türe und das Fenster standen noch offen und er war zu faul oder auch zu unfähig, um diese zu schließen. Als die Flasche leer war, hatte er ein Gefühl der Zufriedenheit und gleichzeitig auch das Gefühl, jetzt ist es zu Ende. Ihm wurde bewusst, dass ihn seine Kinder nicht mehr kannten und seine Frau verstorben war. Was hatte er nun noch zum Leben? Einen alten Bauwagen, ein trockenes Brot, ein paar Würste im Glas, eine angebrochene und eine volle

Flasche Wodka. Wenn ich meine Kinder wiederhätte, würde ich sofort aufhören zu trinken, dachte er. Caroline war bestimmt auch verärgert und will wahrscheinlich ebenso nichts mehr mit mir zu tun haben. Sally und Larry haben mit sich selbst zu tun und ansonsten gibt es da niemanden mehr, dem ich mich anvertrauen kann, dachte er weiter.

Marc versank wieder einmal in Selbstmitleid und geriet in eine stark depressive Stimmung. Was soll das Ganze?, fragte er sich. Warum muss ich mir diesen Schmerz antun und warum habe ich nicht den Mut, diesen zu beenden? Dies waren Fragen, die ihn für Stunden beschäftigten, bis er einen Entschluss fasste. Ich befreie mich von diesem Schmerz, denn es ist nicht mehr auszuhalten, sagte er sich. Er fing an einen Plan zu schmieden, wie er seinem erbärmlichen Leben ein Ende setzen konnte. Ihm fiel ein, dass in der Nähe einer großen Eiche eine Maschinenhalle war und der Farmer den Schlüssel unter einem alten Ziegel versteckte. Dies hatte Marc einmal beobachtet, als er auf einer seiner Wanderschaften war. Er schnappte sich die volle Flasche Wodka und verließ den Bauwagen Richtung besagter Stelle. Als er den Ziegel umdrehte, war da wirklich der Schlüssel zur Halle. Was benötige ich?, fragte sich Marc. Einen stabilen Strick und eine Kletterhilfe, um auf die stattliche Eiche zu klettern. Als er das große Tor aufschob, sah er einige Landmaschinen und in einer Ecke war eine Werkbank eingerichtet. Darauf steuerte er etwas verängstigt zu und schaute sich um. Eine Leiter stand in der Ecke und nach kurzer Suche fand er auch ein Seil, das stark genug sein müsste. Als er mit den Fundsachen an der Eiche ankam, schaute er in die Höhe, um sich einen geeigneten Ast auszusuchen. Den entdeckte er prompt und stellte die Leiter an den stattlichen Baum. Plötzlich überkam ihn der Gedanke, wo sie ihn wohl begraben würden. Auf dem Friedhof wohl nicht, dachte er, da er schon seit vielen Jahren aus der Kirche ausgetreten war. Ein schöner Platz wäre hier unter dieser Eiche, dachte er sich. Dann muss ich das wohl irgendwie kundtun, obwohl er insgeheim wusste, dass dies gar nicht möglich war. Er lief zurück zur Maschinenhalle und entdeckte an der Wand einen Kalender, der noch den Juli des Jahres anzeigte. Marc riss ein Kalenderblatt ab und suchte einen Stift, um sein Anliegen niederzuschreiben. Er fand einen wasserfesten Stift und begann zu schreiben. Bitte beerdigt mich unter dieser Eiche. Ich hebe auch ein Loch aus, in das ihr mich hineinlegen könnt. Vielen Dank, waren seine letzten geschriebenen Worte. Er schnappte den Zettel, und als er gerade gehen wollte, entdeckte er einen Spaten in einer Ecke der Halle. Na also, dachte er. Es ist alles da, was ich benötige. Wieder an der Eiche angekommen, fing er unter dem Ast an zu graben. Die Erde war feucht und locker. Immer wieder nahm er einen Schluck aus seiner Wodka-Flasche, die er mitgebracht hatte. Als ihm das Loch tief genug erschien, legte er den Zettel auf den Boden und beschwerte diesen mit einem faustgroßen Stein.

Danach stellte er die Leiter an den Baum, schnappte sich den Strick und kletterte hinauf. Auf dem Po rutschte er langsam nach außen, bis er eine geeignete Stelle fand. Noch ein Schluck, dachte er sich, dann wird es leichter. Nahm diesen und anschließend knüpfte er eine Schlaufe, die groß genug war, um über seinen Kopf zu passen. Nun schätzte er aufgrund der Höhe die Länge des Seiles ein und befestigte das Ende an dem Ast, auf dem er saß. Mit einem weiteren Schluck kam er seinem Ziel näher zu springen. Er legte sich die Schlaufe um den Hals und schaute nach unten. Alles okay, dachte er und zog die Schlinge zu. Noch ein Schluck aus der Pulle, überlegte er sich und so saß er da und wartete auf den richtigen Moment, um zu springen.

Dies dauerte aber, bis er die Flasche vollkommen geleert hatte. Die leere Flasche ließ er fallen und nun ist es so weit, dachte er sich und rutschte etwas nach vorne. Nochmals wollte er die richtige Position prüfen, als er erschrocken entdeckte, dass eine Gestalt in seiner ausgehobenen Grube lag. Nach genauerem Hinsehen erkannte er eine Frau mit auffällig bunter Kleidung. Sie hatte eine grüne Stoffhose an und ein orangenfarbenes, geknöpftes Oberteil. Ihre langen dunkelblonden Haare waren mit einem azurblauen Tuch nach hinten gebunden. Neben der Grube lagen ein knallroter Rucksack und ein hölzerner Wanderstock mit einem auffällig großen Wurzelknauf. »Was machen Sie da unten?«, fragte Marc. »Was machen Sie da oben?«, kam die Rückantwort von unten. »Das geht Sie gar nichts an«, entgegnete Marc. »Verlassen Sie diesen Ort und lassen Sie mich in Ruhe«, bat Marc energisch. »Ich darf hier sein wie auch Sie«, war die Antwort. Marc rutschte wieder ein Stück zurück und schnaufte erst einmal durch. Wie werde ich diese Frau wieder los?, fragte er sich, während er die Schlaufe um den Hals wieder etwas löste. »Würden Sie mir mal kurz aus der Grube helfen«, fragte die geheimnisvolle Stimme aus der Tiefe. Widerwillig befreite sich Marc von seinem Strick und kletterte die Leiter hinab. Er reichte der Frau die Hand und sie packte kräftig zu. Als sie aus dem Grab herausgestiegen war, sagte sie, dass sie schon bequemere Situationen erlebt habe. Zur Begrüßung streckte sie Marc die Hand entgegen und stellte sich vor mit dem Namen Johanna. Marc konnte sich mit seinem Alkoholpegel kaum aufrecht halten und begrüßte die Fremde mit seinem Namen. Dem Vorschlag sich hinzusetzen folgte Marc sehr gerne, da der Alkohol seine Wirkung voll entfaltete. Sie setzten sich auf den Boden und ihre Füße ließen sie in das ausgehobene Loch baumeln.

»Marc«, sagte Johanna nach einigen Minuten des Schweigens, »ist es okay, wenn wir du zueinander sagen?« »Ist okay für mich«, entgegnete Marc.

Johanna fuhr fort mit den Worten: »Danke, dass du mir aus der Grube herausgeholfen hast. Ich möchte dich nicht von deinem Vorhaben abhalten, wüsste aber schon gerne den Grund, warum du deinem Leben ein Ende bereiten möchtest.«

Marc starrte in die Ferne und wusste im ersten Moment gar keine Antwort auf Johannas Frage.

Johanna fuhr fort: »Ich möchte deine Geschichte nicht bis ins letzte Detail erfahren. Was mich interessiert, ist, ob es ein schlimmes Erlebnis war oder die allgemeine Lebenssituation, in der du dich befindest.«

Marc überlegte kurz und fing an zu erzählen.

»Ich weiß es selbst nicht so genau. Irgendwie ist in den letzten Jahren alles schiefgelaufen und ich bekomme mein Leben einfach nicht mehr in den Griff. Immer wieder wiederholen sich schlimme Ereignisse und ich kann mir nicht erklären, warum das passiert. Ich fühle mich wie in einem Hamsterrad und dies dreht sich immer schneller und schneller. Ich finde keinen Ausgang und das kostet mir sämtliche Lebenskraft.« Johanna unterbrach Marc mit einer Geste der Erkenntnis. Sie hob die rechte Hand und streckte ihren Zeigefinger in die Höhe. »Genau da liegt oftmals bei uns Menschen das Problem«, fuhr sie fort. »Wenn wir bei deinem Beispiel Hamsterrad bleiben, ist es so, dass wir nur den Bereich im Hamsterrad kennen. Wir versuchen krampfhaft nach vorne zu kommen und werden dabei immer ungeduldiger. Es muss doch einen Ausweg geben, denken wir uns und geben noch mehr Gas, um der jetzigen Situation entfliehen zu können. Marc, stell dir mal vor, was dann passiert?« Marc dachte kurz über das Gesagte nach und er sagte, dass er vermute, dass sich das Hamsterrad dann immer schneller drehe. Johanna lächelte ihm zu, klopfte ihm auf die Schulter und sagte: »Richtig erkannt Marc. Und was sollten wir tun, um dieses Tempo zu verändern beziehungsweise zu verlangsamen?«, fragte sie weiter. Marc überlegte weiter und ihm kam die Idee, das Tempo aus dem eigenen Leben zu nehmen. »Richtig Marc, das nennen wir jetzt einfach mal das Leben entschleunigen. Was passiert dann?«, war ihre nächste Frage. »Dann wird sich wohl das Hamsterrad auch langsamer drehen«, antwortete Marc. »Und nun denke mal drüber nach, dass du irgendwie in das Hamsterrad hineingekommen bist. Was braucht es hierfür?«, fragte Johanna. »Na einen Eingang«, antwortete Marc. »Richtig, und wie erkennst du in dem sich drehenden Hamsterrad den Eingang«, setzte sie die Fragerunde fort. »Indem ich noch langsamer werde und vielleicht das Rad sogar anhalte«, war Marcs Antwort. »Wieder richtig Marc, und was bedeutet es, wenn du den Eingang entdeckt hast? Was kann ein Eingang gleichzeitig sein?«, war die entscheidende Frage von Johanna. Hier musste Marc nicht mehr überlegen und die Antwort schoss nur so aus ihm heraus. »Der Ausgang, es ist gleichzeitig der Ausgang«, sagte Marc überschwänglich. »Jetzt hast du es«, antwortete Johanna. »Dies ist eine wichtige Erkenntnis«, sagte sie. »Vielleicht die wichtigste in deinem bisherigen Leben.«

Marc strahlte und war verblüfft über diese wertvolle Erkenntnis. Sekunden später jedoch wurde sein Ausdruck im Gesicht bitterernst. »Aber Johanna«, sagte er verwirrt, »mein Leben ist doch entschleunigt. Ich habe keinen Job, lungere nur in meinem Bauwagen herum und bin richtig faul geworden. Also was kann ich da noch entschleunigen?«, fragte er aufgeregt. »Nur die Ruhe Marc, das kann ich dir erklären. Das Hamsterrad hat nichts mit deinem Tun zu tun, sondern mit deinem Verstandesdenken. Deine Gedanken sind es, die dir das Gefühl im Hamsterrad zu sein vermitteln. Ist es nicht so, dass du ständig darüber nachdenkst, was und warum alles schiefläuft?« Marc schaute Johanna in die Augen und bestätigte ihr das mit einem Nicken. »Also hast du die Möglichkeit dein Denken zu entschleunigen«, sagte sie. Marc nickte wieder etwas verlegener werdend. »Woher weißt du das alles?«, fragte Marc.

Johanna überlegte kurz, ob sie Marc ihre Geschichte erzählen sollte. Sie entschloss sich dies zu tun und fing an mit den Worten: »Ich habe dies alles selbst kennengelernt. Ich bin von Beruf Psychologin und hatte nach meinem Studium für ein paar Jahre eine eigene Praxis. Ich bekam immer mehr Zweifel an meiner Arbeit, da ich fühlte, dass mein Inneres oftmals anderer Meinung war als das, was ich in der Schule gelernt hatte. Immer mehr Widerstände kamen in mir auf, bis ich eines Tages die Entscheidung traf, meine Praxis zu schließen. Ich konnte mich nicht mehr damit identifizieren und mein Hamsterrad drehte sich auch mit unglaublicher Geschwindigkeit. Ich begab mich selbst in Therapie und kam für einige Wochen in eine Klinik, in der ich sehr viele Erkenntnisse hatte. Dort waren Gleichgesinnte, die ähnliche Probleme hatten, und es war für mich ein Gefühl, wie in einer großen Familie zu sein. Es war für mich ein Geschenk und die Klinik wurde für mich ein heiliger Ort. Ein Ort der Besinnung und Spiritualität, an dem ich mich zum ersten Mal in meinem Leben richtig wohl fühlte. Ich bekam Zugang zu meinem Inneren, zu meinem inneren Kind und erkannte, dass ich bei Weitem nicht das tue, wonach sich meine kleine Jessi sehnte. Langsam kam ich mit mir ins Reine und lernte mich mehr und mehr kennen. Ich lernte mich zu verwurzeln mit dieser wundervollen Erde und bemerkte, dass ich meiner Selbstverwirklichung immer näher kam. Durch diese Erdung lernte ich auch meine kreative Seite kennen und meine Verbundenheit mit der Natur nahm ständig zu. Zum ersten Mal in meinem Leben hatte ich das Gefühl zum richtigen Zeitpunkt am richtigen Ort zu sein. Ich kam Gott näher, und zwar nicht in der Kirche, sondern in der Natur. Ab diesem Zeitpunkt erkannte ich, dass ich in meinem Leben immer fremdgesteuert war und mich selbst für mich gar nicht entwickeln konnte. Nach der Klinik lernte ich einen Mann kennen, der eine unglaublich tolle Ausstrahlung hatte. Ich verbrachte viel Zeit mit ihm. Nicht in einer Beziehung, sondern aus einer Seelenverbundenheit heraus. Wir sind heute noch in engem Kontakt und selbst wenn wir nicht beieinander sind, sind wir sehr stark miteinander verbunden. Es haben sich beinahe telepathische Fähigkeiten entwickelt und dies gibt mir das Gefühl der Sicherheit. Ich weiß, er ist immer bei mir und unsere Verbindung ist nicht nur irdischen Ursprungs.« Marc hörte Johanna gespannt zu und er war erstaunt über ihre wundervolle Ausstrahlung, die sie bei ihrer Erzählung an den Tag legte.

»So Marc, nun habe ich dir meine Geschichte im Schnelldurchlauf erzählt und ich denke, du kannst einiges daraus entnehmen. Nun muss ich weiter, da ich mich am Spätnachmittag mit meinem Seelenverwandten treffe.

Was mir gerade einfällt, wenn du Lust und Zeit hast, kannst du mit mir mitgehen«, sagte sie anschließend. »Ich habe genügend Proviant für uns zwei dabei und wir hätten unterwegs noch Zeit miteinander zu reden.«

Marc schaute etwas überrumpelt drein und wusste keine Entscheidung zu treffen.

Johanna erkannte dies und sagte: »Du kannst es dir in den nächsten fünf Minuten überlegen. Ich warte dort vorne auf dich, und falls du nicht erscheinst, gehe ich meinen Weg weiter.« Kaum ausgesprochen stand Johanna auf und ohne sich zu verabschieden, ging sie ihres Weges.

Marc saß da und fühlte sich etwas überfahren. Darauf war er nicht vorbereitet und wie so oft konnte er keine spontane Entscheidung treffen. Er starrte in die Ferne und lauschte dem Wind, der in den Blättern der Eiche säuselte.

»Kannst dich wieder einmal nicht entscheiden Marc?«, säuselte der Wind oder war es wieder die Stimme? Marc konnte dies nicht einordnen, da er eigentlich gewohnt war, dass die Stimme nur im Bauwagen zu ihm sprach.

»Bist du es wieder?«, fragte Marc erschrocken in das Nichts.

»Ich bin, der ich bin, du hast recht«, kam die Antwort.

»Die Entscheidung, die du jetzt triffst, wird dein Leben beeinflussen. So oder so.

Hast du etwas gelernt in den letzten Monaten, frage ich dich.«

»Eigentlich schon«, erwiderte Marc.

»Und welche Entscheidung triffst du nun?«

»Ich bin mir nicht sicher«, war Marcs spärliche Antwort.

»Das verwundert mich nicht, da dein ganzes Leben geprägt von dem Nicht-sicher-Sein ist.«

»Und was soll ich deiner Meinung nach tun?«

»Ist meine Meinung wichtig oder deine?«

»Wohl eher meine, vermute ich.«

»Zumindest dies hast du kapiert. Nun lausche nach innen und treffe eine Entscheidung. Welche die richtige ist, kann und werde ich dir nicht abnehmen.«

Marc ließ den Kopf etwas enttäuscht hängen, versuchte dabei aber nach innen zu lauschen. Die Stimme hat mir schon so oft den Verstand verdreht, dachte er. Vielleicht ist doch etwas dran, dass ich nach innen lauschen sollte. Aber was, wenn ich mein Inneres nicht von meinem Verstand unterscheiden kann. Eigentlich fühlt es sich gut an, mit Johanna mitzugehen, dachte er, aber … nein, kein Aber.

»Ich gehe mit Johanna mit«, sagte Marc in Erwartung einer Antwort. Jedoch wie so oft kam da nichts mehr.

Kapitel 30

Marc stand auf, schnappte sich noch kurz seinen Zettel, den er sofort in tausend Stücke zerfetzte, und machte sich auf den Weg in die Richtung, in die Johanna losgelaufen ist.

Nach ca. 100 Metern erreichte er sie und gemeinsam lächelnd gingen sie des Weges.

Sie hatten viel Zeit, um sich über die Vergangenheit auszutauschen, und sie kamen auch gut voran. In einer kleinen Pause stärkten sie sich mit Sandwiches und kleinen Tomaten, die Johanna noch am frühen Morgen eingepackt hatte.

Der Weg führte sie durch schmale Täler, die rechts und links an den steilen Hängen üppig bewachsen waren. Auch gingen sie auf kleinen Bergkämmen entlang, von denen sie eine tolle Aussicht genießen konnten. Marc war sichtlich erleichtert über seine Entscheidung, mitzugehen. Schon allein die Landschaft war ein Gaumenschmaus für ihn.

Nach drei Stunden Wanderung gelangten sie in ein weit ausragendes Tal, bei dem Marc das Gefühl hatte, dieses zu kennen. Woher, wusste er zu diesem Zeitpunkt noch nicht. In der Ferne erkannte Marc eine kleine Siedlung, auf die Johanna zusteuerte. Als sie den Gebäuden näher kamen, waren da einige Leute auf den Feldern am Arbeiten. Es sah aus, als ob sie Nahrungsmittel anbauten, da auch zwei kleinere Gewächshäuser zu sehen waren. Als die beiden an einem kleinen Holzhaus ankamen, hörten sie plötzlich eine Stimme sagen:

»Johanna, hast du meinen Freund Marc mitgebracht?«

Verdutzt drehte sich Marc um und da stand Jason. Der Jason, den er vor einigen Wochen an dem Kraftort auf der Anhöhe kennengelernt hatte. Johanna umarmte Jason und sagte: »So ihr beiden kennt euch. Ach ist die Welt doch wirklich klein.«

Jason deutet auf eine Stelle der Bergkette und sagte: »Ja Marc, kannst du dich an meinen Energieort erinnern? Dort oben an der Lichtung sind wir gesessen und haben uns intensiv unterhalten. Weißt du noch«, fragte er Marc.

Marc sagte: »Natürlich Jason, das Gespräch hat mir sehr geholfen und ich habe oft darüber nachgedacht. Ich habe nicht daran geglaubt, dass wir uns wiedersehen, und es erfreut mich umso mehr, dich hier zu treffen.« Johanna ging in Richtung der Felder, anscheinend um bekannte Menschen zu begrüßen. Jason legte seinen Arm um Marc und sagte: »Marc, ich habe das Gefühl dir helfen zu müssen. Kann es sein, dass du mit deinem Leben haderst und du nicht weißt, was du damit anfangen sollst?« Beide setzten sich auf einen Baumstamm, der vor der einfachen Holzhütte lag.

»Jason, du hast recht«, entgegnete Marc. »Ich bin total gescheitert und habe keine Kraft mehr, mein Leben in den Griff zu bekommen. Alles ist so schwer geworden und einen Sinn in meinem Leben sehe ich schon lange nicht mehr. Ich frage mich immer öfter, warum ich eigentlich hier bin. Warum Gott es zulässt, dass ich immer wieder kämpfen muss und er mir nicht beisteht und mir zeigt, was für mich das Richtige ist. Manche Menschen sagen, dass man einfach nur seinem Herzen folgen muss, um den Sinn des Lebens zu erkennen und danach zu leben. Was sagt mein Herz, Jason? Wie erkenne ich, dass meine Ideen und die darauf folgenden Handlungen aus meinem Herzen kommen? Ich habe nie jemandem etwas Böses getan. Naja, bis auf meinem Freund Henry, dem ich aus Versehen eine mitgegeben habe. Eigentlich liebe ich die Menschen und möchte mit jedem gut auskommen. Deshalb denke ich oft darüber nach, warum ich in meinem Leben so bestraft werde. Ich trinke viel Alkohol, um meine negativen Gedanken zu betäuben, und ich kann mir nicht erklären, weshalb ich immer wieder in Abhängigkeiten gerate. Manchmal habe ich das Gefühl, dass ich durch den Alkohol und jetzt auch wieder durch das Rauchen ein gewisses Gefühl der Freiheit erfahre. Es scheint mir, als ob diese Abhängigkeit eine gewisse Freude in meinem Gehirn erzeugt. Vor ein paar Jahren habe ich bei meinem Hausarzt einen Bericht über das Hormon Dopamin gelesen. Es soll sich dabei um ein Glückshormon handeln, das bei manchen Menschen in nicht ausreichendem Maße erzeugt wird. Dies alles verwirrt mich und nimmt mir sehr viel Kraft zum Umdenken. Nun frage ich mich, was wirklich bei mir schiefläuft.

Hast du dafür eine Idee, was mir helfen könnte, Jason?«

Jason schaute auf den Boden und hob einen Stein auf. »Schau mal Marc, dieser Stein hat auch schon viel erlebt. Er ist aus demselben Material, aus dem wir auch bestehen. Jedoch hat er durch seine Dichte eine ganz andere Konsistenz als wir. Wenn wir all das, was uns umgibt, als eines sehen, wird es leichter die Welt zu verstehen. Alles ist Energie und Materie und das Universum unterscheidet nicht zwischen Gut und Böse. Dies tun nur wir Menschen und wer bewertet wirklich, was Gut und Böse ist? Wir senden mit unseren Gedanken Energie ins Universum und diese formen Materie, die zu uns zurückkommt. Aber Marc, das geht im Moment zu weit. Du kannst diese Zusammenhänge wahrscheinlich noch nicht verarbeiten. Dafür ist dein Verstand noch nicht durchlässig genug. Jeder von uns hat einen Filter und der Verstand lässt nur Informationen durch, die er wirklich versteht. Dieser Filter schützt uns Menschen vor Überflutung der Geschehnisse und hat auch die Funktion uns zu schützen vor Dingen, die wir nicht verstehen können. Wenn du dir nun immer sagst, dass du nichts wert bist, dass du nichts auf die Reihe bekommst und dass du dich minderwertig fühlst, sendest du diese Informationen, oder auch genannt als Suggestionen, ins Universum. Diese Energie wird dich wieder erreichen. Nicht umsonst heißt es: Es kommt alles zurück. Ein Architekt wird ein Gebäude planen, das in seinem Kopf schon vorhanden ist. Er setzt sich hin und bringt die ersten Ideen auf Papier. Wenn es sein Projekt ist, wird es wachsen und wachsen und zuletzt wird das Gebäude zur materiellen Wirklichkeit. Würde er während der Planung zweifeln, würde das Projekt sehr wahrscheinlich zu einer Fehlplanung führen oder gar nicht erst gebaut werden. Genauso kann man sein Leben planen. Bin ich am Zweifeln, ob es richtig ist, was ich tue, wird der Verstand mir jedes Mal bestätigen, dass ich nichts Anderes kann, und die Gesellschaft erwartet eh, dass ich immer nach meinen Fähigkeiten funktionieren muss. Sage ich mir immer wieder, dass ich ein Versager bin, wird dies mein Verstand bejahen und er wird alles tun, um diese Einstellung zu bestätigen. Erfahre ich aber etwas, was mein Verstand nicht verstehen kann, wird er mich zum wiederholten Male ausbremsen. Das ist etwas, das ich nicht kenne, und deshalb haue ich mal die Bremse rein, ist die Reaktion des Verstandes. Das Hamsterrad dreht sich wieder, Runde um Runde.

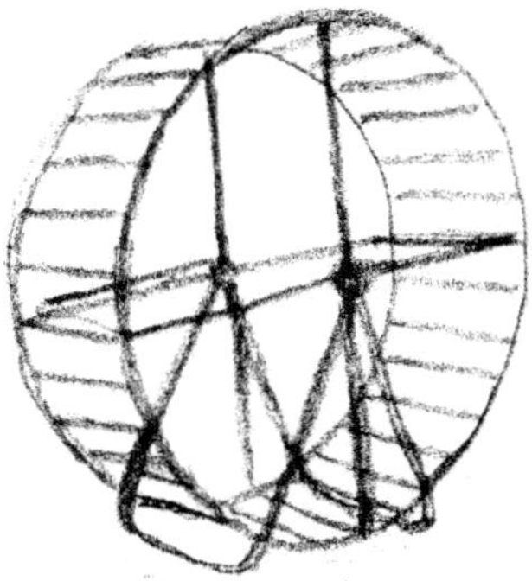

Dies lässt sich nur verbessern, indem wir immer wieder positiv denken. Wir sollten uns häufig mal auf die eigene Schulter klopfen und uns sagen, dass wir etwas wert sind. Jeder von uns Milliarden von Menschen hat einzigartige Fähigkeiten. Diese zu erkennen ist nicht so einfach, da wir das, was uns am nahestehendsten ist, am wenigsten erkennen, weil es unser Alltag ist und wir darüber in der Regel keine Rückmeldungen von Außenstehenden bekommen. Wir Menschen tun uns im Allgemeinen schwer, anderen Menschen zu sagen, was uns an diesem gefällt. Dadurch setzen wir uns ja wieder selbst herab und wer will denn das wirklich. Marc, wenn du wirklich willst, dass sich dein Leben zum Positiven verändert, solltest du dir bewusst werden, was du wirklich willst. Bevor du die Klarheit erfahren wirst, musst du zuerst die Wahrheit kennenlernen und erkennen. Nun lass uns aber das Lagerfeuer anschüren und später gibt es bestimmt noch Gelegenheit das Thema zu vertiefen.«

Jason stand auf und ging in Richtung Feuerstelle, wo er das getrocknete Holz in Form eines Zeltes aufstellte. Ein Bündel Stroh und ein paar Fetzen Papier und schon brannte das Feuer. Marc, der immer noch auf dem Baumstamm saß, war sehr verwirrt. Diese Belehrung von Jason musste er erst einmal verkraften. Ich weiß doch so viel von diesen Dingen, aber was hindert mich daran, dies umsetzen zu können?, fragte sich Marc, während er seinen Sitzplatz verließ und sich zu Jason ans Feuer begab. Er nahm auch nicht wahr, dass Johanna mit den anderen Bewohnern schon einige Speisen vorbereitet hatte. Jason brauchte nur noch das Fleisch auf den Grillrost zu legen, der von drei Ketten an einem Dreibock aus Eisen gehalten wurde. Die Sonne ging langsam unter und sofort wurde es kühler. Als Marc auf einer der Bänke, die aus halbierten Baumstämmen bestanden, saß, zählte er die hungrigen Mäuler, die sich langsam ums Feuer niederließen. Mit Johanna und Jason waren sie neun Leute, die kaum abwarten konnten, die leckeren Bissen zu verkosten. Marc blickte in die Runde und war erstaunt über die angenehme Ausstrahlung, die die Leute verbreiteten. Johanna übernahm das Wort und sagte in die Runde: »Darf ich euch meinen Weggefährten Marc vorstellen, der sich spontan entschieden hat mit mir zu kommen, um euch zu besuchen.«

»Hallo Marc«, erklang es aus der Menge und alle nickten ihm freundlich zu. Jason regte an, dass sich jeder aus der Runde kurz vorstellen sollte. »Jedoch mögen wir zuerst einen Energiekreis bilden, um uns auf den Abend einzustellen«, sagte er.

Alle standen auf und nahmen sich bei den Händen. Marc schaute etwas verunsichert in die Runde, machte jedoch bei diesem Ritual mit. Er sah, dass die Anderen die Augen schlossen und die Köpfe leicht nach oben gerichtet hielten.

Marc nahm Jasons und Johannas Hand und ließ sich auf das ein, was kommen sollte. Nach einem kurzen Moment verspürte Marc ein Kribbeln in seinen Händen, das an seinen Armen emporstieg und eine wohlige Wärme in ihm erzeugte. Seine Brust spannte sich an und sein Atmen schien zu blockieren. Eine unbekannte Energie durchströmte ihn und er bemerkte, wie er langsam nach vorne und hinten schwankte, wobei seine Beine einen sehr festen Stand einnahmen. Plötzlich überkamen ihn gewaltige Emotionen und sein Leben schien an ihm vorbeizuziehen. Tränen ergossen sich aus seinen verschlossenen Augen und sein Körper fing an zu beben. Marc bekam es mit der Angst zu tun. Er wusste nicht, was ihm geschah, und am liebsten hätte er die Hände gelöst und wäre davongelaufen. Nach ca. zwei Minuten löste sich der Kreis und alle setzten sich hin. Marc wischte sich verlegen die Tränen von seinen Wangen und schaute schüchtern in die Runde. Er bemerkte, dass ihn keiner der Anwesenden anschaute, und dies beruhigte ihn. Johanna, die links von Marc saß, unterbrach die Stille mit den Worten: »Ich bin Johanna und bin hier, weil ich immer wieder einmal Abstand von der Gesellschaft da draußen brauche.« Johanna schaute die Frau neben sich an und nickte. Diese nahm das Zeichen an und stellte sich vor. »Mein Name ist Monica und ich bin hier, weil ich meinen Ehemann bei einem Verkehrsunfall verloren und hier in der Gruppe einen wunderbaren Halt gefunden habe.« Auch von Monica kamen der Blick und das Nicken nach links zu einem Mann, der graue lange Haare und ein ziemlich faltiges Gesicht hatte. Dieser musste schon sehr viel in seinem Leben mitgemacht haben, dachte sich Marc. »Ich bin Nelson und bin hier, weil ich das Leben da draußen satthatte.« Er starrte dabei ins Feuer und fuhr fort. »Ich war Manager eines großen Konzerns, habe mich aufgeopfert für das Unternehmen, so sehr, dass ich das Trinken anfing. Dies konnte ich ein paar Jahre verstecken, jedoch kam eines Tages die Kündigung und ich landete auf der Straße. Jason hat mich damals mit hierher genommen und hier bin ich glücklich und habe es geschafft trocken zu werden. Danke Jason«, waren seine letzten Worte, als er weiter nach links abgab. »Ich bin Bob und bin hier, weil meine liebe Frau Nelly hier leben möchte.« Dabei schaute er die Frau neben sich an, die sich eng an ihn anschmiegte. Beide lächelten und Bobs Frau stellte sich selbst noch mal vor mit ihrem Namen. Sie sagte, dass sie dankbar sei, hier mit Bob ein gemeinsames Leben genießen zu können. »Wir haben hier alles, was wir benötigen, und das macht uns beide sehr glücklich.« Eine sehr junge Dame kam nun zu Wort. Ihr Name war Natascha und etwas schüchtern sagte sie, dass sie eine Auszeit vom Studium brauche. Sie studierte Psychologie und sei durch Johanna auf diesen Ort aufmerksam geworden. Neben Natascha saß ein Mann, der sehr gepflegt und gebildet aussah. Er stellte sich vor mit Julian und erzählte, dass er schon verschiedene andere Gemeinden mit ähnlichen Strukturen besuchte, um diese zu studieren. Er stellt fest, dass immer mehr Menschen den Wunsch haben auszusteigen und diese Entwicklung möchte er ergründen. Nun war Jason an der Reihe, der, während er zuhörte, das köstliche Fleisch umdrehte. »Ich bin Jason und war der Erste, der hier in diesem verlassenen Ort ankam. Mein Grund war, dass ich in der Natur meine Kirche gefunden habe. Ich bemerkte, wie es mir gutgetan hat mich selbst zu versorgen. Und deshalb möchte ich euch nicht länger von dem leckeren Essen abhalten. Lasst es euch schmecken und Marc würde ich bitten, sich anschließend kurz vorzustellen. Es wird bestimmt interessant, was ihn hierhergeführt hat.« Marc nickte etwas verlegen und schaute nochmals in die Runde. Alle nickten Marc entgegen und fingen an sich am Grillrost zu bedienen. Das Fleisch roch lecker und Marc lief das Wasser im Mund zusammen. Er nahm sich einen der Holzteller, die auf einem kleinen Tisch standen. Jason legte ihm ein großes Stück Steak auf den Teller und wünschte Marc einen guten Appetit. Stille kehrte ein und man hörte das Knistern des Feuers. Als alle gegessen hatten, war Marc an der Reihe sich vorzustellen. Er fing an mit den Worten: »Ich bin Marc und komme aus Marion. Früher war ich verheiratet und ich habe zwei Kinder. Beruflich habe ich erst viel erreicht und alles verloren. Meine Frau hat mich verlassen und ist mit den Kindern weggezogen. Seitdem habe ich in einem Bauwagen gelebt und habe aktuell erfahren, dass meine Frau verstorben ist und die Kinder bei den Schwiegereltern wohnen. Zuletzt hatte ich wieder einen Job, habe aber wieder einmal alles versaut. Johanna hat mich heute von einem Baum gelockt, an dem ich mich aufhängen wollte.

Nun bin ich hier und weiß nicht mehr weiter.« Marc schämte sich und fing an zu weinen. »Herzlich willkommen Marc«, klang es aus der Runde. Marc schaute in diese und entdeckte in den Gesichtern ein ihm unbekanntes Verständnis. Jason ergriff das Wort und bot Marc an für eine längere Zeit hierbleiben zu können. »Es wird kalt werden und ich biete dir an über den Winter zu bleiben«, sagte Jason. »Ich habe in der Hütte noch einen Schlafplatz und würde mich freuen, wenn du das Angebot annehmen würdest.« Marc schaute Jason verlegen an und dankte ihm für sein Angebot. »Lass mich eine Nacht darüber schlafen und morgen sage ich dir Bescheid«, sagte Marc. Jason nickte und als Abschluss des ereignisreichen Abends stimmte die Runde ein in Lagerfeuerlieder, die Marc sehr ans Herz gingen. In Marcs Augen war es ein wundervoller Tag und müde ging er mit Jason in dessen Hütte. »Hier kannst du schlafen«, sagte Jason, während er auf ein Bett, das in einem kleinen Nebenraum stand, deutete. »Vielen Dank«, sagte Marc, begab sich auf das Bett und schlief in seinen Klamotten sofort ein. Am nächsten Morgen, als Marc die Augen aufschlug, schaute er sich erstmals in seinem kleinen Raum um. An den Wänden hingen alte Bilder von Indianern und einige Waffen, die aussahen, als ob sie von diesen erschaffen wurden. Marc roch frischen Kaffee und begab sich in den großen Raum, der Küche und Wohnzimmer beinhaltete. Jason brutzelte Eier mit Speck in einer Pfanne und auf dem Tisch standen Honig und Marmelade in Gläsern ohne Etiketten. »Alles selbst geerntet und zubereitet«, sagte Jason, als er die Pfanne auf den Tisch stellte. Marc genoss das Frühstück und teilte Jason währenddessen seine Entscheidung mit. »Lieber Jason, ich habe dir sehr viel zu verdanken. Ich glaube auch, dass ich sehr viel von die lernen kann und auch möchte. Deshalb wäre es schön, wenn ich in der nächsten Zeit hierbleiben dürfte.« Jason nickte und sagte: »Aber nur dann, wenn du mir hilfst Feuerholz für den Winter zu sammeln.« Dies sagte er mit einem verschmitzten Lächeln auf den Lippen und Marc konnte ihm da nicht widersprechen.

Kapitel 31

Der Winter verging und Marc genoss die Zeit in der Gemeinde, in der er sehr viel lernen durfte.
Eines Tages jedoch, als die Sonne wieder Kraft entwickelte und die Natur wieder anfing sich zu entfalten, überkam Marc der Gedanke, sich wieder um sein eigenes Leben kümmern zu müssen. Er trommelte die Gruppe zusammen und erzählte ihnen über sein Vorhaben. Johanna nahm Marc in den Arm und flüsterte ihm ins Ohr: »Marc, es war sehr angenehm mit dir und ich hoffe, du legst dir nie wieder eine Schlinge um den Hals.« Marc sagte: »Liebe Johanna, dir habe ich mein Leben zu verdanken und die vielen schönen Stunden hier in der Gemeinde. Ich weiß gar nicht, wie ich dir danken soll, und ich verspreche dir, nie wieder mein Leben vorzeitig beenden zu wollen.« »Das ist gut«, sagte Johanna und gab Marc einen Kuss auf die Wange. Auch die anderen verabschiedeten sich mit einer Umarmung, und als Jason vor Marc trat, flossen bei beiden die Tränen. »Danke Jason«, sagte Marc, während er ihn fest in die Arme nahm. »Ich habe dir zu danken«, sagte Jason. »Du hast mir gezeigt, dass ich auf dem richtigen Weg bin und mir die Hilfe anderen gegenüber sehr guttut. Nun wünsche ich dir alles Gute und lass dich mal wieder blicken, wenn du in der Nähe bist.« »Das mache ich«, sagte Marc und drückte Jason nochmals ganz fest. Nachdem Marc einige hundert Schritte gelaufen war, drehte er sich nochmals um und sah, dass die Gemeindemitglieder immer noch zusammenstanden und ihm zuwinkten. Marc winkte nochmals zurück und verschwand dann in einer Felsschlucht, die von frisch ausschlagenden Bäumen umsäumt war. Nach ca. einer Stunde kam Marc an eine Weggabelung, bei der er der Meinung war, wenn er nach rechts abbog, an den Kraftort von

Jason zu gelangen. Der Weg war stark bewachsen von Pflanzen, die ihre mit Stacheln versehenen Äste in den Weg ragen ließen. Immer weiter aufwärts ging es und die Vegetation veränderte sich leicht, bemerkte Marc. Aus der Ferne sah er die Felskante, auf der er vermutete, dass dies die Stelle war, an der Jason immer meditierte. Als er diese erreichte, war er sich dessen sicher und setzte sich mit den Beinen baumelnd an den Rand der Felsen. Die Sonne schien auf seinen Körper und eine leichte Brise strich ihm um seine Nase. Marc hielt inne und sein Blick schweifte am Tal entlang, das von frischem Grün förmlich leuchtete.

Atemberaubend, dachte er sich, während ein Greifvogel an ihm vorbeizog. Er erinnerte sich an die erste Begegnung mit Jason und an dessen Geschichte über Souri, den kleinen Indianer.

Seine Gedanken schweifen hin zu seinen Erfahrungen der letzten Wochen. Jason hatte sich sehr mit Marc beschäftigt. Er hatte ihm beigebracht seine Denkweise ins Positive zu verändern. Marc hatte begriffen, dass ihn seine schwierige Jugend sehr in seinem Lebensweg beeinflusste. Zum ersten Mal hatte er erfahren, dass schon im Mutterleib die Weichen gestellt werden. Auch die ersten Jahre auf diesem Planeten beeinflussen uns sehr. Die Eltern, Großeltern, Nachbarn, der Kindergarten, die Medien und alles, was uns sonst noch so umgibt. Marc wurde einiges klar, jedoch war es für ihn nicht leicht, die Kritiken und Hinweise von Jason einfach so wegzustecken.

Jason sagte noch zum Abschied, dass Marc jetzt vom Lernen ins Tun kommen werde. Alles Erlernte werde nachwirken und Materie formen. Je nachdem, wie intensiv Marc dies umsetzen könne, werde der Nutzen für eine erfüllte Zukunft für ihn sein.

Marc beschloss nach einigen Minuten den Weg, den er damals schon zurückging, wieder zu wählen. Alles sah etwas anders aus als damals, aber Marc ließ sich seiner Eindrücke nicht beirren und intuitiv befand er sich auch auf dem richtigen Pfad.

Als er so dahinschlenderte, überkam ihn plötzlich ein ungutes Gefühl. Was, wenn ich das Gelernte nicht umsetzen kann?, dachte er. Wird es nicht alles so wie vorher, wenn ich in meinem Bauwagen ankomme? Werde ich jemals wieder Kontakt zu

Caroline haben und werde ich meine Kinder wiedersehen? Wenn ja, werden sie mich erkennen und akzeptieren?, fragte er sich weiter. Da war er wieder in seinem Hamsterrad und seine Gedanken schienen davonzugaloppieren. Dann erinnerte er sich an Jasons Worte, falls dies wieder einmal passierte. Jason sagte ihm, dass dieses Gedankenkarussell immer wieder auftauchen würde. Man nenne dies auch Pendeln und je öfter Marc es schaffen würde, die Macht dieser negativen Gedanken und Gefühle anzunehmen und diese dankbar vorüberstreichen zu lassen, desto weniger Kraft würden diese in Zukunft haben. »Es ist ein Lernprozess«, sagte Jason und Marc solle diesen annehmen und nicht versuchen dagegen anzukämpfen. Als Marc sich diese Worte in Erinnerung rief, bemerkte er, dass sich sein Befinden deutlich besserte. Von Weitem sah er seinen Bauwagen und alles schien so wie immer zu sein. Als er aber näher kam, bemerkte er, dass die Türe zum Bauwagen aufstand. Langsam und vorsichtig ging er darauf zu, und als er die Stufen erreichte, sah er, dass die Türe schief hing und morsch aussah. Ein Blick in den Wagen ließ ihn erschrecken. Der Boden war nass und Laub säumte diesen. Die Türe muss schon länger aufstehen, dachte er sich. Welcher Idiot war das, schoss ihm durch den Kopf, als er sich erinnerte, dass er selbst es wohl war, als er damals den Bauwagen betrunken verließ. Marc ging die Stufen hinauf und wagte einen Blick in den Innenraum. Die Matratze und die Decken waren zerfetzt und eine Menge Äste und Grashalme vermischten sich mit den Resten seiner Einrichtung. Plötzlich bewegte sich etwas unter dem Chaos. Marc erschrak und trat einen Schritt zurück. Eine kleine Schnauze ragte unter dem Fetzen einer Decke heraus. Dann bewegte sich in einer anderen Ecke noch etwas. Marc erkannte ein gräulich gestreiftes Fell, das sich durch den Haufen wühlte. Da, noch ein Wühler, dachte Marc, als dieser eine leere Flasche Wodka aus dem Haufen schob. Urplötzlich schoss es Marc in den Kopf, Alkohol trinken zu müssen. Er schaute sich um, aber leider fand er nichts Alkoholisches herumliegen. Eine Zigarilloschachtel lag am Boden und daneben lagen auch Streichhölzer, die sich Marc sofort schnappte. Viele Wochen hatte Marc keinen Alkohol getrunken und schon gar nicht geraucht. Als er sich eine ansteckte, bemerkte er, dass Alkohol und Zigarillos ihm wichtiger waren als die drei wühlenden Tierchen am Boden. Marc konnte immer noch nicht erkennen, um welche Tiere es sich handelte, als er ein Geräusch in seinem Rücken hörte. Er schaute zur Türe und da saß ein aufgebrachter Waschbär, der die Zähne fletschte und ihn aufgeregt anfauchte. Marc verstand, dass es wohl das Muttertier war und dieses fühlte sich sehr gestört von Marcs Anwesenheit. Er versuchte sich an der Wand entlang an dem aufgebrachten Tier vorbeizuschleichen. Mit einem Satz bewegte sich der Waschbär in Richtung seiner Jungen und diese begrüßten die Mama sehr überschwänglich.

Marc näherte sich rückwärts der Türe, als er dort einen Zettel sah, der dort angebracht war. Da dieser schon sehr ausgewaschen aussah, konnte Marc kaum entziffern, was darauf stand.

»Lieber Marc, bitte melde dich bei uns, falls du wieder einmal hier auftauchst. Mr. Millmore hat uns neulich besucht und gesagt, dass er dich noch einmal sprechen muss. Liebe Grüße von Larry und Sally.«

Marc überlegte kurz, während er die Stufen des Bauwagens hinunterging.

Was denken wohl Larry und Sally über mich?, fragte er sich. Und was hat mir Mr. Millmore nach all dem, was vorgefallen ist, noch zu sagen. Zögernd ging er in Richtung Gartentor und am liebsten wäre er wieder einmal im Boden versunken. Was soll es?, dachte er sich. Es ist egal, was andere über mich denken, und das ist gut so. Diese Einstellung bewirkte ein Gefühl der Freiheit in Marc. Seine Schritte wurden schneller und seine Körperspannung verriet ihm, dass Jasons Worte Wirkung zeigten. Als Marc am »Heavenly Hell« angekommen war, wurde es ihm wieder etwas lau im Magen. Kurz zögernd öffnete er doch die Türe und schaute in die Gesichter der wenigen Trucker, die sich gerade die Riesenportionen schmecken ließen. Die Türe zur Küche öffnete sich und Larry begrüßte den neuen Gast, ohne wirklich zu schauen, wer da vor ihm stand. »Hallo Larry«, sagte Marc und genoss es, wie Larry auf einmal erstaunt über seine Schulter schaute. »Marc, du hier?«, stammelte Larry, vor Freude ließ er seinen Putzlappen fallen und warf sich Marc um den Hals. »Lass uns Sally überraschen«, sagte Larry. »Setze dich mit dem Rücken in Richtung Küchentüre. Ich werde Sally herauslocken und mal schauen, wie sie reagiert.« Larry blieb in der geöffneten Küchentüre stehen, sodass Marc mithören konnte. Larry sagte zu Sally: »Meine liebe Frau, ich habe hier einen Gast, dem dein Essen ganz und gar nicht geschmeckt hat. Er weigert sich zu bezahlen und ich möchte dich bitten, dies zu klären.« Marc hörte, wie in der Küche ein Teller unsanft auf den Tisch geknallt wurde. »Das gibt es doch nicht«, sagte Sally und fuhr fort mit den Worten, das wäre ja das erste Mal, dass einem Gast mein Essen nicht schmeckt. Die Stimme näherte sich Marc und Sally sagte energisch: »Was passt Ihnen an meinem Essen nicht?« Marc drehte langsam seinen Kopf zu Sally und fing an zu grinsen. »Marc«, schrie Sally verwundert aus. »Ihr Idioten«, sagte sie und schon bekam Larry einen Tritt gegen sein Schienbein. Er zuckte zusammen, ließ sich auf den Boden fallen und kugelte sich vor Lachen. Oder waren es die Schmerzen?

Sally ging auf Marc zu und nahm ihn in die Arme. Tränen liefen an ihren Wangen herab. »Wo warst du so lange?«, fragte sie ihn. »Keiner wusste, wo man dich finden kann oder ob du überhaupt noch am Leben bist.« Marc strich Sally über die Haare und beruhigte sie mit den Worten: »Alles ist gut, Sally. Ich erzähle euch später, was ich in den letzten Wochen erlebt habe.« »Hast du Hunger?«, fragte Sally. Marc nickte und sagte: »Und Durst habe ich auch.« »Ich mache dir etwas zu Essen und Larry wird dir sicher ein Gläschen hinstellen«, sprach Sally und schlug den Weg Richtung Küche ein. »Was möchtest du trinken?«, fragte Larry. Marc überlegte und dabei fiel ihm verwundert ein, dass der Wunsch nach Alkohol von vorhin weg war. »Bringe mir ein Glas Wasser und einen Früchtetee«, sagte Marc, als er sich wieder auf seinen Platz setzte.

Als er gegessen hatte, fragte er Larry, ob dieser wisse, wo er wohl übernachten könne. Er erzählte, dass eine Familie von Waschbären seinen Bauwagen beschlagnahmt habe. Larry ging in die Küche und erklärte Sally, um was es ging. Sie überlegte kurz und schlug Marc vor in einem ihrer Motelzimmer übernachten zu können. »Im Moment ist nicht viel los«, sagte sie, »und deine Sachen von damals haben wir eh in unserem Lagerraum gebunkert.«

Marc sagte, dass er im Moment kein Geld habe und es ihm sehr peinlich sei. »Kein Problem Marc, wir wissen, dass du ehrlich bist und uns die Schulden wieder zurückzahlen wirst«, sagte Sally lächelnd. »Danke Sally«, entgegnete Marc. »Ich weiß gar nicht, wie ich euch dafür danken soll.« Sally holte Marcs Sachen, die sie in einem großen Plastikbeutel gelagert hatte. »Welches Zimmer habe ich?«, fragte Marc. »Du bekommst das Zimmer 03«, antwortete Larry und übergab den Schlüssel. »Zimmer 03, wohnt da nicht Ben, der Speditionsfahrer?«, fragte Marc. »Ben hat uns vor zwei Monaten verlassen. Er hat eine Frau kennengelernt und ist zu ihr gezogen.« »Ach schade«, sagte Marc, »ich hätte mich gerne noch von ihm verabschiedet.« Er packte den großen Beutel und wollte gerade das Restaurant verlassen, als Larry ihn nochmals aufhielt. »Marc«, sagte er, »in einer halben Stunde kommt unsere neue Servicekraft und ich würde dich gerne der Dame vorstellen. Kannst du da wieder hier sein?« »Na klar Larry, ich bringe meine Sachen aufs Zimmer, dusche kurz und dann bin ich wieder hier.« Larry nickte und ließ Marc ziehen. Nach 20 Minuten kam Marc zurück und setzte sich an einen Platz mit dem Rücken zur Theke. Er wollte etwas Ruhe haben und schnappte sich die aktuelle Tageszeitung. Kurz später fragte eine Frauenstimme: »Was kann ich Ihnen bringen?« Marc drehte sich um und sah Caroline direkt in die Augen. Beide erschraken und erstarrten vor Erstaunen. »Caroline, du hier?«, fragte Marc, während er aufstand und sich in ihre Richtung drehte. Beide zögerten kurz, fielen sich dann aber sehr innig in die Arme. »Marc, ich habe dich sehr vermisst«, flüsterte Caroline in Marcs Ohr. »Ich dich auch«, antwortete Marc und gab Caroline einen zärtlichen Kuss auf die Wange. Sie bemerkten nicht, dass Larry und Sally aneinander gelehnt an der Theke standen und schmunzelten. Da im Moment keine anderen Gäste im Lokal waren, beschloss Larry zur Feier des Tages, das »Heavenly Hell« zu schließen. Er hängte ein »Heute geschlossen«-Schild an die Türe und begab sich zu den anderen. Sally ließ in der Küche alles stehen und liegen und ging an die Kühltheke, um eine Flasche Sekt zu holen. Als Larry die Sektgläser auf den Tisch stellte, wehrte Marc ab mit den Worten: »Für mich bitte keinen Alkohol. Eine Cola würde ich trinken«, sagte er. Daraufhin regte Sally an, dass sich alle dem Alkohol enthalten, und schlug vor, einen leckeren Entspannungstee zu brühen. Alle stimmten mit ein und Sally machte sich an die Arbeit. Als alle versorgt waren, schaute Marc Caroline fragend an. Ohne weitere Fragen abzuwarten, erzählte Caroline, dass sie ihren Job an den Nagel gehängt hatte. »Es war mir zu stressig«, sagte sie, »und meine Gesundheit litt sehr unter diesen unmenschlichen Bedingungen. Es ging nur noch um Profit, Hauptsache die Aktionäre wurden bedient. Ich war nur noch eine Nummer, die funktionieren musste, und das Betriebsklima wurde immer schlechter. Als ich das erkannte, entschloss ich mich nur noch das zu tun, was mir Spaß macht. Mir war wichtig dabei, dass ich mit Menschen zu tun habe und diese mit meiner Arbeit zufriedenstellen kann. Larry und Sally boten mir an, hier für eine gewisse Zeit arbeiten zu können, bis ich einen anderen Job gefunden habe.«

Marc schaute in die Gesichter der beiden und dabei wurden seine Augen wässrig. Die beiden sind unersetzlich, sagte Marc und blickte dabei Caroline tief in die Augen. Sie nickte und fuhr fort mit der Frage: »Wo warst du eigentlich in den letzten Monaten, Marc?« Vor dieser Frage hatte er die ganze Zeit schon

Angst. Nun musste er darauf antworten. Stotternd fing er an alles Erlebte zu erzählen. Es fiel ihm schwer, aber als er bemerkte, dass ihm alle interessiert zuhörten, war es kein Problem mehr für ihn, sich vollkommen nackt auszuziehen. Ausziehen in dem Sinne, alle Fehler und Fehlentscheidungen auszusprechen, ohne daran zu denken, was die anderen denken. Dies befreite Marc und er war nach seiner Ausführung sehr stolz auf sich selbst. »So, nun wisst ihr Bescheid«, endete er mit seiner Ausführung. »Interessante Story«, sagte Caroline. »Sag mir aber noch, warum du plötzlich den Kontakt zu mir abgebrochen hast?« Marc zögerte kurz und sagte darauf: »Caroline, ich habe sehr mit mir gehadert. Ich habe bemerkt, dass ich dich sehr liebe. Jedoch habe ich gehofft meine Kinder wiederzusehen, und ich wusste nicht, wie Susan darauf reagieren würde, wenn ich mit einer neuen Freundin auftauchen würde. Vielleicht hätte sie mir verwehrt meine Kinder zu sehen.« Caroline nickte verständnisvoll und sagte: »Marc das leuchtet mir ein und das mit deiner Frau tut mir wirklich leid. Du warst der erste Mann, zu dem ich wirklich Vertrauen hatte. Nun weiß ich nicht, wie ich mit dieser Situation umgehen soll.« Sally stieß Larry gegen den Oberschenkel und machte ihm mit einer Kopfbewegung klar, nun dieses Gespräch zu verlassen. Larry sagte, dass er mit Sally die Küche sauber machen müsse, und die beiden erhoben sich von ihren Stühlen. Als die beiden in der Küche verschwunden waren, fuhr Marc fort mit den Worten: »Caroline, ich liebe dich auch und ich bin unendlich dankbar, dass wir uns nach so langer Zeit wiedergefunden haben.« Marc nahm Carolins Hand und streichelte diese leicht. Er ergänzte das Gesagte: »Vielleicht brauchen wir etwas Zeit, um herauszufinden, was wir wirklich wollen. Von meiner Seite aus würde ich mich gerne wieder mit dir treffen und schöne Momente mit dir teilen.« Bevor Caroline antworten konnte, kam Sally aus der Küche. »Marc«, sagte sie. »Mr. Millmore war vor vier Wochen da und hat hier gegessen. Er hat nach dir gefragt und mich gebeten, falls ich dich wiedersehe, dir auszurichten, dass er dich sprechen möchte. Möchtest du ihn gleich mal anrufen, dann bringe ich dir das Telefon.« Marc nickte und schaute dabei etwas verlegen. Sally wählte gleich die

Nummer und übergab Marc den Hörer. Es ertönte das Freizeichen und kurze Zeit später meldete sich eine Frauenstimme mit: »Guten Tag, mein Name ist Helen Green, was kann ich für Sie tun?« Marc antwortete: »Hallo, hier ist Marc Thomson. Mr. Millmore wollte mich sprechen und ich würde gerne einen Termin mit ihm vereinbaren.« »Hallo Marc, schön von Ihnen zu hören«, sagte Helen. »Da Mr. Millmore dringend mit Ihnen sprechen möchte, würde ich vorschlagen, Sie kommen morgen um 10.00 Uhr. Würde das bei Ihnen gehen?« Marc überlegte kurz und fragte, ob er auch eine bekannte Person mitbringen könnte. Helen sagte: »Wenn Sie das möchten, sehr gerne. Dann trage ich den Termin ein und wir sehen uns morgen.« »Gerne«, sagte Marc, bevor er auflegte. Er schaute Caroline an und fragte sie, ob sie ihn begleiten würde. Caroline nicke und sagte: »Ich habe morgen frei, und wenn du möchtest, bin ich dabei.« Marc lächelte beruhigt und gab Caroline einen Kuss auf die Wange. Er schaute zum Fenster hinaus und bemerkte, dass es schon dunkel geworden war. Daraufhin sagte er zu Caroline, dass er sich verabschieden würde, und fragte sie noch, ob sie ihn morgen früh abholen könnte. Caroline verschob die Antwort auf später, stand auf und ging in die Küche, um ihre Arbeitgeber zu fragen, ob sie gehen könne. Diese bejahten und winkten Marc und Caroline hinterher. Als die beiden draußen waren, schaute Caroline Marc tief in die Augen und fragte, ob er etwas dagegen hätte, wenn sie bei ihm übernachten würde. Etwas überrascht sagte Marc zu und die beiden verschwanden in der Nummer 03. Marc legte sich auf das schmale Bett und schaltete den Fernseher ein. Caroline sagte, dass sie noch kurz duschen möchte, und schon verschwand sie hinter der Badezimmertüre. Seit langer Zeit hatte Marc kein Fernsehprogramm mehr gesehen und er genoss es hin und her zu schalten. Zehn Minuten später ging die Badezimmertüre auf und Caroline stand nackt in der Türe. Marc fiel die Fernbedienung aus der Hand und verlegen, wie er in diesem Moment war, wollte er ihr eine Decke reichen. »Die brauche ich nicht Marc«, sagte sie. »Hier ist es warm und ich schlafe gerne so, wie mich Gott geschaffen hat.« Marc rutschte an den Rand des Bettes und Caroline schmiegte sich an ihn. Nun ging alles seinen Weg …

Kapitel 32

Als Marc am nächsten Morgen aufwachte, spürte er Caroline neben sich und das machte ihn sehr glücklich. Er drehte sich zu ihr hin und gab ihr zärtlich einen Kuss auf die Wange. Caroline reckte und streckte sich, sodass sie Marc beinahe aus dem Bett schob. Beide fingen an zu lachen und schauten sich verliebt an. »Wie spät haben wir es wohl?«, fragte Marc. Caroline nahm ihr Handy vom Nachttisch und sagte: »Es ist 7.30 Uhr.« »Zeit zum Duschen«, sagte Marc, stand auf und verschwand im Badezimmer. Caroline versuchte noch ein paar Minuten zu dösen, bis Marc seine Dusche beendet hatte. Als beide fertig waren, beschlossen sie zu Larry und Sally zu gehen, um dort noch gemütlich zu frühstücken. Als sie das »Heavenly Hell« betraten, kam ihnen ein breites Grinsen von Sally entgegen. Larry kam gerade aus dem Lagerraum und fing ebenfalls an zu schmunzeln. »Was ist los?«, fragte Marc. »Ach nichts«, sagte Sally, »Larry und ich hatten auch eine schöne Nacht.« »Aha«, sagte Caroline lächelnd, »so etwas denkt ihr von uns.« Sally entgegnete mit einem lang gezogenen »Neeeiiin, so etwas würden wir nie denken, oder Larry?« »Doch«, sagte dieser kurz angebunden und fing dabei herzhaft an zu lachen. »Das muss auch sein in einer guten Beziehung«, sagte Sally, während sie frische Brötchen auf den Tisch stellte. Es roch schon intensiv nach Kaffee und Marc setzte sich an den Tisch.

Caroline ging mit Sally in die Küche, um ihr zu helfen den Tisch zu bereiten. Larry kümmerte sich um den frischen Orangensaft und setzte sich dann zu Marc. Caroline schenkte den Kaffee ein und Sally brachte noch gekochte Eier. Gemeinsam genossen sie das leckere Frühstück, und als die fröhliche Runde fertig war, schaute Marc auf die Uhr an der Wand. »Oh Caroline, es ist halb zehn«, sagte er, »wir sollten uns dann auf den Weg zu Mr. Millmore machen.« Caroline nickte, stand auf und half Sally noch kurz beim Tischabräumen. »Viel Erfolg« klang es den beiden noch hinterher, als sie das Restaurant verließen. Sie stiegen in Carolines Auto und bogen nach rechts auf die Hauptstraße. Ein paar Minuten später betraten sie den Empfangsraum des Autohauses und wurden von Helen Green freundlich empfangen. »Moment kurz, ich sage eben Herrn Millmore Bescheid.« Sie nahm den Telefonhörer, wählte eine Kurzwahl und sagte: »Die beiden sind jetzt da, Mr. Millmore.« Sie legte auf und sagte, dass sie sich noch einen kleinen Moment gedulden sollen. Dabei deutete sie auf eine bequeme Sitzgruppe. Marc und Caroline setzten sich hin und bei Marc stieg der Pulsschlag auf gefühlte 180 Schläge. Caroline bemerkte dies und nahm Marcs Hände. »Es wird alles gut«, sagte sie beruhigend, jedoch kam dies nicht wirklich bei Marc an. Nach ca. 5 Minuten, die Marc wie eine Stunde vorkamen, sagte Ms. Green: »Sie können mir nun folgen.« Als sie an der prachtvollen Türe des Büros von Mr. Millmore ankamen, klopfte Ms. Green vorsichtig und streckte ihr Ohr an die Türe. Ein lautes »Ja bitte« drang aus dem Raum und dies hätte Ms. Green auch in einer normalen Haltung gehört. Sie öffnete die Türe und ließ die beiden an sich vorbeigehen. Schon war die Türe wieder geschlossen und Marc wäre wieder einmal am liebsten im Boden versunken. Mr. Millmore, wie immer im feinen Anzug und einer roten Krawatte, stand auf und ging auf die beiden zu. Er reichte Caroline die Hand und stellte sich vor. Dann kam Marc an die Reihe. Der Händedruck von Mr. Millmore war so fest, dass Marc sich ein kurzes Zucken nicht verbeißen konnte. Mr. Millmore zeigte dadurch, wer hier Herr im Ring war. »Nehmen Sie Platz«, sagte er und deutete auf zwei Stühle, die vor dem riesigen Schreibtisch standen. Als er selbst in seinem braunen Ledersessel Platz nahm, starrte er Marc sehr lange an. »Sie wissen, Marc, warum ich Sie hergebeten habe«, waren seine ersten Worte. »Nicht wirklich«, antwortete Marc verlegen. »Vielleicht ist noch irgendetwas offen wegen meines Unfalls mit dem Chevrolet«, fuhr Marc verunsichert fort. Mr. Millmore blickte Marc tief in die Augen. Sekunden verstrichen ohne Regung. »Sie sollten mich kennen, Marc. Ich bin ein knallharter Geschäftsmann und so eine Scheiße bringt mich in Rage. Da ich aber auch Mensch bin, bin ich in der Regel nicht nachtragend. Ich finde, eine zweite Chance hat jeder verdient und deshalb sitzen Sie nun vor mir. Leider ist Ihre damalige Stelle hier in Marion vergeben. Wir haben einen zuverlässigen Fahrer gefunden«, führ Gille mit besonderer Betonung fort. »Da ich mich aber erinnere, dass Sie örtlich nicht gebunden sind, würde ich Ihnen gerne eine Stelle in Nashville vorschlagen. Dort ist die Auftragslage sehr gut und wir sind aber leider im Moment unterbesetzt. Am Anfang würden Sie dort die Fahrzeuge reinigen und an die Kunden übergeben. Wenn Sie sich verantwortungsbewusst verhalten, halte ich es für möglich, dass Sie später auch wieder unsere Luxuskarossen ausliefern dürfen. Damals hatten wir ein Anfangsgehalt von 2.500 Dollar vereinbart. Dies werde ich Ihnen nicht mehr anbieten. Sie fangen mit 2.000 Dollar an und dann sehen wir mal, wie Sie sich entwickeln. Sie suchen sich dort selbst eine Unterkunft, die Sie auch selbst unterhalten. Da ich ein Freund von schnellen Entscheidungen bin, frage ich Sie nun Marc, ob Sie mein Angebot annehmen?« Gille schaute Marc wieder eindringlich in die Augen und beobachtete, wie Marc reagierte. Marc saß wie versteinert da und wusste gar nicht, wie ihm gerade geschah. Da Marc bemerkte, dass Mr. Millmore ungeduldig wurde, sagte er spontan: »Ja Mr. Millmore, ich nehme Ihr Angebot dankbar an.« Marc verspürte, wie Caroline seinen Arm fasste und fest zudrückte. Er sah zu ihr rüber und entdeckte, dass Caroline nickte und einen stolzen Ausdruck in ihrem Blick hatte. »Meinen Glückwunsch, Mr. Thomson, für Ihre Entscheidung. Nun darf ich Sie zum zweiten Mal als neuer Mitarbeiter begrüßen«, stand auf und streckte Marc die Hand entgegen. Marc erwiderte den festen Griff und Gille sagte: »So kraftvoll gefällt mir Ihr Händeruck schon viel besser.« Gille nahm den Hörer ab und rief Helen zu sich. Kurz darauf klopfte es an der Türe und Helen schaute neugierig in den Raum. »Helen«, sagte Gille, »darf ich Ihnen unseren neuen alten Kollegen vorstellen. Sie haben doch den Anzug und die anderen Sachen von Marc noch in der Kleiderkammer, oder?« »So wie Sie es mir damals aufgetragen haben«, entgegnete Helen. »Gut so«, fuhr Gille fort, »holen Sie die Sachen bitte, sie werden Marc ja noch passen«, schmunzelte er. Marc sah an seinem Körper hinab und sagte, dass er zwar ein neuer Mensch geworden sei, der Körper aber noch dieselben Ausmaße habe. Alle lachten und Marc, Caroline und Helen verließen den Raum. Plötzlich hielt Marc an, ging nochmals zur Türe und klopfte an. »Herein«, klang es dumpf durch die schwere Tür. Marc öffnete diese und sagte: »Vielen Dank Mr. Millmore, dass Sie mir nochmals die Chance geben. Ich werde Sie nicht enttäuschen.« »Das hoffe ich für uns beide«, sagte Gille und hob zum Abschied seine rechte Hand. Als Marc die Sachen von Helen übernahm, sagte diese noch kurz: »Herzlichen Glückwunsch, Marc. Das war nicht selbstverständlich von Mr. Millmore. Aber ich freue mich, Sie wieder im Team zu haben.

Dan ist leider heute nicht im Haus, er war aber auf das Gespräch vorbereitet und sagte, falls Sie sich für den Job entscheiden würden, wäre Ihr erster Arbeitstag am Mittwoch nächster Woche in der Filiale in Nashville.« »Danke«, sagte Marc und beide verabschiedeten sich von Helen. Marc legte seine Klamotten auf die

Rücksitzbank des Autos und stieg ein. Caroline steckte gerade den Schlüssel ins Schlüsselloch, als sie Marc mit einem Lächeln anschaute. »Herzlichen Glückwunsch auch von mir«, sagte sie glücklich und beugte sich zu Marc um ihn einen liebevollen Kuss zu geben.

Marc saß da, als ob er in Trance wäre. Caroline fragte, ob alles in Ordnung sei. Marc schaute zu ihr hinüber und sagte: »Caroline, als ich die langen Wochen mit Jason zusammen war, habe ich sehr viel von ihm gelernt. Es war die lehrreichste Zeit in meinem Leben. Seitdem sehe ich viele Dinge mit anderen Augen und mir wurde bewusst, dass ich die Misserfolge in meinem Leben selbst verursacht habe. Seitdem übernehme ich für meine Gedanken und Gefühle selbst die Verantwortung und danach handle ich. Jason hat mir zum Abschied gesagt, dass sich in meinem Leben viel zum Positiven verändern wird, wenn ich dranbleibe meine Zukunft zuversichtlich zu sehen. Auch sagte er, ich solle mich überraschen lassen, was alles auf einmal möglich wird, wenn ich den Kontakt zur Natur und zu der höheren Macht aufrechterhalte. Mit der höheren Macht meinte er wohl Gott, vermute ich. Wenn ich auf die letzten beiden Tage zurückschaue, kann ich kaum glauben, was sich jetzt schon verändert. Kann das wirklich wahr sein?«, fragte er Caroline. Sie zuckte mit den Schultern und sagte: »Na dann lassen wir uns mal überraschen, was sich sonst noch verändert.« Als sie gerade lächelnd den Wagen starten wollte, klopfte es an das Fenster der Beifahrertüre. Helen stand am Auto und bat mit einer Handbewegung das Fenster herunterzulassen. »Haben wir noch etwas vergessen?«, fragte Marc. »Vergessen nicht«, sagte Helen, »aber Mr. Millmore bat mich, Sie nochmals in sein Büro zu bitten. Er hätte noch eine wichtige Frage. Sie können gleich in sein Büro eintreten. Die Tür steht noch offen«, sagte Helen. Als die beiden das Büro betraten, machte Gille eine Handbewegung die Türe zu schließen. Mit einer anderen Handbewegung wies er ihnen die Stühle an. Er machte es spannend, indem er nur Caroline anschaute. Nach einer Weile fing er an zu fragen: »Caroline, soweit ich es mitbekommen habe, sind Sie die Lebensgefährtin von Marc, sehe ich das richtig?« Caroline schaute Marc an und dieser nickte etwas verunsichert. »Ja, das bin ich«, antwortete Caroline. »Aber weshalb fragen Sie«, fuhr sie fort. Gille ging nicht auf Carolines Frage ein und stellte ihr weitere Fragen. »Was haben Sie bisher beruflich gearbeitet?, Caroline.« »Ich war im Marketing der Brown Media Corporation in Memphis.« »Haben Sie Marketing studiert und wenn ja, dann haben Sie auch kaufmännisch eine gute Ausbildung?«, fragte Gill weiter. »Ja«, sagte Caroline, »aber ich verstehe immer noch nicht, was Sie von mir möchten.« »Sie sagten eben, dass Sie im Marketing gearbeitet haben. Dies bedeutet, dass Sie im Moment etwas Anderes machen, sehe ich das richtig?« »Ich habe meinen Job gekündigt, da ich in diesem großen Konzern nicht mehr zurechtkam. Es ging nur noch darum, die Aktionäre mit unrealistischen Versprechungen zu halten und andere zu ködern. Das machte keinen Spaß mehr und mir wurde auch der Druck von oben viel zu anstrengend. Seit einigen Wochen bediene ich bei Freunden in einer Truckerkneipe und es wird schon wieder etwas Anderes auf mich zukommen.« »Ist es das ›Heavenly Hell‹, in dem Sie arbeiten?«, fragte Gille. »Ja, und es macht mir Spaß, Menschen etwas geben zu können. Bei Brown Media hatte ich es nur noch mit Vorgesetzten zu tun und mir fehlte der Umgang mit den normalen Menschen da draußen«, sagte Caroline schmunzelnd. »Danke für Ihre Offenheit Caroline«, sagte Gille. »Ich möchte Sie nun aber nicht mehr länger auf die Folter spannen. In dem Gespräch mit Marc deutete ich an, dass wir in Nashville unterbesetzt sind. Als Sie gegangen waren, kam mir die Idee, Sie zu fragen, ob Sie Interesse hätten ebenfalls in unserer Filiale in Nashville im Verkaufsinnendienst zu arbeiten. Ich habe einen sehr guten Eindruck von Ihnen und ich glaube, Sie würden dort sehr gut in unser Team passen. Ich würde Ihnen anfangs auch 2.000 Dollar bieten und ich denke, das ist ein gutes Angebot. Was sagen Sie dazu?«, fragte Gille. Caroline schaute zu Marc, der wieder wie versteinert dasaß. Da keine Reaktion von ihm kam, wandte Caroline sich wieder Gille zu und fragte: »Aber Sie kennen mich doch gar nicht.« »Lassen Sie das meine Sorge sein«, antwortete Gille. »Ich habe in meinem langen Berufsleben immer die richtigen Personalentscheidungen getroffen.

Naja, bis auf eine«, sagte Gille schmunzelnd und schaute Marc dabei verschmitzt an. Alle fingen an zu lachen und Caroline erbat sich von Gille eine Bedenkzeit von einem Tag. »Morgen werde ich Ihnen Bescheid geben, wie ich mich entscheide.« Dies akzeptierte Mr. Millmore und verabschiedete die beiden mit den Worten: »Na dann wünsche ich Ihnen eine gute Entscheidung, natürlich gut auch in meinem Sinne.«

Als sie an Helen vorbeigingen, lächelte diese, als ob sie es ahnte, worum es in diesem Gespräch ging. »Bis bald«, sagte sie und winkte den beiden hinterher. Als beide wieder im Wagen angekommen waren, lehnten sie sich zurück und verstummten für einen Moment. »Weißt du nun, was ich vorhin im Zusammenhang mit den Worten von Jason meinte?«, fragte Marc, immer noch verwirrt dreinschauend. »Ich kann nur erahnen, was diese Kräfte bedeuten und nun lass uns ins Motel fahren. Ich bin sehr müde und würde mir gerne eine Pause gönnen.« »So geht es mir auch«, sagte Marc, »lass uns fahren.« Sie lagen kaum auf dem Bett und schon schliefen sie ein. Dies war Schwerstarbeit für die beiden und das müssen sie erst einmal verarbeiten.

Kapitel 33

Marc war als Erster wach und er sah, dass Caroline noch tief und fest schlief. Ich lasse sie schlafen und gehe rüber zu Larry und Sally und hole uns was zu essen, dachte er. Er machte leise die Türe zu und ging in Richtung »Heavenly Hell«. Plötzlich überkam ihn ein komisches Gefühl und er musste sich hinsetzen. Ein Wassertrog, der vor dem Motel als Dekoration stand, kam ihm da gerade recht.

»Nun Marc, es ist erstaunlich, was in kürzester Zeit so alles passieren kann, oder?«

»Du bist es wieder«, antwortete Marc. »Ja, es ist erstaunlich und langsam glaube ich auch noch, dass du recht hast mit dem, was du sagst.«

»Du weißt das alles schon, Marc. Es ist nur bisher nicht greifbar für dich gewesen, da du bis vor Kurzem noch ein Verstandsdenker warst. Ab jetzt

wirst du bewusst erleben, was dein Denken verursacht. Es wird noch Situationen geben, die du dir anders wünschen würdest, jedoch wird dir dies bewusst werden und dadurch werden deine Gedanken und folglich dein Handeln sich zum Positiven verändern.«

»Wenn dies wirklich so ist, dann möchte ich mich bei dir höflichst entschuldigen und bedanken für das, was du mich in den letzten Monaten gelehrt hast«, sagte Marc.

»Auch ich möchte mich bei dir bedanken«, sagte die Stimme weiter. »Du warst eine wirkliche Herausforderung für mich, aber ich liebe solche Menschen wie dich. Du bist ein ganz besonderer Mensch und du hast sehr viele Fähigkeiten und Talente, um etwas richtig Großes entstehen zu lassen. Setze dich dabei nicht selbst unter Druck, sondern nehme es an, wie es kommt. Alles ist gut, Marc.«

»Wann meldest du dich wieder bei mir?«, fragte Marc.

»Alles zu seiner Zeit«, sagte die Stimme und verstummte.

Marc saß noch eine Weile da, und als er an die gesprochenen Worte zurückdachte, kamen ihm die Tränen. »Danke lieber Gott«, sagte er schluchzend und wischte sich die Wangen ab.

Im „Heavenly Hell" angekommen berichtete er kurz, was er und Caroline erlebt hatten und mit dem Essen und einer Flasche alkoholfreiem Sekt bepackt ging er zurück zum Motelzimmer. Als er dieses betrat, schlug Caroline die Augen auf. Als sie das Essen roch, fing sie an zu lächeln. »Das ist aber lieb von dir«, sagte sie. »Wer sagt denn, dass ich für dich auch etwas mitgebracht habe«, antwortete Marc mit ernsthaft verspieltem Blick.

»Mr. Thomson«, sagte sie energisch, »dann sterbe ich eben vor Hunger hier in diesem Bett. Kannst mich ja dann entsorgen«, sagte sie, während sie ihren ernsten Blick nicht mehr halten konnte und lauthals loslachte.

Marc fing ebenfalls laut an zu lachen und dies störte anscheinend einen Zimmernachbarn, der energisch gegen die Wand klopfte. Das Lachen ging in Kichern über und Marc zeigte seinen Stinkefinger in Richtung Wand. »Du mich auch«, sagte er, während er die lecker riechenden Schaschliks auspackte. Die Bratkartoffeln sahen kross aus und die Soße hatte Sally in eine dichte Box eingefüllt. Marc setzte sich zu Caroline auf das Bett, als ihm auffiel, dass er keine Sektgläser dabeihatte. Caroline schnappte sich die Sektflasche und sagte, auch egal, während sie den Verschluss öffnete.

Der Sektkorken knallte an die Decke und hinterließ dort eine sichtbare Delle. Beide lachten laut heraus und das Klopfen an der Wand wiederholte sich.

Leise fingen sie an zu essen und hörten, wie wohl der Zimmernachbar etwas erbost seine Eingangstüre zuschlug.

»Der ist aber schlecht gelaunt«, sagte Marc, »das wird alles zu ihm zurückkehren.« Wieder lachten beide und Caroline nahm einen kräftigen Schluck aus der Flasche. Als Marc die Flasche ansetzte und den Geschmack des Sekts wahrnahm, verspürte er urplötzlich den Drang, Alkohol trinken zu müssen. Er erschrak darüber, ließ sich aber Caroline gegenüber nichts anmerken. Dies machte ihm Angst und es kam ihm der Gedanke, niemals mehr Alkohol trinken zu dürfen. Er bemerkte, mittlerweile Geisel des Alkohols zu sein, obwohl er auch lange Zeit ohne diesen ausgekommen war. Erschrocken war er auch darüber, dass selbst alkoholfreier Sekt diesen Suchtdruck in ihm auslöste.

»Ist mit dir alles okay?«, fragte Caroline etwas besorgt. »Ja, alles okay, ich war nur etwas in Gedanken versunken«, sagte Marc, während er sich den letzten Bissen in den Mund schob. Als Caroline ebenfalls fertig war, stellte Marc das Essgeschirr auf den kleinen Beistelltisch und kuschelte sich zu Caroline. Sie streckte ihm die Sektflasche entgegen, wobei Marc ablehnte und dies damit begründete, dass es ihm im Moment nicht so gut ginge. Draußen wurde es langsam dunkel und Marc sagte, dass er sich kurz duschen möchte. Caroline nickte und machte den Fernseher an. Als Marc fertig war, öffnete er die Badezimmertüre und nun blieb er nackt in dieser stehen. Caroline schaute zu ihm und sagte: »Marc, du hast doch jetzt nichts vor, oder? Ich habe nämlich Kopfschmerzen und müde bin ich auch.« Marc verdrehte die Augen und dachte, typisch Frau. Es ist immer wieder dasselbe und etwas enttäuscht wollte er sich wieder ins Bad begeben, um sich anzuziehen.

»Komm her du Spinner«, sagte Caroline, während sie sich aufdeckte. Sie war ebenfalls schon nackt und sagte: »Lass mich kurz duschen und dann bin ich wieder fit.« »Und deine Kopfschmerzen?«, fragte Marc. »Hast du das ernsthaft geglaubt?«, sagte sie mit einem fragenden, aber gleichzeitig grinsenden Gesichtsausdruck. »Ich werde einfach nicht schlau aus den Frauen«, entgegnete Marc und machte Caroline den Weg zum Badezimmer frei.

Die beiden verbrachten wieder eine wundervolle Nacht miteinander und die Erlebnisse des Tages waren offenbar kein Thema für beide.

Kapitel 34

Caroline war schon eine Weile wach, als Marc sich bewegte. Sie dachte über den gestrigen Tag und über das Angebot von Mr. Millmore nach. Eigentlich hatte sie ein gutes Gefühl dabei, auch aus dem Grund bei Marc sein zu können. Der Verdienst wäre zwar nicht so hoch wie in ihrem früheren Job, aber weitaus höher als bei Larry und Sally. Das muss ich mit Marc besprechen, wenn er wach ist, dachte sie. Vielleicht passt ihm das ja nicht und das möchte ich nicht.

Wenige Minuten später bekam Caroline einen Stupser in die Rippen. Sie zuckte zusammen und nahm ihr Kissen, um es Marc auf den Kopf zu hauen. Dieser wehrte sich ebenfalls mit seinem Kissen und das Hin und Her ging so weit, dass Marcs Kissen platzte und die Federn sich im Raum verteilten. Lautes Kreischen und Lachen hatten wieder Klopfen an der Wand zur Folge. Als die beiden sich beruhigt hatten, fragte Marc Caroline, ob sie schon eine Entscheidung getroffen hätte. »Das wollte ich mit dir besprechen und im Übrigen würde ich mir gerne zuerst die Filiale in Nashville anschauen.« »Dann lass uns doch heute gleich hinfahren«, schlug Marc vor. »Das geht leider nicht, da ich heute Dienst im Heavenly Hell habe«, entgegnete Caroline. Dies war nicht die Antwort, die Marc hören wollte. Da er von seinem Wesen her ein sehr ungeduldiger Mensch war, sagte er, dass Larry und Sally bestimmt eine Ausnahme machen würden. »Dann lass uns rübergehen und frühstücken«, sagte Caroline, während sie sich anzog. Als alle wieder am Tisch saßen, fing Marc an von den Geschehnissen des Vortages zu erzählen. »Dann verlieren wir also unsere Servicekraft und einen Freund, der uns sehr ans Herz gewachsen ist«, sagte Sally dazu. »Noch ist nichts sicher«, sagte Caroline, »aber ich würde mir heute gerne die Filiale anschauen, um mir eine Meinung bilden zu können. Würde das gehen?«, fragte sie in Richtung Larry und Sally. »Heute«, sagte Larry mit erbostem Ausdruck. »Gerade heute?«, fragte er nochmals und noch energischer. Caroline nickte und Sally schaute Larry verdutzt an. »Also gerade heute würde es gehen«, sagte Larry mit einem breiten Lächeln im Gesicht. Sally stieß Larry die Faust in die Rippen und sagte: »Du Idiot, deine Haare sollen ausfallen und Hörner sollen dir am Kopf wachsen.« »Wenn dir das gefallen würde, soll es so geschehen«, antwortete Larry. »Vorsicht«, mischte sich Marc ein, »unsere Gedanken sind kraftvoll und können einiges bewirken«, sagte es und lachte mit den anderen mit.

Nach dem Frühstück verabschiedeten sie sich und Marc und Caroline machten sich auf den Weg nach Nashville. Dort angekommen verschaffte sich Caroline einen Überblick über das Unternehmen und ließ sich von den Angestellten alles zeigen. Anscheinend wussten diese schon Bescheid, dass Marc und Caroline sehr wahrscheinlich dort auftauchen würden. Gille Millmore war ein ausgefuchster Unternehmer, der vieles voraussah und darüber auch seine Mitarbeiter informierte. Als die beiden alles gesehen hatten, beschlossen sie sich ein Restaurant zu suchen, um essen zu gehen. Sie fanden eine schnuckelige Kneipe, in der sie Platz nahmen. »Was hast du für einen Eindruck?«, fragte Marc. »Ich habe einen sehr guten Eindruck und ich könnte es mir sehr gut vorstellen, dort mit dir zu arbeiten«, sagte Caroline. »Aber nur, wenn du das auch möchtest, lieber Marc.« Marc tat so, als ob er lange überlegen musste. Lange, lange und noch länger. Caroline durchschaute Marc und sagte: »Du hast doch deine Entscheidung schon längst getroffen, oder?« »Meine Entscheidung ist getroffen und deine?«, fragte Marc. »Also, was meinst du?«, fragte sie nochmals energischer. »Wegen mir würde ich dich als neue Kollegin gerne begrüßen«, sagte Marc, »aber nur, wenn du das auch möchtest.« »Gerne lieber Kollege«, sagte Caroline lächelnd und gab Marc einen Kuss auf die Wange.

Als sie gespeist und bezahlt hatten, kam Marc der Gedanke, nochmals an Susans Grab zu gehen. Er fragte Caroline, ob sie mitgehen würde. Sie bestätigte und sie fuhren zum Friedhof, der ganz in der Nähe lag. Marc musste eine Weile suchen, bis er das Grab wiederfand. Es war wunderschön geschmückt und Marc kamen die Tränen. Caroline legte ihren Arm um Marc und drückte ihn ganz fest. Eine ganze Weile standen sie so da, als sie plötzlich eine Kinderstimme sagen hörten: »Oma, ist das nicht der Mann, der bei uns auf der Treppe saß und eine Fliege im Auge hatte?« Marc drehte sich um und sah Rebecca, Tim, Betty und Rob auf sich zukommen. »Ja, das ist der Mann«, sagte Betty zögernd. Rebecca fragte Marc: »Ist Ihr Auge wieder in Ordnung?« Marc nickte und wieder liefen ihm Tränen über das Gesicht. »Haben Sie nun in beiden Augen Fliegen?«, fragte Rebecca, als sie ihm ganz tief ins Gesicht blickte. Marc fing an zu lächeln und strich sich die Tränen von den Wangen. »Ich bin traurig, dass eure Mutti nicht mehr lebt«, sagte Marc mit zittriger Stimme. Der kleine Tim entgegnete ihm mit den Worten: »Mutti lebt noch, sie ist nur da oben im Himmel und schaut auf uns herunter.« »Oma«, fragte Rebecca, »dieser Mann ist doch auf dem Foto, das auf deinem Nachttisch steht. Weißt du, da wo Timmi, ich und Mami drauf sind.« Betty nickte und sagte: »Das würde ich euch gerne später erklären.« Betty ging auf Marc zu und umarmte ihn. »Darf ich euch Caroline vorstellen? Sie ist eine gute Bekannte von mir«, sagte Marc mit einem Zwinkern im Auge. Betty verstand den Wink und streckte Caroline die Hand entgegen. Auch Rob begrüßte die beiden und alle standen eine ganze Weile am Grab von Susan. Betty sagte: »Mich fröstelt es. Habt ihr beiden Lust mitzukommen auf eine Tasse Kaffee?« Marc schaute Caroline an und diese nickte lächelnd. »Wir kommen sehr gerne mit«, sagte Marc und warf Susan noch einen Handkuss zu. Tim sagte: »Du musst Mami nach oben küssen.« »Oh entschuldige bitte«, sagte Marc und wiederholte den Kuss in Richtung Himmel. Alle lachten und gingen in Richtung Ausgang. Bei Betty und Rob angekommen betraten sie das Haus und Tim sagte zu Marc: »Du Onkel, ich muss dir gleich mal mein Zimmer zeigen. Spielst du mit mir?«

Betty sagte: »Tim, lass Marc und Caroline zuerst einmal ihre Jacken ausziehen.« Rebecca blickte Betty fragend an, zog ihre Schuhe aus und verschwand über die Treppe nach oben. Tim zog Marc an der Hand ebenfalls ungeduldig nach oben. Rob bat Caroline ins Wohnzimmer und bot ihr einen Platz am Tisch an. Betty ging in die Küche, um Kaffee aufzusetzen. »Möchten Sie etwas trinken?«, fragte Rob in die Stille. »Nein danke, im Moment nicht«, antwortete Caroline. Betty betrat das Wohnzimmer mit einem Stapel Teller. Caroline stand auf und fragte Betty: »Darf ich Ihnen behilflich sein?« Betty nickte und stellte die Teller auf den Tisch. »Rob, du kannst ja schon mal den Kaminofen anzünden, dass wir es etwas gemütlicher haben«, sagte Betty. »Gerne«, antwortete Rob und machte sich an die Arbeit. »Sie sind die Lebensgefährtin von Marc?«, fragte Betty. »Ja, wir kennen uns schon seit der Kindheit und haben nach langer Zeit wieder zusammengefunden. Ich hoffe, es ist für Sie in Ordnung, dass ich dabei bin. Das mit Ihrer Tochter tut mir sehr leid und für mich ist dies eine etwas schwierige Situation«, sagte Caroline. »Machen Sie sich da keine Gedanken«, beruhigte Betty. »Sie sind herzlich willkommen und Sie machen auf mich einen sehr lieben Eindruck.« »Vielen Dank«, sagte Caroline und wurde dabei leicht rot im Gesicht. Als die beiden den Tisch bereitet hatten, ging Betty an die Treppe und rief die Kinder und Marc zum Kuchenessen. Tim und Marc kamen sofort, aber Rebecca ließ sich nicht blicken. »Das ist ungewöhnlich«, sagte Betty und ging die Treppe hinauf. Es dauerte ein paar Minuten, bis sie mit Rebecca im Schlepptau ankam. Rebecca machte einen etwas verstörten Eindruck, setzte sich aber zu den anderen an den Tisch. Tim stopfte sich eine große Gabel Kuchen mit einem Berg von Sahne hinein und währenddessen wollte er anfangen zu erzählen. Betty stoppte ihn mit einer Handbewegung und wies ihn darauf hin, den Mund erst leer zu essen. Hastig schluckte er den Bissen hinunter und fing an zu erzählen: »Ich habe mit dem Onkel Rennauto gespielt. Er hat immer verloren«, lachte Tim. »Ich mag den Onkel«, sagte er. »Kommst du jetzt öfter?«, fragte er Marc. »Vielleicht«, antwortete dieser und schaute Betty dazu an. Rebecca saß immer noch still da und stocherte in ihrem Kuchen herum. »Was ist los mit dir Rebecca?«, fragte Betty.

»So kenne ich dich gar nicht.« »Ist schon okay«, sagte Rebecca auf ihren Teller starrend. »Nun sag schon, was bedrückt dich?«, bat Betty weiter. Rebecca ließ ihre Kuchengabel fallen und sagte: »Habt ihr mir und Timmi nicht etwas zu sagen. Da kommt ein fremder Mann und ihr begrüßt ihn, als ob ihr ihn schon lange kennt. Heute steht dieser Mann an Mamas Grab, ist auf dem Familienfoto und du, Oma, nennst ihn Marc, so wie unser Papa heißt. Kann es sein, dass dieser Mann unser Papa ist?« Marc wurde rot im Gesicht und war gespannt, wie Betty reagieren würde. »Ja, Rebecca, du hast recht. Marc ist euer Papa und er hat euch in den letzten Jahren sehr vermisst.« Tim schrie auf: »Das ist gar nicht ein Onkel, sondern das ist mein Papa.« Sprach es aus, stand urplötzlich auf und lief um den Tisch. »Hurra«, schrie er und rutschte bei Marc auf den Schoß. »Ich habe einen Papa und der ist echt cool«, fuhr er freudig fort. Marc drückte Tim und gab ihm einen Kuss auf die Wange. Caroline schaute Marc überglücklich an und drückte seine rechte Hand. »Aber wenn das mein Papa ist, ist dann diese Frau meine zweite Mama?«, fragte Tim. Rebecca schrie Tim an: »Das ist nicht unsere zweite Mama«, rutschte den Stuhl nach hinten und lief davon. »Was hat Rebecca?«, fragte Tim. »Freut die sich gar nicht?« Betty sagte: »Sie braucht wahrscheinlich eine Weile, bis sie das akzeptiert.« Marc schaute Betty fragend an und diese sagte zu ihm: »Marc, Rebecca hat schon sehr jugendliche Züge. Möglicherweise ist sie enttäuscht, weil sich ihr Vater so lange nicht um sie gekümmert hat. Vielleicht wäre es gut, wenn du mit ihr unter vier Augen sprechen würdest. Sie hat Schuhe und Jacke angezogen. Bestimmt ist sie hinten im Garten auf der Schaukel.« Marc nickte, stand auf und verließ das Haus. Als Rebecca ihn sah, rief sie ihm zu: »Lassen Sie mich in Ruhe! Ich will nichts mit Ihnen zu tun haben.« »Rebecca«, sagte Marc einfühlsam, »gib mir bitte die Chance ein paar Worte an dich zu richten.« Rebecca überlegte eine Weile und nickte Marc dann zu. Er fragte, ob er sich neben sie auf die zweite Schaukel setzen dürfte.

Wieder nickte Rebecca, rutschte aber ganz an den Rand ihrer Schaukel. Marc nahm Platz und überlegte, was er sagen könnte. Rebecca kam ihm zuvor mit der Frage: »Warum waren Sie die ganzen Jahre nicht bei uns. Warum haben Sie uns so lange alleine gelassen. Warum sind Sie mit Mama nicht zusammengeblieben?« Rebeccas Stimme wurde sehr traurig und ihr liefen die Tränen an den Wangen herab. Marc wollte ihr diese abwischen, sie zuckte aber zurück und sagte: »Lassen Sie das.« Er entschuldigte sich und rang nach Worten. »Weißt du Rebecca«, fing er schließlich an. »Ich habe damals sehr vieles falsch gemacht. Mit meiner Arbeit war ich unzufrieden, wir hatten immer finanzielle Schwierigkeiten und dadurch fing ich an zu trinken. Mama hatte sehr viel Geduld mit mir, aber ich bekam mein Leben einfach nicht mehr in den Griff. Es wurde alles zu viel für mich und ich blieb immer öfter von zuhause weg. Mama wollte euch schützen und hat mich schließlich verlassen. Es tat mir damals sehr weh, euch nicht mehr sehen zu können. Ich bin vollkommen abgestürzt und lebte in den letzten Jahren alleine in einem alten Bauwagen. Rebecca, es tut mir unendlich leid und ich hoffe, du kannst mir irgendwann einmal verzeihen.« Marc fing an zu weinen und seine Stimme verstummte. Er schloss vor Scham seine Augen und verspürte innerlich einen herzzerreißenden Schmerz. Plötzlich verspürte er einen kalten Stoff an seiner Wange. Rebecca stand vor ihm und wischte seine Tränen mit ihrem Ärmel ab. Sie sagte weinerlich: »Papi, hör bitte auf zu weinen. Ich verzeihe dir und ich bin doch froh, dass du zu uns zurückgekommen bist.« Marc war davon so sehr gerührt, dass er erst recht in Tränen ausbrach. Rebecca schmiegte sich an ihn und eine ganze Weile verharrten sie in dieser Stellung. Als Marc sich etwas beruhigt hatte, ließ er die letzten Worte von Rebecca nochmals auf sich wirken. Er dachte, sie hat *Du* und *Papi* zu mir gesagt. Das war wunderschön für ihn und er gab Rebecca einen Kuss auf die Wange. »Gehen wir wieder rein Papa, mich friert es«, sagte sie und Marc nickte lächelnd. Seine Hände fuhren nochmals über seine feuchten Augen. Rebecca nahm Marc an der Hand und beide gingen in Richtung Haustüre. Noch während sie ins Wohnzimmer kamen, hielt Rebecca die Hand von Marc und lächelte etwas verschämt. Ihnen kam von allen in der Runde ein Lächeln entgegen und beide Kinder setzten sich auf Marcs Schoß. Betty fragte, ob sie zur Feier des Tages eine Flasche Wein oder Sekt aufmachen sollte. Marc lehnte vehement ab und sagte: »Nein danke, Alkohol ist für mein weiteres Leben kein Thema mehr.« Dabei schaute er seine beiden Kinder an und verdrückte dabei eine Träne. Caroline verneinte ebenso. »Wirst du uns wieder verlassen Papi?«, fragte Rebecca. »Nur für ein paar Tage«, antwortete Marc. »Ich und Caroline werden zukünftig hier in Nashville arbeiten und dann können wir uns, so oft wir mögen, sehen.« »Hurra«, schrien beide Kinder und rissen vor Freude die Arme in die Höhe. Tim zog Rebecca an der Hand und sagte: »Komm Rebecca, wir basteln etwas für Papi und Caroline.« Sie verschwanden in Richtung Treppe und die Zurückgebliebenen hörten nur noch, wie oben eine Zimmertüre zuschlug. »Ihr werdet hier arbeiten?«, fragte Rob neugierig. »Ja, im Autohaus von Gille Millmore. Am Mittwoch fangen wir an und bis dahin müssen wir noch eine Wohnung finden.« »Im Autohaus von Gille?«, fragte Rob mit einem Grinsen auf den Lippen. »Betty arbeitet auch für Gille. Sie putzt dort zweimal in der Woche und das schon seit vielen Jahren.« Betty nickte und lächelte ebenfalls. Marc und Caroline schauten sich fragend an. »Was ist los mit euch beiden?«, fragte Betty. Marc antwortete: »Es ist unglaublich, wie viel positive Dinge Caroline und ich in den letzten Tagen erfahren haben. Als ob alles so sein muss, ohne dass wir etwas dazu beitragen müssen.« »Dann habe ich vielleicht noch eine Überraschung für euch«, sagte Betty und winkte Rob hinter sich her. Beide verließen geheimnisvoll das Wohnzimmer und Caroline schaute Marc verwundert an. Dieser zuckte mit den Schultern und fragte sich, was jetzt wohl noch kommen könne. Nach wenigen Minuten kamen Betty und Rob grinsend zurück. Betty ergriff zuerst das Wort: »Ihr beiden, ich habe mich mit Rob gerade geeinigt, dass ihr bei uns einziehen könntet, wenn es euch recht wäre. Die Wohnung oben ist eine separate Wohneinheit mit eigener Küche, Bad und Wohnzimmer. Ein großes Schlafzimmer und die Zimmer der Kinder befinden sich ebenfalls oben. Wir würden von euch eine kleine Miete verlangen, so dass wir zu unserer spärlichen Rente noch ein paar Dollar zusätzlich hätten. Auch fühlen wir uns langsam zu alt, um den Kindern die Eltern zu ersetzen. Kommt mit hoch und schaut es euch an, dann könnt ihr entscheiden, ob es für euch in Ordnung wäre.« Marc schaute Caroline erneut an und ihre fragenden Blicke blieben Rob und Betty nicht verborgen. Sie gingen die Treppe hoch und Betty führte sie durch die Räume. Sie sagte: »Die Möbel haben wir kurz nach Susans Tod verschenkt, weil wir damit nicht leben hätten können und den Kindern wollten wir die ewigen Erinnerungen auch ersparen.« Caroline sagte zu Betty und Rob, dass die Wohnung sehr schön sei, aber sie erbat sich ein paar Tage, um darüber nachzudenken. Auch wollte sie unter vier Augen mit Marc darüber sprechen. »Na klar«, sagte Betty, »das will wohl überlegt sein. Meldet euch, sobald ihr euch im Klaren seid.« Rob führte sie noch in Rebeccas Zimmer, und als sie alles gesehen hatten, klopften sie bei Tim an der Türe. »Herein«, riefen die Kinder und zeigten stolz ihre gemalten Bilder. Tim hatte ein Bild der vollständigen Familie gemalt, auf dem auch Caroline zu sehen war. Das schlossen sie zumindest aufgrund der Farben des Pullovers und der Hose. Rebecca hatte ein Kleeblatt, einen Schornsteinfeger, ein Hufeisen und ein Glücksschwein gemalt. Sie übergaben die Bilder an Marc und Caroline und waren stolz auf die Lobensworte der beiden. »Nun müssen wir gehen«, liebe Kinder, sagte Marc, während er sich niederkniete und die beiden in den Arm nahm. Auch Caroline wurde umarmt und Tim sagte: »Du passt gut zu Papa.« Alle lachten und als Marc und Caroline in den Wagen stiegen, standen die vier auf der Veranda und winkten ihnen lange nach.

Beinahe die ganze Rückfahrt saß Marc sprachlos neben Caroline und war versunken in seine Gedanken.

Kapitel 35

Als die beiden am Heavenly Hell angekommen waren, sagte Marc zu Caroline, dass er das Gefühl habe noch etwas spazieren gehen zu müssen. Sie erwiderte: »Dann mach das doch. Es tut dir sicherlich gut nach all den Erlebnissen der vergangenen Tage. Ich gehe zu Larry und Sally und würde ihnen gerne etwas über den Tag erzählen.« »Sehr gerne«, antwortete Marc. »Dies würde mich eh zu sehr anstrengen. Ich komme später nach.« Sie verabschiedeten sich mit einem innigen Kuss und Caroline gab Marc noch hinterher, dass sie ihn liebe.

Dies nahm Marc kaum wahr, denn er war immer noch versunken in seine Gedanken. Als er eine Weile unterwegs war, bemerkte er, dass er ganz in der Nähe des Bauwagens war. Er beschloss sich nochmals dort umzuschauen. Dort angekommen sah er, wie die Waschbärenkinder auf der Wiese herumtollten. Von der Mutter war nichts zu sehen. Er betrat den Bauwagen, und da es schon etwas duster wurde, wirkte der Raum plötzlich etwas unheimlich auf Marc.

Er setzte sich in die sauberste Ecke des Wagens und schnaufte erst mal durch. Den Kopf angelehnt an der Wand starrte er an die Decke.

»Das strengt ganz schön an oder, Marc«, sprach die Stimme.

Marc zuckte etwas zusammen, bis er realisierte, dass es wieder einmal Zeit zum Dialog war.

»Du hast recht, ich kann noch gar nicht realisieren, was alles geschah. Das gibt es doch nicht, dass sich auf einmal so vieles zum Guten wendet. Dies geht doch nicht mit rechten Dingen zu, oder«, fragte Marc.

»Wenn du dieser Meinung bist, wird der Zustand nicht lange anhalten.«

»Aber woher kommt das alles plötzlich?«

»Du hattest lange Zeit, um deine Gedanken und Gefühle zu verändern. Nun fährst du die Ernte ein.«

»Wie lange wird diese Ernte wohl anhalten?«

»Ernten wirst du dein ganzes Leben lang. Es kommt darauf an, ob du gute oder schlechte Samen sähst.«

»Das wird aber nicht leicht werden.«

»Auch dies wird geschehen, wenn du solche Samen sähst.«

»Puh, dann muss ich ja ständig auf meine Gedanken und Gefühle achten.«

»Zuerst ja, dann wird es mit mehr und mehr Übung zum Automatismus. In deinem Gehirn wird es neue Verbindungen geben, und wenn du auf diesem Weg bleibst, werden die Verbindungen stärker und stärker. Stelle dir vor, du gehst immer wieder den gleichen Weg. Dieser ist irgend-

wann ausgetrampelt und es wird immer leichter diesen zu gehen. Verlässt du diesen Weg oder gehst sogar andere Wege, wird sich die Natur den Weg zurückholen. Irgendwann ist der Weg versperrt und stirbt förmlich ab. Wenn du dir dieses Beispiel ständig vor Augen hältst, wird es leichter für dich, Marc.«

»Einiges wird mir nun klarer und ich werde mein Bestes geben, da ich niemals mehr so tief sinken möchte.«

»Gut so Marc, und nun wird es Zeit den Bauwagen zu verlassen. Deine Nachfolger sind schon eingezogen und für dich ist dort kein Platz mehr. Und denke immer daran, falls du wieder einmal schwere Zeiten durchlebst, dann geh den Weg zurück nach vorn!«

»Wann wirst du dich wieder melden?«

Marc bekam keine Antwort mehr und er spürte ganz im Innern, dass es wohl der letzte Kontakt zu seiner lieb gewonnenen Stimme war.

»ENDE«

Quellenangabe

Die »Hohe Schule« des Lebens

Freunde auf meinem »wundervollen« Weg:
Oliver Gulde, Mentalberater|Gulde Akademie
www.mentalberater.com

Monika Maria Gulde, Visionen in Acryl
www.visioneninacryl.de

Peter Wendt, LimbicColor® Akademie für Persönlichkeits- und Unternehmensentwicklung
www.limbiccolor.com

Helene Prölß, Auszeitkultur|Akademie & Coaching
www.auszeitkultur.de

Landsiedel NLP Training
www.landsiedel-seminare.de

In meinem Buch

Vom kleinen Funken zum strahlenden Licht
beschreibe ich, wie sich das Leben aus einer schweren Krise binnen kurzer Zeit zum Positiven wenden kann.

Diese Erfahrung habe ich mit einfachen Worten niedergeschrieben, um zu zeigen, dass es aus jeder schwierigen Situation einen Ausweg gibt. Vielen Menschen ist nicht bewusst, wie wertvoll das Leben ist und wie viele verborgene Kräfte in jedem von uns stecken.

Positives Denken ist der Schlüssel zu einem glücklichen und erfüllten Leben. Diesen Schlüssel versuche ich zu vermitteln in diesem Buch, das sich zusammensetzt aus Berichten, Lebensweisheiten, Esoterik, Spiritualität, Gedichten und Bildern.

Durch diese Mischung ist es mir gelungen, ein Werk zu schaffen für jedermann.

Lassen Sie sich begeistern und wählen Sie den Weg zu einem glücklichen und erfüllten Leben.

Hartmut G. Müller
www.wakeupforlife.de

ISBN: 978-3-938262-03-0

Nachwort

Nun liebe Leser, sind Sie Zeuge einer wahren Geschichte geworden. Diese betrug sich genauso zu, wie Sie sie gelesen haben, ob Sie es glauben oder nicht. Sie ereignete sich … in den fantasievollen Gedanken des Schreiberlings. Eines Schreiberlings, der die Geschichte auspackte und für Sie liebe Leser greifbar machte. Wie wir alle wissen, formen Gedanken Materie. Diese Materie halten sie gerade, kurz bevor Sie diese weglegen werden, in Ihren Händen. Wie fühlt es sich an, zu Materie gewordene Gedanken anzufassen? Ich bin mir beinahe sicher, dass Sie einen Teil dieser zu Form gewordenen Materie schon selbst geformt haben.

Ob und wie, falls die Geschichte weitergeht, liegt ganz und gar bei Ihnen. Sie glauben das nicht?

Wenn Sie sich mit dem Ausgang zufriedengeben, ist es gut so. Falls nicht, ist es ebenso gut so. Dann kann es aber passieren, dass der Schreiberling Unruhe in sich fühlt. Er wird möglicherweise den Drang verspüren die Geschichte fortzuführen.

Alles kann geschehen!

Euer

Hartmut G. Müller

Der Autor

In seiner Kindheit verschlang Hartmut G. Müller sehr viele Abenteuerbücher, zu dieser Zeit entstand auch sein großer Traum, einmal selbst Bücher zu schreiben. Nach vielen beruflichen Höhen und Tiefen entschloss er sich nach einem schlimmen Burn-out, seine Erfahrungen während der Genesungsphase in ein Buch zu fassen. 2004 war es dann so weit: Er konnte sein erstes Buch „Vom kleinen Funken zum strahlenden Licht“ erfolgreich verlegen, 2017 folgte mit „Der Weg zurück nach vorn“ das zweite – und es ist nicht das letzte Werk, da das dritte Buch gerade entsteht.
Lassen Sie sich überraschen …